Facetten der Lust

Erotische SM-Geschichten

von Kat Marcuse

Erschienen im Verlag

Das Erotische Sekretariat

Originalausgabe

Auflage 1, Oktober 2012

Das Erotische Sekretariat

Postfach 10 04 55
45404 Mülheim a.d. Ruhr

Internet: http://verlag.d-e-s.de

ISBN 978-3943481051

Facetten einer Ehe

Teil 1

Meine Tage mit Christin

Seit einer Stunde saß Daniel auf dem Sofa im Wohnzimmer und betrachtete Christin. Die Leselampe auf dem kleinen Tisch neben dem Sessel warf ein schwaches Licht ins Zimmer. Bilder huschten über den Fernseher, doch er hätte nicht sagen können, ob es ein Film oder eine Dokumentation war. Seine ganze Aufmerksamkeit galt seiner Ehefrau.

Wie lange war es her, dass er sie so intensiv angesehen hatte?

Sie war noch immer schön. Fast schöner als vor fünfzehn Jahren, bei ihrem Kennenlernen. Damals war sie ein Mädchen gewesen, heute war sie eine Frau mit wunderbar weiblichen Rundungen. Ein schwaches Lächeln huschte über seine Lippen. Mann, war er verliebt gewesen. Doch das schien ein anderes Leben gewesen zu sein. Was hatte sich verändert? Wann hatten sie aufgehört, einander zu lieben, zu begehren, miteinander zu lachen?

Sein Blick lag auf ihrem schlafenden Gesicht. Sie hatte ihren Kopf auf den Arm gebettet und die Beine angezogen. Der Lesesessel war zu klein, um darauf zu schlafen. Christin saß immer in diesem Sessel, so viel Abstand zwischen ihnen aufbauend wie möglich. Es waren nicht nur die zwei Meter vom Sofa bis zum Sessel, die sie trennten. Sie war Millionen Meilen weit weg von ihm.

Seit ein paar Monaten trug sie ihr Haar anders. Sie hatte rötliche Strähnchen in das dunkle Naturbraun färben lassen und die wilde Mähne um die Hälfte gekürzt. Im ersten Moment hatte ihr Anblick ihn geschockt. Er liebte ihr langes, dickes Haar. Doch durch die neue Frisur wirkte sie frischer und lebendiger, und so freute er sich für sie.

Hätte er ihr das sagen sollen? Hatte er überhaupt erwähnt, dass ihm ihre Veränderung aufgefallen war und er es gut fand, dass sie sich neu entdeckte?

Eine Haarsträhne war ihr in die Stirn gefallen. Das schwache Licht ließ sie leuchten. Er hätte zu gern diese Strähne aus ihrem Gesicht gestrichen und dabei ihre Wange berührt. Warum er es nicht tat, wusste er nicht. Vielleicht hatte sie seine Berührung einmal zu oft abgewehrt.

Sein Blick glitt abwärts. Sie trug ein verwaschenes, formloses Sweatshirt. Darunter verbarg sie ihre Brüste. Er wusste, sie waren da, wundervolle, weiche Brüste. Seit einer Ewigkeit hatte er sie nicht mehr zu Gesicht bekommen, genau wie den Rest ihres Körpers. Ihr Po war groß und rund. Seine Handfläche begann zu kribbeln, als er sich ausmalte, ihn zu kneten, während sie auf ihm saß. Nicht nur seine Hand kribbelte.

Er schenkte seiner Erektion wenig Beachtung, war ihm doch klar, dass er keine Erfüllung bekommen würde. Wie lange war es her, dass er seine Frau gefickt hatte? Es war müßig, sich darüber Gedanken zu machen.

Resigniert wollte er aufstehen, zum Kühlschrank gehen und sich ein Bier holen, als sie leise seufzte und den Kopf bewegte. Vermutlich hatte sie Nackenschmerzen. Bei der unbequemen Haltung wunderte ihn das nicht. Sie hätte sich auch aufs Sofa legen können, aber das tat sie nicht. Seit Monaten nicht.

Sie blinzelte, gähnte laut und streckte die Arme aus. Dann drehte sie ihren Kopf von links nach rechts und stöhnte. Hatte er es doch gewusst.

»Auf der Couch ist noch Platz«, wagte er einen Vorstoß.

Überrascht riss sie den Kopf herum und starrte ihn an. Mit der Hand rieb sie ihren Nacken. Sie sah ihn nicht lange an. Ihr Blick ging zum Fernseher und auf die Uhr an der Wand.

»Was läuft denn?«, fragte sie.

Sie meinte das Fernsehprogramm. War es nicht scheißegal, was in der bescheuerten Kiste lief? Er wusste es ja nicht einmal. Desinteressiert zuckte er mit den Schultern, obwohl sie ihn nicht ansah.

Eine Weile starrte sie auf das Fernsehbild und er starrte weiterhin sie an. Es schien eine Ewigkeit zu dauern, bis sie ihm ihre Aufmerksamkeit schenkte.

»Was guckst du denn so?«

Es klang nicht nach einer Frage, eher nach einem Vorwurf.

»Darf ich dich nicht mehr ansehen?«

Na toll! Er wusste bereits, wo dieses Gespräch, wenn es denn eines war, enden würde.

Sie setzte sich etwas gerader hin und zupfte an dem bescheuerten Sweatshirt. Es bauschte sich vorne auf, damit er noch weniger von ihrer Figur sah.

»Wie war dein Tag?«

Warum konnte sie ihm nie eine Antwort geben? Sein Tag war beschissen gewesen, wie immer. Drei Meetings, in denen nur eines klargestellt wurde: Sie hatten nicht genug Personal, um die Aufträge anzunehmen, und zu wenig Geld, um Personal einzustellen. Der übliche Kreislauf aus Wollen und Nichtkönnen. Jetzt würden sie sich für einen von vier Aufträgen bewerben und die anderen der Konkurrenz überlassen. Und alles nur, weil seine beiden Partner kein Risiko eingehen wollten.

»Ging so«, sagte er.

Christin nickte und sah den bescheuerten Fernseher an. Am liebsten hätte er die Schale mit Süßigkeiten, die auf dem Couchtisch stand, in den Flimmerkasten geworfen, damit sie sich mit ihm beschäftigte.

»Was ist mit uns geschehen?«, fragte er mehr sich selbst.

»Wie meinst du das?«

Gott, sie konnte einem wirklich das Gefühl geben, das Falsche zu sagen.

»Wann waren wir das letzte Mal zusammen Essen oder Tanzen? Du hast früher so gern getanzt.«

Irritiert sah sie ihn an. »Gefällt dir unser Leben nicht?«

Langsam stieg Wut in ihm auf. »Würdest du einmal, nur ein einziges Mal, eine Frage nicht mit einer Gegenfrage beantworten?«

»Ich weiß nicht, was du willst.«

Jetzt wurde sie auch noch laut. Daniel bereute bereits, überhaupt etwas gesagt zu haben.

»Du bist nie vor neun Uhr abends zu Hause. Wenn du mal früher aus der Firma kommst, gehst du mit Frank zum Tennis. Wann, frage ich dich, wann haben wir Zeit für uns?«

»Wirfst du mir vor, dass ich mich um mein Aussehen und meine Fitness kümmere?«

Scheiße! Das war das Dümmste, was er hätte sagen können.

»Und ich tue das nicht? Ist es das, was du mir damit sagen willst? Bin ich hässlich für dich?«

Eigentlich hatte er auf diesen Mist keine Lust. Doch die Schlinge lag um seinen Hals und zog sich mehr und mehr zu. Jetzt aufzustehen und der Situation zu entfliehen, würde die Sache eskalieren lassen.

»Du weißt, dass das nicht stimmt.«

Den abfälligen Blick auf ihr Sweatshirt konnte er leider nicht verhindern.

»Aber man sieht ja kaum was von dir.«

»Wozu auch? Du bist eh nie zuhause.«

Er schwieg. Selbst wenn er daheim war, stritten sie, statt miteinander zu reden.

»Liebst du mich noch?«, fragte sie unvermittelt.

Daniel sah sie lange an und hörte tief in sich hinein.

»Ich weiß es nicht.«

Es war die Wahrheit. Hätte er sie belügen sollen? Sie waren an einem Punkt angelangt, wo sie ernsthaft etwas ändern mussten. Er fand es wichtig, ehrlich zu sein.

Christin sagte nichts. Sie sah ihn nicht an, bewegte sich nicht. Wie versteinert saß sie in ihrem Sessel. Er hasste diese Verschlossenheit. Früher hatte er es als angenehm empfunden, dass sie nicht so sentimental und gefühlsduselig war, jetzt wurde es zum Problem.

»Rede mit mir«, bat er und versuchte, Sanftheit in seine Stimme zu legen.

»Was soll ich dazu sagen, Daniel? Wenn du das nicht weißt, ist jedes Wort zu viel.«

»Aber nicht zu reden, bringt uns nicht weiter. Du verweigerst jegliches Gespräch. Es kann doch nicht sein, dass dich unsere momentane Situation zufriedenstellt?«

»Such keinen Grund, um zu gehen, wenn du keinen hast, um zu bleiben.«

Wow! Er brauchte einen Moment, um zu begreifen, was sie gesagt hatte. Fielen ihr solche Sätze spontan ein oder dachte sie schon lange so?

»Dann war es das also?«

Christin zuckte die Schultern. Einfach so. War ihr bewusst, dass sie gerade dabei waren, ihre Ehe zu beenden und nicht die Einladung zu einer Feier abzusagen? Sie wirkte völlig unbeteiligt.

»Liebst du mich denn noch?«

Es kam ihm so vor, als würde sie ihn an diesem Abend zum ersten Mal wahrnehmen. Ihre dunklen Augen scannten ihn regelrecht. Sie begann in seinem Gesicht und endete an seinen Füßen. Mist! Er hatte seine Straßenschuhe an, und das auf dem hellen Teppich.

Christin ließ ihre Füße vom Sessel gleiten und setzte sich aufrecht hin.

»Ich weiß es auch nicht.«

Heilige …! Sie waren wirklich am Ende.

In diesem Moment fühlte er etwas. Ein Stechen jagte in sein Herz, das ihm das Atmen für Sekunden unmöglich machte. Der Schmerz breitete sich in Wellen in seiner gesamten Brust aus und ließ ihn keuchen. Als Christin sich erhob, ihn traurig ansah und wortlos ging, war er nicht in der Lage, sich zu rühren.

Frank platzte ohne anzuklopfen in sein Büro und grinste. Abwehrend hob Daniel eine Hand und lauschte der Stimme am Telefon.

»Gut! Ich danke Ihnen, dass es so kurzfristig klappt.«

Nach einer kurzen Verabschiedung legte er auf und sah seinen Freund und Partner fragend an.

»Was gibt's?«

»Du hast eine Affäre?«

Ihm entglitten die Gesichtszüge.

»Wer verbreitet denn diesen Quatsch?« Sollte Christin das hören, bekam er keine Chance mehr, mit ihr zu reden.

»Tina hat mich angerufen. Christin hat es ihr gestern erzählt.«

Daniel keuchte und griff sofort zum Telefon. Nie und nimmer glaubte er daran, dass Christin solche Gerüchte in die Welt setzte. Auch wenn Tina ihre beste Freundin war, würde er ihr gehörig die Meinung sagen.

»Karstens & Partner. Tina Karstens am Apparat. Was kann …«

»Du kannst deine vorlaute Klappe halten und deine Lügen für dich behalten«, tobte er.

»Solltest du es wagen, diesen Scheiß meiner Frau gegenüber zu erwähnen, lernst du mich kennen.«

»Nun mach mal halblang. *Ich* habe sie nicht sitzen lassen.«

»Ich werde nicht mit dir darüber reden. Überleg dir genau, was du sagst.«

Er legte auf, bevor sie ihre vorlaute Klappe noch einmal aufmachen konnte.

»Diese Furie ist das Letzte. Kein Wunder, dass Paul sich von ihr getrennt hat.«

»Ich denke, er ist wegen Sandra gegangen.« Frank grinste lüstern.

»Paul hat Sandra einen Monat nach der Trennung kennengelernt. Er hat Tina nicht mehr ertragen und ich kann ihn verstehen.«

»Und was ist mit dir und Christin?«

»Wir haben eine Krise. Ich bin ausgezogen, aber das hat nichts zu sagen«, fügte Daniel hinzu. Er war nicht bereit, sie kampflos aufzugeben. Er gab ihr noch etwas Zeit, damit sie nachdenken konnte. In einer Woche würde er anrufen und sie zu einem Essen bei Da'Daniele einladen.

Früher waren sie fast jeden Freitag in diesem italienischen Restaurant gewesen. Nach Feierabend hatten sie sich zu Pasta und Rotwein getroffen und das Wochenende eingeläutet. Es waren solche Rituale, die eine Ehe am Leben hielten, das war ihm klargeworden. Sie hätten nie zulassen dürfen, dass ihre Arbeit einen höheren Stellenwert als ihre Ehe einnahm.

»Natürlich hat das nichts zu sagen«, wiederholte Frank süffisant.

Daniel warf ihm einen wütenden Blick zu und schwieg.

»Kommst du heute Abend ins Center?«, wechselte Frank das Thema.

»Glaub nicht.«

Er hatte nicht die geringste Lust, um die Häuser zu ziehen. Genau vor einer Woche waren sie Tennisspielen und anschließend in der Sauna gewesen. Ja, die nackten Weiber hatten ihn erregt, als er sich auf den Heimweg gemacht hatte. Am Morgen danach war er in ein Hotel gezogen.

»Es ist Gemischtsaunatag.«

»Viel Spaß!«

»Hey, vor einer Woche hattest du einen Ständer. Jetzt bist du solo und kommst nicht mit?«

»Ich bin nicht solo«, beharrte Daniel und wünschte inständig, dass es der Wahrheit entsprach.

»Ich versteh dich nicht. Mal unter uns, die Geilste war Christin nie.«

»Kein Wort mehr.«

»Du jammerst seit Monaten, dass sie dich nicht ranlässt. Und heute …?«

»Ich hätte lieber meine Schnauze gehalten.«

Daniel stand auf und nahm sein Sakko von der Stuhllehne. Er musste raus, brauchte Bewegung.

»Ich bin in zwei Stunden zurück.«

Im Wagen fiel ihm ein, dass er seine Laufschuhe bei Christin vergessen hatte. Es war kurz vor zwölf. Sie würde also im Büro sein. Er konnte beruhigt ins Haus fahren und ein Paar Sachen packen.

Ihm schlug das Herz höher, als er in die Garage fuhr. Rasselnd schloss sich das Tor hinter ihm. Seit Wochen hatte er das reparieren wollen. Er hatte so viel gewollt und nicht getan.

Als er die Verbindungstür aufschloss, wehte ihm der vertraute Duft entgegen. Zuhause!

Es roch frisch, nach Blumen, Parfüm und Christins Bodylotion. Daniel sog diesen Geruch tief in seine Lungen. Für einen Augenblick hoffte er, sie würde da sein.

Lustlos ging er in die Küche, um sich ein Glas Wasser zu holen. Es hatte ihn angekotzt, dass es im Haus wie in einer Möbelausstellung aussah. Kein Anzeichen von Leben hatte sie geduldet. Alles hatte immer aufgeräumt und ordentlich sein müssen.

Umso mehr überraschte ihn das Chaos in der Küche. Ein Pizzakarton lag auf dem Tresen. Der Barhocker stand mitten im Raum. Als er den Karton öffnete sah er, dass die Hälfte noch drin war. Auf dem Boden lag eine zusammengeknüllte Serviette, und neben der Spüle stand ein halbvolles Glas Rotwein. Die leere Flasche lag daneben. Ein Rest des Weines war auf die Arbeitsplatte getropft und hinterließ einen Fleck. Im Wohnzimmer, auf dem Sofa, lag eine zerwühlte Decke. Absurderweise verspürte er das Verlangen, aufzuräumen und die gewohnte Ordnung wieder herzustellen, doch dadurch würde sie merken, dass er im Haus gewesen war.

Er wandte sich ab und ging in die obere Etage. Als er die Tür zum Schlafzimmer öffnen wollte, schwang die Badezimmertür auf und Christin starrte ihn an.

Sie trug lediglich ein Schlabbershirt. Ihr Haar war zerzaust, die Augen gerötet und sie sah blass aus. Für Sekunden standen sie sich reglos gegenüber und betrachteten einander. Daniel konnte nur mühsam den Blick von ihren nackten Schenkeln lassen. Ihre Brüste zeichneten sich unter dem T-Shirt ab. Er schluckte krampfhaft, als er sah, dass es seins war.

»Ich wollte nur ein paar Sachen holen«, presste er hervor.

Ihre Miene zeigte keine Regung. Sie hatte etwas Apathisches an sich, dass ihm Angst einjagte.

»Wieso bist du zu Hause? Geht es dir nicht gut?«

Christin machte einen Schritt auf ihn zu. Ihre Hände fassten den Saum des T-Shirts und zogen es über ihren Kopf. Daniel schluckte krampfhaft und konnte den Blick nicht von ihrem Busen lassen. Rund und einladend sah er aus, und ihre Nippel stellten sich auf. Sein Körper reagierte augenblicklich auf diesen Reiz.

»Das gehört dir«, sagte sie sanft und reichte ihm das Shirt.

Er wollte ihre Brüste in seinen Mund saugen, den Duft ihrer Pussy riechen und sie schmecken. Sein Schwanz wollte endlich wieder in ihr sein.

Er trat so dicht an sie heran, dass die ausgestreckte Hand seinen Oberkörper berührte. Ihre Blicke hielten einander fest, als er seine Hand hob und sie auf Christins Brust legte. Zwischen Zeige- und Mittelfinger lugte ihre Brustwarze hervor. Als er die Finger zusammenpresste und ihren Nippel dazwischen einklemmte, schloss sie die Lider.

Es ging schnell, verdammt schnell.

Er war zu ausgehungert, um sich zurückzuhalten. Daniel drängte sie rückwärts ins Schlafzimmer und schubste sie aufs Bett. Dann riss er seine Hose von sich.

Christins Augen leuchteten auf, als sie seine Erektion sah. Einladend spreizte sie die Beine für ihn. Der Anblick ihrer offenen Pussy schaltete sein Hirn vollends aus.

Er brauchte all seine Willenskraft, um sich wenigstens so weit um sie zu kümmern, dass sie nass wurde. Gierig kniete er sich zwischen ihre Schenkel und küsste ihren Bauch. Mit den Händen knetete er das weiche Fleisch ihrer Schenkelinnenseiten und fand rasch den Weg zu ihrem Geschlecht. Heilige …! Ihr Saft benetzte augenblicklich seine Finger. Überrascht sah er auf.

Christin streckte die Arme nach ihm aus und flüsterte: »Komm! Ich will dich spüren.«

Erleichterung, Freude und Geilheit ließen Daniel keuchen. Als er mit einem einzigen, harten Stoß in sie eindrang, wusste er, dass sie es schaffen würden, diese Krise zu überwinden.

Er konnte und wollte das wohlige Knurren aus seiner Kehle nicht zurückhalten. Herrlich nass und eng umschloss ihre Pussy seinen Schwanz. Es tat so gut, sie zu fühlen.

Das schmatzende Geräusch machte ihn trunken. An Beherrschung war nicht mehr zu denken. Er wurde wilder, unbeherrschter. Er wusste, sie mochte es eher sanft, doch er konnte nicht. Konnte einfach nicht …

»Christin!«

Ihre Pussy krampfte sich um seinen Schwanz zusammen.

Das gab ihm den Rest.

Er legte seine Arme unter ihre Schenkel, hob sie etwas an und hämmerte in sie. Ein ersticktes Wimmern kam von ihr und sie drängte sich ihm entgegen, bäumte ihren Körper auf.

Erlösend schoss sein Sperma in seinen Schaft und entlud sich in ihr.

Immer und immer wieder pumpte er in Christin hinein, bis er nichts mehr zu geben hatte, und sank erschöpft auf sie herab. In seinem Kopf war gähnende Leere.

Sanft streichelte sie seinen Rücken. Daniel genoss diese Berührung wie keine zuvor. Er stützte sich auf die Ellenbogen, um Gewicht von ihr zu nehmen.

»Bitte, bleib. Ich möchte dich halten.«

»Ich habe deinen Orgasmus noch nie so intensiv gespürt wie eben.«

»Ich hatte nie einen. Das war überwältigend.«

Daniel stutzte. Das konnte unmöglich … Mein Gott! Hatte er sich so wenig auf ihre Befriedigung konzentriert?

»Warum hast du mir das nie gesagt?«

Es war kein Vorwurf. Er wollte nur wissen, wieso sie es nie für nötig befunden hatte, mit ihm darüber zu reden.

»Weil ich es nicht wusste.«

Jetzt hob er doch den Kopf und sah sie zweifelnd an.

»Du wusstest nicht, was ein Orgasmus ist?«

Ein verschämtes Lächeln umspielte ihre Lippen.

»Ich habe es genossen, dich zu spüren und es hat auch in mir gekribbelt, aber so war es noch nie.«

»Hast du dich nie selbst berührt?«

Christin zog ihn zu sich herab und vergrub ihr Gesicht an seiner Halsbeuge. Daniel wusste, dass sie ihre Scham verstecken wollte. Diese Zeiten waren vorbei. Das würde er nicht mehr durchgehen lassen.

»Bitte sieh mich an und antworte mir.«

Sie schüttelte den Kopf.

»Bitte Christin! Ich möchte keine Geheimnisse mehr.«

Sie lachte. Sie klammerte sich noch immer an ihm fest und lachte. Es war wunderbar, dieses Lachen zu hören.

»Es ist doch kein Geheimnis, Daniel. Du kennst mich. Sex war nie eine Leidenschaft von mir.«

Sie ließ das Klammern um seinen Hals, sodass er den Kopf heben und in ihr lächelndes Gesicht sehen konnte. Ihm ging das Herz auf. Sie war so schön, wenn sie dieses Strahlen in den Augen hatte.

»Ich liebe dich, Christin.«

»Ich liebe dich auch. Es tut mir leid, dass …«

Er legte seinen Zeigefinger auf ihre Lippen.

»Schhht! Lass uns diesen unsäglichen Abend vergessen. Ich möchte mit dir neu anfangen. Die erste Änderung, nein, die Zweite wird sein, dass wir wieder Freitagabend ins Da'Daniele gehen.«

»Und was ist die Erste?«

Daniel grinste und legte seine Lippen auf ihren Hals.

»Die Erste wird sein, dass du in Zukunft immer einen Orgasmus bekommst, wenn wir miteinander schlafen. Oder auch zwei.«

Ihr Seufzen klang wunderbar, als er an der zarten Haut hinter ihrem Ohr saugte.

»Ich muss dir noch was sagen, Daniel.«

»Nicht jetzt, Schatz. Jetzt will ich dich fühlen, schmecken und riechen.«

Als er aufsah, leuchtete ihr Gesicht in schönster Schamesröte. Das würde er ihr noch austreiben. Nie wieder Scham, nie wieder Schweigen, nie wieder diese Leere spüren, als er glaubte, sie verloren zu haben.

*

Endlich saß er im Wagen auf dem Weg zu seinem Donnerstagsdate.

Er war wieder einmal eine halbe Stunde zu spät. Verfluchte Konferenz! Mit seiner Konzentration war es sowieso nicht weit her. Er hatte nur an seine Sklavin denken können, die ihn erwartete und hungrig war. Hungrig nach seinem Körper, nach seinem Schwanz, nach seiner Macht über sie. Sein Ständer schmerzte bereits. Er würde seinen Samen erst auf sie spritzen müssen, bevor sie zum Spiel übergingen, sonst konnte er ihr nicht gerecht werden.

Er grinste zufrieden. Noch zwei Kilometer bis zum Apartmenthaus. Er hatte die Einzimmerwohnung mit Bad und Küche vor fünf Monaten gekauft. Es war ihr Liebesnest.

Als diese unglaubliche Frau vor einem halben Jahr in sein Leben getreten war, hatte er es nicht fassen können. Nie und nimmer hätte er geglaubt, dass in einer Frau so viel Gier und Leidenschaft stecken konnten. Und sie war sein, seine persönliche Lustsklavin.

Das Grinsen überzog sein ganzes Gesicht. Als er in das Parkhaus fuhr, rief er sich zur Raison. Es wurde Zeit, sich zu beherrschen und den Master zu wecken.

Heilige Scheiße! Er würde in ein paar Minuten wirklich Dominanz und Unterwerfung in einem BDSM-Spiel ausleben. Auch das hatte er niemals für möglich gehalten.

Hektisch öffnete Daniel die Tür zum Apartment, stellte seine Tasche ab, hängte den Mantel auf und betrat seine private Lasterhöhle.

Als er sie sah, unterdrückte er das erleichterte Seufzen in letzter Sekunde. Seine Rolle musste hart und gebieterisch sein. Ein lüsternes Keuchen untergrub seine Autorität. Und doch: Er konnte sich kaum an ihr sattsehen.

Auf allen Vieren kniete sie auf dem Bett, so, wie er es verlangt hatte. An Fuß- und Handgelenken trug sie lederne Manschetten, um den Hals ein breites Lederband, ansonsten war sie nackt. Ihr üppiger Po war das Erste, was er sah.

Prall ragte er vor ihm auf. Sie hielt den Kopf gesenkt, sah ihn nicht an. Deshalb zuckte sie unter der unerwarteten Berührung erschrocken zusammen.

»Halt still!«, sprach er befehlend und tauchte seine Finger in ihre Pussy. Sie war bereits nass.

»Hast du getan, was ich dir aufgetragen habe?«

»Ja, Herr!«

»Sage mir, was du getan hast.«

Da er hinter ihr stand, unterdrückte er das Schmunzeln nicht. Sie bekam noch immer rote Ohren, wenn sie darüber sprechen sollte. Und doch gehorchte sie ohne Zögern.

»Ich habe es mir mit dem Vibrator selbst gemacht, Herr.«

»Wie oft?«

Sie schluckte krampfhaft und räusperte sich.

»Wie oft habe ich gefragt.«

»Zwei Mal, Herr.«

Daniel war stolz auf sie. Noch vor einem halben Jahr hätte sie das nicht getan. Sie hatte sich für ihn geöffnet, ihre Grenzen überwunden und Erfüllung in sein Leben gebracht. Nie mehr gab er sie her, und genau das würde er sie jetzt spüren lassen.

Wortlos legte er die ausgedruckte Exceltabelle gut sichtbar auf die

Matratze.

Strafbuch stand in großen Lettern obendrüber. Darunter standen ihre beiden Namen und diverse Eintragungen. In der letzten Woche hatte sie zweimal geschimpft, dreimal hatte sie sich geweigert, über ihre Gefühle zu sprechen. Daniel machte einen weiteren Strich in ihre Verfehlungsliste, da sie ihm nicht sofort geantwortet hatte.

Auf seiner Seite standen zwei Striche für Zuspätkommen. Auch dahinter machte er eine dritte Notiz.

Sie seufzte, und dieser Laut war lüstern.

Diese Liste bedeutete für die nächsten Stunden, dass sie sechs Bestrafungsschläge und drei Orgasmen zu erwarten hatte.

Absurderweise mochte seine Lustsklavin den Schmerz nicht, der mit der Bestrafung einherging, liebte jedoch die Male auf ihrer Haut. Oft hatte er sie dabei beobachtet, wie sie nackt vorm Spiegel stand und sich lächelnd betrachtete. Dann war sie ganz in die Erinnerung an ihre Donnerstagssession vertieft.

Er streichelte den runden Arsch und sah schon jetzt die roten Striemen darauf. Sein Schwanz zuckte und wollte endlich abspritzen, doch Daniel genoss ihren Anblick noch eine Weile.

Seine kleine Lustsklavin wurde unruhig. Es schien ihr nicht sonderlich zu gefallen, dass er nur neben ihr stand und sie ansah. Er trat in ihr Blickfeld und begann sich auszuziehen.

»Sieh mir zu«, sagte er befehlend.

Sie hob den Kopf. Ihr lüsterner Augenaufschlag jagte ihm immer wieder aufs Neue Schauer über den Rücken. Früher hatte sie nie so geschaut. Aber früher war er auch in einer lieblosen, zum Schweigen verurteilten Ehe gefangen gewesen. Diese Zeiten waren lange vorbei, und er wollte nicht mehr daran denken.

Ihren Blick genießend, öffnete er Knopf für Knopf sein Hemd und ließ es zu Boden fallen. Er schnallte den Gürtel auf, zog ihn aus den Schlaufen und legte ihn vor sie auf die Matratze. Für ein paar Sekunden starrte sie das Leder an, wissend, dass es in Kürze rote Striemen auf ihrem Hintern hinterlassen würde.

Ganz langsam zog er den Reißverschluss seiner Hose nach unten, glitt mit der Hand hinein und umfasste seinen Ständer. Er unterdrückte sein Seufzen bewusst nicht. Ihr Blick hing an seinen eindeutigen Handbewegungen, und sie leckte sich die rotgeschminkten Lippen.

»Ahhhh!«, stöhnte er laut. »Ich will meinen Samen in deinen Mund spritzen.«

Er sah ihr krampfhaftes Schlucken und amüsierte sich über ihre rot glühenden Wangen. Seine Hose glitt ebenfalls zu Boden. Schnell befreite er sich von Schuhen und Socken und stellte sich vors Bett.

»Lutsch meinen Schwanz, lüsternes Weib.«

Unter seinem prallen Glied zogen sich die Hoden zusammen, als sie auf ihn zu gekrabbelt kam. Scheiße! Er würde nicht lange brauchen, um abzuspritzen.

Heiß und feucht schlossen sich ihre Lippen um sein Fleisch. Er stöhnte genüsslich auf. Es war nicht nur ihr nasser Schlund, der sich wunderbar anfühlte, warum ihn das Schwanzlutschen so sehr befriedigte. Es war ihr Geschenk an ihn, dass es so wertvoll machte.

Sie hatte sich anhaltend geweigert, ihn in den Mund zu nehmen. Dass sie sich für ihn überwunden hatte, machte es unvergleichlich.

Liebevoll sah er auf sie herab. Ihr Kopf glitt vor und zurück, immer schneller. Der Pferdeschwanz wippte dabei aufreizend hin und her. Daniel krallte seine Finger in ihr Haar und drang noch etwas tiefer in sie ein. Er keuchte laut, als er das Brodeln seines Spermas spürte.

»Oh Gott, ja!«

In diesem Moment hob sie den Kopf und sah ihn an. Unglaublich!

Sein Schwanz verschwand fast gänzlich in ihrem Schlund. Die roten Lippen pressten sich fest um sein Fleisch, und ihre dunklen Augen starrten ihn an.

Mit einem Aufschrei stieß er noch einmal zu, umfasste seinen Ständer und spritzte seinen Samen in ihren geöffneten Mund. Drei dicke Tropfen landeten auf ihrer Zunge. Ergeben schluckte sie seinen Saft.

Unfassbar, was sie alles für ihn tat.

Sie saugte an seiner Spitze, bis das Zucken in seinem Schwanz unangenehm wurde und er sich zurückzog.

Der Druck aus seinen Lenden war vorerst verschwunden, doch er war immer noch geil.

»Das hast du gut gemacht. Ich bin stolz auf dich.«

Ihr verschämtes Lächeln sah zu süß aus. Gehorsam wartete sie im Vierfüßlerstand auf weitere Anweisungen.

Sie hatte stets einen starken Willen besessen, aber ihre Selbstbeherrschung verschlug ihm die Sprache. Sie war in der Lage, eine gesamte Session in absolutem Schweigen zu verbringen. Selbst ihre Orgasmen konnte sie fast lautlos erleben. Doch das war etwas, das er nicht mehr zuließ. Er freute sich bereits auf ihr haltloses Geschrei.

In einem Anflug grenzenloser Liebe legte er seine Hände an ihre Wangen und küsste sie zärtlich.

»Leg dich auf den Bock, um deine Strafe zu empfangen.«

Mist, seine Stimme hatte viel zu sanft geklungen. Ihr Grinsen sagte ihm, dass es ihr nicht entgangen war. Aufreizend stand sie auf, kokettierte mit ihrer Nacktheit und ging zu dem angewiesenen Möbel.

Er hatte den Strafbock selbst gebaut. Unzählige Wochenenden hatte er in seiner Werkstatt verbracht und Möbelstücke für das Apartment gezimmert. Auf ihren ausdrücklichen Wunsch hin sogar ein Andreaskreuz, das an der rechten Wand verankert war.

Das würde er heute jedoch nicht benutzen. Er hatte sich andere Dinge ausgedacht. Seine kleine, lüsterne Sklavin würde gleich eine weitere Grenze überschreiten. In Vorfreude darauf umspielte ein fieses Grinsen seine Lippen.

Sie lag bereits über dem Bock und wartete auf ihn. Es war an der Zeit, ihr Schmerz und ihre geliebten Zeichen der Lust zu geben.

Daniel kniete sich neben sie und hakte die Karabiner der Ledermanschetten in die Ösen an den Beinen des Strafmöbels.

»Das sieht immer wieder geil aus«, flüsterte er.

Diese Schamesröte würde sie wohl nie in den Griff bekommen? Ehrlich gesagt, wollte er das auch nicht. Es war ein weiterer Kick, sie damit zu verunsichern.

»Ich kann das Glitzern deiner Pussy sehen.«

Beschämt ließ sie den Kopf hängen. Daniel lachte dröhnend.

»Wenn du glaubst, meine Worte seien peinlich, freue ich mich schon auf deine nächste Aufgabe.«

Irritiert sah sie zu ihm auf, doch es kam kein einziger Ton von ihr.

Er würde den Teufel tun und ihr sagen, was er vorhatte.

Gelassen ging er zurück zum Bett, nahm den Gürtel und legte ihn über ihren Nacken.

»Sollte er runterfallen, während ich dich vorbereite, wirst du sechs wundervolle Striemen mit heimnehmen.«

Sie ließ den Kopf weit nach unten fallen, schüttelte sich, sodass das Leder zu Boden fiel. Überrascht starrte Daniel sie an.

Eigentlich kam es ihm sehr entgegen, dass sie den Schmerz nicht mochte. Es fiel ihm schwer, sie zu schlagen. Das Spiel mit der Dominanz lag ihm mehr. Aber gut, wenn sie es so wollte, würde er es tun.

Er entschied sich für ein breites Lederpaddle, um Hitze in ihren Leib zu bringen. Ihre gespreizten Beine und der dargebotene Hintern ließen seinen Schwanz schon wieder etwas anschwellen. Nach der Bestrafung würde er einen ordentlichen Ständer vorweisen.

Das Klatschen des Leders auf Haut war ein unbeschreiblich erregendes Geräusch. Anfangs zuckte sie noch nicht, nur ihre Atmung beschleunigte sich, doch das änderte sich bald. Herrlich rot glühte ihr Arsch, und er sah, dass sie ihre Hände zu Fäusten schloss und an den Manschetten zog. Ab und zu entwich ihr keuchend die Luft. Jeder dieser Laute jagte in seinen Schwanz. Macht erfüllte ihn.

Als er zum Gürtel griff, stand sein Penis prall vor seinen Lenden.

Sie konnte den Schrei nicht unterdrücken, als er den ersten harten Schlag ausführte. Ihr Leib zuckte auf dem Bock, doch sie entkam ihm nicht.

Daniels Herz begann zu rasen.

Er setzte die Hiebe gleichmäßig und kurz hintereinander. Sie schluchzte beim letzten Schlag auf. Sechs rote Linien bedeckten ihren Hintern und den Rücken. Es sah einfach nur geil aus.

Er berührte einen der Striemen, und sie zischte unwillig. Grinsend beugte er sich herab und leckte mit der Zunge über die Stelle. Sie seufzte erleichtert auf.

»Wie fühlt sich das an? Sag es mir!«

Er benetzte erneut eines der Male.

»Oh Gott«, keuchte sie. »Es ist kühl und überdeutlich zu spüren.«

»Macht es dich an?«

»Ja!«

»Hatte ich nicht gesagt, du sollst in ganzen Sätzen antworten?«

Wahrscheinlich verfluchte sie ihn gerade innerlich. Daniel grinste über ihr.

»Es macht mich geil«, flüsterte sie.

»Wie geil macht es dich?«

»Ich bin feucht und meine Schamlippen sind geschwollen.«

Er glitt mit der Hand zwischen ihre Beine.

»Scheiße! Du läufst aus, Kleines. Du bist nicht nur feucht, sondern klitschnass.«

Er konnte die Röte sogar in ihrem Nacken sehen.

»Sobald ich dich ficke, will ich deutlich von dir hören, wie es dir gefällt.«

Geräuschvoll entglitt ihr die Luft. Sie würde es tun, das wusste er, egal, wie schwer es ihr fiel. Wenn sie in diesen vier Wänden waren, tat sie alles, was er verlangte.

Sie war nass genug, dass er sie nicht behutsam nehmen musste. Mit einem einzigen Stoß glitt er in sie hinein. Glitschig und heiß umschloss ihre Möse seinen Schwanz. Sie keuchte laut.

Daniel nahm sie heftig und tief. Er hatte nicht vor, sich selbst zu sehr zu stimulieren. In dieser Stellung kam sie schnell zum Orgasmus. Er wusste noch genau, welche Überwindung es sie gekostet hatte, sich ihm auf allen Vieren zu präsentieren. Mittlerweile liebte sie es von hinten, es war ein Garant für Orgasmen.

Und auch jetzt erlag sie ihrer Geilheit nach ein paar Minuten. Ihr Stöhnen wurde immer lauter, das Atmen fiel ihr schwer. Trotz der Fesseln drängte sie sich ihm entgegen, soweit es ging.

Oh ja! Ihre Laute waren das Geilste, was er je gehört hatte. Haltlos schrie sie, als sie auf seinem Schwanz zu zucken begann. Es fühlte sich unglaublich an, ihren Höhepunkt zu spüren. Ein Keuchen unterdrückend zog er sich zurück, als sie fertig war. In seinen Hoden zog es bereits verdächtig.

Er sank hinter ihr auf die Knie und zog ihre Schamlippen auseinander. Sie schmeckte einfach zu geil. Gierig saugte er ihren Saft in seinen Mund. Leise Seufzer sagten ihm, dass sie es genoss, obwohl er es noch nie geschafft hatte, sie auf diese Art zum Höhepunkt zu bringen. Irgendetwas blockierte sie. Bis jetzt waren sie nicht dahinter gekommen, was es war, doch auch das würde er eines Tages schaffen. Aber nicht heute. Er hatte anderes geplant.

Behutsam löste er die Manschetten um ihre Hand- und Fußgelenke.

»Leg dich mit dem Rücken aufs Bett. Ich möchte, dass du etwas für mich tust.«

Er sah die Verwirrung in ihren Augen, doch sie gehorchte.

»Spreiz deine Beine. Ich will alles sehen.«

Widerwillig tat sie es.

Ob die Striemen auf ihrer Rückseite brannten? Spürte sie noch die Bestrafung auf ihrer Haut, oder war das Gefühl schon verflogen?

Konzentrier dich, ermahnte er sich. *Sie wird nicht wollen, was du gleich von ihr verlangst.*

Sie hatten eine Abmachung. Ohne Angst vor einer Züchtigung haben zu müssen, konnte sie seine Wünsche ablehnen. Es war immer ihre Entscheidung, wie weit sie ging. Doch Daniel hoffte inständig, dass sie ihn sehen lassen würde, wie sie sich ihrer Geilheit hingab.

Ohne die Augen von ihr abzuwenden, lief er zu seiner Tasche und holte einen Karton und ein Verlängerungskabel heraus. Ihren unsicheren Blick genoss er aufs Äußerste.

Dieses Ding sollte angeblich der derzeit beste Vibrator auf dem Markt sein. Seine Lustsklavin riss die Augen weit auf, als er ihn auspackte. Es war ein langer Stab mit einem weichen Ball am Ende.

Der Summton war leise, als er ihn einschaltete. Daniel kniete sich zwischen ihre Füße und nahm den Ball in die Hand. Wow! Der hatte wirklich Power. Dabei hatte er nur die erste Stufe eingeschaltet.

Um ihr zu zeigen, was auf sie zukam, ließ er den Gummiball über die Innenseiten ihrer gespreizten Schenkel gleiten. Sie schluckte krampfhaft.

»Zieh deine Schamlippen auseinander.«

»Was?«, entfuhr es ihr.

Daniel umfasste seinen Schwanz und massierte ihn.

»Es würde mich unglaublich aufgeilen.«

Sie schloss beschämt die Augen. Ihre Finger zitterten, als sie ihre Pussy berührte und sie für ihn öffnete.

Geil!

Er streichelte mit dem Vibrator über ihre Schamlippen. Sie zuckte zurück.

»Halt still!«

»Das ist Zuviel. Oh Gott, Daniel.«

Trotz ihres Einwandes presste sie ihre Möse gegen den Ball und jauchzte.

»Ich will …«, sagte er streng. »dass du mit einer Hand deine Pussy spreizt und es dir mit dem Vibrator selbst machst. Ich werde zusehen.«

Blankes Entsetzen stand ihr ins Gesicht geschrieben.

Ungerührt nahm Daniel das Gleitgel vom Nachtschrank und drückte einen Tropfen auf ihre Klitoris. Wie paralysiert hielt sie noch immer ihre Schamlippen offen, sodass der kleine lüsterne Knubbel hervortrat.

Um mehr Druck auszuüben begann er erneut, seinen Schwanz zu massieren.

»Beginne, sonst bin ich vor dir fertig.«

Fast trotzig nahm sie den Vibrator, spreizte ihre Beine weiter und legte zwei Finger ihrer freien Hand links und rechts neben ihren Kitzler. Sie schloss die Augen und ließ ihren Kopf auf die Matratze sinken, als der Ball auf ihre Möse traf.

Heilige Scheiße! Sie zuckte augenblicklich unter dem Ding zusammen und seufzte laut.

Daniel konnte nicht viel sehen, der Gummiball bedeckte ihre ganze Pussy. Ein tiefes, gepeinigt klingendes Luftholen lenkte seine Aufmerksamkeit auf ihr Gesicht.

Sie presste die Lider fest aufeinander, ihr Mund stand offen, und sie holte keuchend Luft. Immer schneller keuchte sie, dann hielt sie den Atem an.

Bewundernd hing sein Blick an ihr.

Wimmernd japste sie nach Luft, drückte den Ball auf ihre Möse und riss plötzlich die Augen auf. Sie starrte zur Decke, doch Daniel hatte das Gefühl, sie war ganz in sich selbst versunken.

»Ja, ja, oh jaaaa …«, schrie sie.

Ruckartig schloss sie die Beine, klemmte den Vibrator dazwischen ein und keuchte. Mit zitternden Fingern suchte sie den Knopf und schaltete das Ding aus. Schnurrend und um Atem ringend rollte sie sich zur Seite.

Daniel hatte das Gefühl, sein Schwanz würde auf der Stelle platzen, wenn er nicht gleich in ihr war. Noch während sie die letzten Wellen ihres Orgasmus genoss, zog er sie an den Beinen zu sich. Er umschlang ihre Schenkel, spreizte sie und drang in sie ein. Wegen des Gels war sie glitschig und bot keinen Widerstand. Kraftvoll stieß er zu, seiner eigenen Geilheit willenlos ausgeliefert. Ihr Brüste schaukelten durch die Wucht seiner Stöße hoch und runter.

Er wünschte sich tausend Hände, um sie überall berühren zu können, griff ihre Knöchel fest und grätschte ihre Beine weit nach oben. Immer schneller und härter rammte er sich in sie hinein.

Sie schrie auf, streckte ihre Arme hoch und umfasste das Messinggestell des Bettes.

Seine Hoden zogen sich zusammen, sein Sperma schoss in seinen Schwanz. Animalisch brüllend stieß er zu und zu und zu.

Ihm schwirrte der Kopf. Noch ein Spritzer und noch einer entluden sich in ihre Möse. Daniel drückte den Rücken durch, verharrte tief in ihr und genoss das letzte Zucken seines Gliedes. Dann sank er kraftlos in ihre ausgebreiteten Arme.

Für Minuten dachte er an gar nichts, lag einfach nur in den Armen seiner Frau und spürte das sanfte Streicheln ihrer Hand auf seinem Rücken.

Er fühlte sich sauwohl.

»Du rutschst aus mir heraus«, unterbrach sie den Moment der Zufriedenheit.

»Das Gequassel danach muss ich dir noch abgewöhnen.«

Er hob den Kopf und grinste Christin an.

»Aber du versaust gleich das Laken.«

»Es wird doch sowieso gewaschen.«

»Ich find es eklig, wenn dein Samen aus mir rausläuft.«

Daniel zog sich ein kurzes Stück zurück. Sie quiekte, schlang die Beine um seine Hüften und zog ihn tiefer in sich.

»Wehe!«

Mit langem Arm öffnete er die Schublade vom Nachtschränkchen und holte ein kleines Handtuch heraus.

»Was bekomme ich dafür?«

»Den Hintern voll, wenn du es mir nicht gleich gibst«, lachte sie.

»Du scheinst da was zu verwechseln. Küss mich!«

Jetzt, nach der ganzen Härte, küsste er sie zärtlich. Es war so wunderbar, sie in seinen Armen zu wiegen. Er vergrub sein Gesicht an ihrem Hals und atmete ihren Duft ein.

Sie quengelte unter ihm. Seufzend hob er den Oberkörper und glitt aus ihr heraus.

»Quälgeist. Nächsten Donnerstag fessle ich dich mit gespreizten Beinen. Dann bist du bewegungsunfähig, und du bekommst einen Knebel«, fügte er hinzu. »Da kannst du schimpfen, was das Zeug hält.«

Ihr pikierter Blick war zu schön. Er lachte lauthals, stand auf und ging ins Bad.

In einer Stunde brachte der Lieferservice das Essen, Zeit genug, um ein ausgiebiges Bad zu nehmen.

Überrascht blieb er in der Badezimmertür stehen, als er zurück ins Zimmer kam.

Christin lag noch immer auf dem Bett, hatte die Beine angewinkelt und gespreizt und streichelte sich mit dem Vibrator.

»Du bist triebhaft und maßlos.«

Erschrocken zuckte sie zusammen und sah ihn beschämt an.

»Mach weiter«, sagte er lächelnd und legte sich neben sie.

Es fiel ihr auch jetzt schwer, sich vor ihm zu befriedigen, doch dieses Ding schien ihr ungemein zu gefallen. Lüstern spreizte sie die Schenkel und stimulierte sich.

Immer wieder streckte sie den Kopf in den Nacken und seufzte. Er streichelte ihre erhitzten Wangen und ihren Hals, hinunter zu ihren Brüsten. Ihre Lustlaute wurden durchdringender. Seine eigene Gier war gestillt, jedoch hielt ihn das nicht davon ab, ihre Brustwarzen in seinen Mund zu saugen.

»Oh Gott, Daniel, lass das. Es lenkt mich ab.«

Nur mühsam konnte er sich das Lachen verkneifen. Er dachte gar nicht daran, es ihr leicht zu machen. Er zwirbelte einen ihrer Nippel und an dem anderen saugte er fest. Sie bäumte sich unter ihm auf. Dieses Spiel dauerte gut zehn Minuten. Kein Wunder, dass er sie mit dem Mund nicht zum Kommen brachte, er hätte längst einen Krampf im Kiefer. Grinsend beobachtete er, wie sich ihre Lust immer weiter aufbaute. Als sie die Luft anhielt, wusste er, dass sie kurz davor war.

Vorsichtig, damit sie nicht wegzuckte, berührte er den Vibrator und schaltete auf Stufe zwei.

Sie hatte noch nie so geschrien.

Nach wenigen Sekunden riss sie den Ball von ihrer Pussy, keuchte laut und presste ihre Beine zusammen. Sie schnaufte wie nach ihrem sonntäglichen Joggen.

Er streichelte ihre Wange und küsste ihren Hals.

»Du bist wunderbar, Christin.«

»Was plätschert da?«, fragte sie atemlos.

»Scheiße!«

Daniel hastete ins Bad. Nur wenige Zentimeter vorm Überlaufen der Wanne drehte er das Wasser ab.

»Du verursachst mit deiner ausschweifenden Geilheit noch einen Wasserschaden.«

Christin stützte sich auf ihre Ellenbogen und grinste ihn süffisant an.

»Ich habe schließlich fünfzehn Jahre Orgasmen nachzuholen. Mir will scheinen, dass dir das nicht unangenehm ist?«

Er lachte schallend. Sie hatte ja so Recht.

»Daniel?«

»Hm!«

»Ich liebe dich!«

Das Geständnis

Beschwingt stieg Teresa in ihren kleinen roten Flitzer. Liebevoll streichelte sie über das Armaturenbrett, bevor sie den Schlüssel ins Zündschloss steckte. Sie liebte ihren weinroten Mini, auch wenn er schon ein paar Jahre auf dem Buckel hatte. Die gedrungene, knuddelige Form verlieh ihm Charakter.

Sie schmunzelte über sich selbst. »Mann, bist du heute überdreht«, schalt sie sich und startete den Motor. Das Radio ging ebenfalls an, und ohrenbetäubender Krach schlug ihr entgegen. Dann erkannte sie Linkin Park. *Numb* war eines ihrer Lieblingstücke, und so sang sie lautstark mit, natürlich völlig neben der Musik.

Schwungvoll fuhr sie aus der Parklücke und wäre fast im schicken BMW eines Kollegen gelandet. Sie sah im Rückspiegel, wie er missbilligend den Kopf schüttelte.

»Humorloser Stoffel. Ein bisschen Lebensfreude stünde dir auch gut zu Gesicht. Nur ein teurer Anzug und ein dickes Auto machen noch keinen begehrenswerten Mann aus dir.«

Sie legte den ersten Gang ein und gab Gas. Der Splitt unter ihren Reifen flog nach hinten.

Ihr Kollege fluchte. Wild gestikulierend fuchtelte er mit den Händen rum.

»Ich bin ja schon weg. Reg dich nicht so auf. Es ist Wochenende! Du kannst den Spießer wegpacken.«

An der Ausfahrt vom Firmengelände musste sie ewig warten, bis sie sich in den Verkehr einreihen konnte. Ihr letzter Blick in den Rückspiegel zeigte einen angesäuerten BMW-Fahrer, der ungeduldig mit den Fingern gegen sein Lenkrad trommelte.

Dir auch ein schönes Wochenende! Wie kann man nur so verknöchert sein? Dabei ist er nicht viel älter als ich. Dem fehlt die richtige Frau. Ein bisschen haltloser Sex, und schwupps wäre er ein umgänglicher, freundlicher Kollege.

Teresa lachte. Sie fühlte sich flatterig und übermütig, frisch verliebt halt. Sie freute sich wie verrückt aufs Wochenende. Daniel kam heute Abend zu ihr und blieb bis Sonntag.

Seit der Schulzeit kannten sie sich. Dass sie jetzt ein Paar waren, kam ihr unwirklich vor. Sie zuckte mit den Schultern und grölte Nickelbacks *Do This Anymore.*

Hör auf zu zweifeln. Er hat seinen Job in der tollen Klinik für dich aufgegeben und arbeitet jetzt in einer kleinen Arztpraxis, nur um in deiner Nähe zu sein. Er liebt dich wirklich.

Doch sie konnte die alten Demütigungen und Neckereien nicht gänzlich vergessen. Zu tief hatten sie sich in ihre Seele gebrannt. Damals war sie schüchtern und übergewichtig gewesen. Daniel hatte keine Gelegenheit ausgelassen, sie zu ärgern. Umso erstaunlicher war ihr Vertrauen heute. Grenzenloses Vertrauen, wenn es um eine bestimmte Sache ging.

Mein Gott, dass sie die Schläge mit der Peitsche ertragen, nein, nicht ertragen, genossen hatte, erschien ihr noch immer unvorstellbar. Wie lange war es her, dass Daniel sie in seine Neigungen eingeweiht hatte? Waren es wirklich erst acht Wochen?

Ein Grinsen breitete sich über Teresas Gesicht aus. Nie im Leben hätte sie gedacht, dass Sex so aufregend und sinnlich sein konnte. Daniel war mit Abstand der beste und raffinierteste Liebhaber, den sie je hatte. Gut, das war auch keine Kunst, denn schließlich war er erst der dritte Mann, mit dem sie je intim geworden war.

Was er sich wohl für das Wochenende ausgedacht hatte? Ihr Herz machte einen Satz, während sie sich durch das Gewühl auf dem Supermarktparkplatz drängelte. Er würde sie mit Sicherheit wieder fesseln. Das mochte sie sehr. Ihm ausgeliefert zu sein hatte einen ganz besonderen Reiz. Er hatte die Führung und das gab ihr nicht nur ein Gefühl der Unterwerfung, sondern auch Geborgenheit. So absurd es klang, in dem Moment konnte sie sich fallen lassen. Daniel hatte so viel mehr Erfahrung in Sachen Liebesspiel. Als er ihr zum ersten Mal Fesseln angelegt hatte, hatte sie ihm die Kontrolle überlassen. Ein Befreiungsschlag für sie. Ob ihm das klar war?

Ein älterer Mann versperrte ihr den Weg in den Supermarkt. Sie versuchte, mit ihrem Einkaufswagen um seinen herumzufahren. Natürlich klemmte mal wieder ein Rad, und so stieß ihr Wagen scheppernd gegen seinen.

»Entschuldigen Sie!«, stammelte Teresa.

War das peinlich. Immer erwischte sie den einen kaputten Einkaufswagen. Das war ja wieder typisch.

»Keine Ursache, junge Frau. Ich stehe ja schließlich im Weg.« Der Mann lächelte und trat ein Stück zur Seite. Teresa schenkte ihm ein strahlendes Lächeln, bedankte sich und fuhr an ihm vorbei.

»So, zurück zum Einkauf. Wie verwöhnen wir uns denn heute?«

Sie kaufte mehr Leckereien als Nahrungsmittel. Gut, es waren drei Steaks dabei, aber die würden kaum für das ganze Wochenende reichen.

»Gehen wir halt morgen essen«, plapperte sie vor sich hin.

Sie musste an das wundervolle italienische Restaurant von vor zwei Wochen denken. Ihr Herz schlug nicht durch die Erinnerung an das leckere Tiramisu, mit dem sie sich gegenseitig gefüttert hatten, höher. Während des gesamten Abends hatte sie kleine Brustwarzenklemmen getragen. Anfangs war sie empört, dann verlegen und am Ende derartig überreizt, dass sie nichts gegen Daniels Hand unter ihrem Rock einzuwenden hatte. Doch Daniel hatte sie zappeln lassen, bis sie zu Hause angekommen waren. Bei dem Gedanken wurde ihr heiß, und das Dauergrinsen kehrte zurück.

Zwei Körbchen Erdbeeren landeten in ihrem Einkauf, neben der Honigmelone, Physalis, Schlagsahne, Schokosauce, einer Pralinenschachtel, Frühstücksbacon und dem Frischkäse.

»Sehr übersichtlich«, murmelte sie vor sich hin und sah stirnrunzelnd in ihren Wagen.

Du solltest dich mal für ein paar Minuten konzentrieren und zum Ende kommen.

Am liebsten hätte sie vor lauter Übermut den Ronja-Frühlingsschrei ausgestoßen, doch sie konnte sich gerade so beherrschen. Eine Viertelstunde später saß sie in ihrem Mini und machte sich endlich auf den Heimweg.

Schnaufend schleppte sie die Einkaufstüten in den zweiten Stock. Als sie die Wohnungstür aufschloss, wehte ihr ein herb-süßer Duft entgegen: Daniels Rasierwasser. Sie liebte diesen Geruch.

»Daniel?«

Stille! Er schien noch einmal weggefahren zu sein, denn sein Auto hatte sie vor dem Haus auch nicht gesehen.

Auf dem Küchentisch lagen ein großer Zettel und ein Päckchen. Daniels geschwungene Handschrift ließ ihr Herz höher schlagen.

Vertraust du mir?

»Ja, ich vertraue dir«, sagte sie mit einem breiten Grinsen im Gesicht. Doch als Teresa weiter las, wurde ihr mulmig zumute.

Ich möchte ein Spiel mit dir spielen.

Folgendes Szenario: Du bist FBI Agentin und ermittelst Undercover in der Prostituiertenszene. Deine Widersacher werden dich in die Finger bekommen, sind sich aber nicht sicher, was du weißt. Du darfst auf keinen Fall deine Deckung aufgeben, egal, was sie mit dir tun. Verrätst du dich, ist das Spiel vorbei.

Bist du einverstanden, dann zieh das Kostüm an, das in dem kleinen Päckchen ist, und sei pünktlich acht Uhr vor dem Jack's.

Dir wird nichts geschehen, außer, dass du dich vor Lust windest.

Bitte vertrau mir auch diesmal.

In Liebe

Daniel

Teresas Finger zitterten, als sie den Zettel auf die Arbeitsplatte legte und das Päckchen anstarrte.

»Kostüm? Na viel kann es nicht sein, so klein, wie es ist.«

Ihr brach der Schweiß aus, als sie die schwarze Schachtel berührte. Ein Rollenspiel. Würde sie das durchhalten?

Sie hasste Verkleidungen. *Das weißt du genau. Fasching war mir schon als Kind zuwider. Ich kann mich noch genau daran erinnern, wie du immer versucht hast, den einzelnen Träger von meinem indischen Wickelkleid runterzuziehen.*

Ihre Oma hatte das Kostüm genäht. Es hatte ihr gefallen und sie hatte sich wohl gefühlt. Bis Daniel seine Aufmerksamkeit ihrer besten Freundin gewidmet hatte. Es war ihr letztes Faschingsfest gewesen, an dem sie teilgenommen hatte. Damals war sie elf Jahre alt.

Teresa grinste. Schon damals hatte sie Daniel sehr gemocht.

Sie holte tief Luft und öffnete die Schachtel, darin lag jedoch kein Faschingskostüm, sondern ein schwarzer Lederrock, der für den Namen Rock nicht annähernd lang genug war. Breiter Gürtel traf es eher.

Das Oberteil war allerdings die Krönung! Sie wusste nicht, als was sie den dünnen Stoff bezeichnen sollte - es war ein schwarzes Etwas mit halblangen Ärmeln und wurde unter der Brust zusammengeknotet. Nur ihre Schultern und der Busen würden bedeckt sein. Sonst war nichts weiter in der Schachtel.

»Du glaubst doch nicht im Ernst, dass ich das anziehe, ohne Höschen und BH.«

Sie hasste es, keinen BH zu tragen, dafür waren ihre Brüste zu groß. Sie würden bei jedem Schritt wippen, ihre Brustwarzen sich aufstellen und nach wenigen Minuten wund sein. Teresa grinste dümmlich. Ihre Spitzen richteten sich bereits jetzt gierig auf.

Mistkerl! Du weißt, dass ich viel zu neugierig bin, um auf das Spiel zu verzichten.

Als sie auf die Uhr schaute, wurde ihr ganz anders. Halb sieben war es bereits, bis zum Jack's würde sie eine halbe Stunde brauchen.

Hastig räumte sie die Einkäufe in den Kühlschrank und sah wehmütig die Erdbeeren an. Wer wusste schon, wann sie heute Abend nach Hause kommen würden?

Wäre schade drum. Kurzerhand wusch sie die Erdbeeren und verstaute sie in einer Tupperschüssel.

Dann rannte sie ins Bad, putzte sich die Zähne, duschte, rasierte sich die Beine und den Intimbereich und cremte ihren Körper mit der blumig duftenden Lotion ein, die Daniel so sehr mochte.

Das, was er als Rock bezeichnete, bedeckte geradeso ihren Hintern, das Strickteil schmiegte sich weich um ihren Busen. Wundreiben würde sie sich wohl nicht, aber sie kam sich wie Dolly Buster vor.

Ihre Augen schminkte sie schwarz, etwas mehr, als sie es für gewöhnlich tat. Wenn sie schon wie eine Hure aussah, wollte sie sich in der Rolle auch richtig ausleben. Überraschenderweise gefiel ihr das Make-up, ihre dunklen Augen wurden extrem betont. Einen knallroten Lippenstift besaß sie nicht, also legte sie ihren braunen auf.

Schuhe! Was sollte sie zu diesem Outfit für Schuhe anziehen? High Heels hatte sie nicht, da sie nicht den ganzen Tag darin laufen konnte. Ihre anderen Pumps waren zu flach. Heute war es tagsüber 26° warm, sie konnte wohl kaum Stiefel tragen?

Egal! Das sind die einzigen Schuhe, die passen.

Der Schaft ihrer Lieblingsstiefel reichte ihr bis zu den Oberschenkeln, die Absätze waren fünf Zentimeter hoch. Das musste genügen.

Vielleicht sollte sie sich für solche Spielchen doch mal ein Paar schwarze High Heels zulegen? Konnte ja sein, dass Daniel so was öfter vorhatte.

Sie begutachtete sich im Spiegel und riss entsetzt die Augen auf.

»Heilige Scheiße! Du siehst wie eine Nutte aus.« Sie fühlte sich jedoch kein bisschen sexy, sondern verrucht.

Pünktlich, um kurz vor halb acht, schnappte sie sich ihren Mantel und rannte die Treppe hinunter.

Je näher sie dem Jack's kam, desto schneller schlug ihr Herz.

Beruhige dich, sonst bekommst du einen Herzinfarkt und hast nichts von dem Spiel, dachte sie grinsend. Ihre Finger waren dennoch kalt und verschwitzt.

Sie fand gegenüber dem Jack's eine Parklücke. Einmal mehr liebte sie ihren Mini, der sich auch in die kleinste Lücke quetschen ließ.

Der Schlüssel fiel ihr runter, als sie das Auto abschließen wollte. *Na toll!*

Natürlich war er unter dem Wagen gelandet.

Warum habe ich immer so ein Glück? Maulend kniete sie sich hin, angelte nach dem Schlüsselbund und steckte ihn in ihre Manteltasche. Unruhig und aufgekratzt ging sie zum Jack's hinüber. Sie hatte noch fünf Minuten, in dieser Zeit würde ihr wahrscheinlich das Herz aus der Brust hüpfen.

Ein Pärchen beäugte sie argwöhnisch, als sie die Kneipe betraten.

Ja, ja, ich trage im Sommer Stiefel und Mantel, weil mein Freund ein Perverser ist. Wenn die wüssten, was sie vorhatte, würden sie Teresa wahrscheinlich einweisen lassen.

Ihr habt keine Ahnung, wie berauschend das ist, ...

Ein schwarzer VW-Transporter hielt an der gegenüberliegenden Straßenecke. Da niemand ausstieg, drehte sie sich um und sah in die andere Richtung.

»Also ich bin pünktlich!«, maulte sie ungeduldig.

In diesem Moment wurde sie von hinten gepackt. Den erschrockenen Aufschrei dämpfte eine große Hand, die sich über ihren Mund legte.

Es ging alles so wahnsinnig schnell, dass Teresa nicht wusste, wie ihr geschah. Ihre Sicht verdunkelte sich, als ihr etwas über die Augen gelegt und am Hinterkopf verknotet wurde. Der Griff um ihren Oberkörper wurde fester, man hob sie hoch und trug sie weg.

Instinktiv strampelte sie mit den Beinen. Ihre Absätze trafen gegen etwas Hartes. Hatte sie den Kerl am Schienbein erwischt? Er knurrte hinter ihr. *Gut so*!

Sie hörte, wie sich eine Schiebetür öffnete, dann fiel sie unsanft auf den Boden.

»Au! Verdammt!«

»Halt die Schnauze!«, brüllte jemand neben ihr.

Krachend wurde die Tür geschlossen, und das Auto fuhr los. Teresa war sich sicher, dass sie in dem VW-Bus lag, der an der Ecke gestanden hatte.

Sehr überzeugende Entführung. Fast hätte sie gelacht, doch sie hatte sich an eine Rolle zu halten, und der echten Nutte würde es gar nicht gefallen, verschleppt zu werden.

»Was soll die Scheiße?«, schrie sie hysterisch. »Lasst mich raus.«

»Du sollst die Schnauze halten, habe ich gesagt.«

Teresa verstummte. Kalter Schweiß brach ihr aus. Das war nicht Daniels Stimme!

Angst kroch ihr die Kehle hoch. Es wurde noch schlimmer, als jemand grob nach ihr griff und ihre Arme auf dem Rücken mit einem Strick verschnürte. Kratzig und hart umschlang er ihre Handgelenke. Tränen wollten in ihr aufsteigen.

Vertrau mir! Gott, in dieser Situation fiel es ihr schwer, ihm zu trauen. Mit aller Macht versuchte sie, sich zu konzentrieren. Einer hatte sie festgehalten und hochgehoben. Er hatte ihr mit Sicherheit nicht die Augen verbunden, also waren sie mindestens zu zweit.

Daniel fährt den Bus. Ganz bestimmt tut er das.

Neben ihr erklang ein Lachen. »Was haben wir denn diesmal erwischt? Eine Nutte im Mantel. Man könnte glauben, du bist schüchtern.«

Teresa spürte Hände, die sich an den Knöpfen ihrer Jacke zuschaffen machten. Instinktiv trat sie um sich. Es war nicht die Rolle, die sie zur Gegenwehr trieb, sondern echte Angst.

»Halt still, du Schlampe. Ich will mir nur ansehen, was für ein fetter Fisch uns ins Netz gegangen ist.«

Der Mantel öffnete sich, doch man berührte sie nicht. Dennoch übermannte Teresa die Scham - schutzlos war sie den Blicken eines Fremden ausgeliefert, und das in diesem Outfit!

»Hmmm! Lecker! Du hast prachtvolle Titten. Das wird ein Spaß.«

Sie drehte den Kopf zur Seite, der Stimme abgewandt. Sie schämte sich zutiefst. Das durfte alles nicht wahr sein! Am liebsten hätte sie nach Daniel gerufen, sich vergewissert, dass er da war und sie beschützte.

Bis jetzt war ihr noch nichts passiert, doch das konnte sich ganz schnell ändern, wenn dieser Kerl nicht zu Daniel gehörte und sie tatsächlich verschleppt wurde. Konnte er ihr nicht wenigstens ein Zeichen geben, dass es sich noch immer um ihr Spiel handelte?

»Mir läuft das Wasser im Mund zusammen, wenn ich diese Titten sehe«, brummte die Stimme neben ihr und sie klang verdammt nahe.

»Finger weg, C. Du weißt genau, dass der Boss sie für sich will.«

»Was ist an der so besonders? Wir haben immer geteilt.«

»Ist mir scheißegal. Er hat gesagt, wir sollen sie nicht anrühren.«

Jetzt kamen Teresa wirklich Tränen. Vor Erleichterung schluchzte sie.

Die andere Stimme war auch nicht die von Daniel, aber er war sicherlich der Boss, von dem der Typ gesprochen hatte. Und er schien peinlich genau darauf zu achten, dass Daniels Anweisungen befolgt wurden. Sie war in Sicherheit! Ihr Herzschlag beruhigte sich ein wenig und sie konnte gleichmäßig atmen.

Wie lange waren sie eigentlich schon unterwegs? Wo brachte man sie hin?

Konzentrier dich, Tess. Wie würde sich eine Agentin benehmen? Was würde eine Nutte ertragen, die um ihr Leben fürchtet?

Ihre Gedanken liefen ins Leere. Ihr Innerstes war zu aufgewühlt. Teresa horchte in sich hinein und versuchte, ruhig zu atmen. Entsetzt spürte sie, dass ihre Schamlippen angeschwollen waren.

Heilige Scheiße! Tess, du bist pervers. Obwohl du dir ein paar Minuten nicht sicher warst, was mit dir passiert, wirst du geil. Du bist eine Schlampe, der Typ hat ganz Recht.

Ihre persönliche Zurechtweisung endete mit einem Ruck, der sie erschaudern ließ. Der Wagen stand und der Motor wurde ausgeschaltet.

Stille umfing sie, eine Stille, die so intensiv war, dass sie schreien wollte, nur um etwas zu hören.

Eine sanfte Berührung ließ sie zusammenzucken. Ganz sachte streichelte etwas über ihren Hals. War Daniel doch im Auto und hatte sie die ganze Zeit beobachtet? Oder waren es die Finger des Typen, der sie gefesselt hatte? Egal wer es war, ihr Körper reagierte mit Gänsehaut.

Das Aufreißen der Tür entlockte ihr einen spitzen Schrei. Sie wurde gepackt, aus dem Wagen gezogen und umklammert.

»Wenn der Boss mit dir fertig ist, bin ich an der Reihe«, raunte die dunkle, brutale Stimme in ihr Ohr.

Teresa wollte sich losreißen, trat nach hinten, doch der Griff um ihren Oberkörper wurde nur fester. »Ja, wehr dich. Ich steh drauf, deinen Willen zu brechen.«

»Es reicht, C.« Die Stimme hallte nach.

Teresa war sich nicht sicher, ob es Daniel war, zu sehr war der Klang verzerrt. Sie musste sich in einer Halle befinden, anders konnte sie sich den Nachhall nicht erklären.

Sie wurde nach vorn gestoßen und wäre fast gestolpert, wenn der Typ sie nicht grob am Arm gepackt hätte. Ihre Absätze schallten so laut, dass ihr die Ohren dröhnten.

Steinboden! Das ist Steinboden. Du bist also in einer Fabrikhalle. Was würde die Agentin jetzt tun? Abwarten, zuhören, feststellen, wie viele Männer hier sind.

Teresa spürte, dass jemand vor ihr stand und sie beobachtete. Wenn sie doch endlich was sehen könnte! Ein Ratschen ganz nah an ihrem Ohr entlockte ihr erneut einen Schrei.

Reiß dich zusammen, Tess. Dir passiert schon nichts.

So sehr sie sich das auch einredete, die Situation zerrte an ihren Nerven.

Ihre Fesseln wurden gelöst. Sie wollte nach der Augenbinde greifen, doch man hielt ihre Hände nach wie vor auf dem Rücken fest.

Um ihre Handgelenke schloss sich etwas: Klettverschlusshandfesseln. Die kannte sie, Daniel benutzte sie gern. Dennoch zuckte sie weg, als jemand über ihre Wange streichelte.

»Fessle sie an die Kette!«

Es war Daniel, der vor ihr stand. Oder nicht? Er hatte seine Stimme verstellt, aber er musste es sein. Wenn dem nicht so war, befand sie sich in den Händen von Entführern, die sich an Nutten vergriffen, sie nach Herzenslust missbrauchten und danach töteten. Warum sollte sonst eine Agentin auf die Typen angesetzt sein, wenn es nicht um Mord ging?

Es ist ein Spiel, Tess, nur ein Spiel. Steigere dich nicht so hinein. Es gibt keine Entführer und keine Morde. Warum konnte Teresa ihren Herzschlag dann nicht beruhigen?

Ihr wurde der Mantel vom Leib gezerrt. Augenblicklich packte jemand ihre Handgelenke, bevor sie auch nur auf halbem Weg zu ihren Augen war. Unsanft riss man ihre Arme hoch und ein Klicken sagte ihr, dass die Manschetten mit einem Karabiner an die Kette befestigt wurden.

»Wie ist dein Name?« Herrisch wehte Daniels Stimme zu ihr herüber. Jetzt war sie sich sicher, dennoch jagte nach dem Gefühlschaos der letzten Minuten Furcht durch ihre Adern. Fast hätte sie gesagt: »Ich heiße Teresa.« Doch sie besann sich eines Besseren und sagte kleinlaut: »Coco!«

Daniel lachte. »Coco? Wie Coco Chanel oder eher wie Coco der Affe?«

Ihr verging das Schmunzeln, als Daniel ihr Kinn grob ergriff und zischte: »Lüg mich nicht an, du Schlampe. Ich weiß, wer du bist.«

»Warum willst du dann meinen Namen wissen?«, presste sie hervor.

»Deine Überheblichkeit in dieser Situation verrät dich. Du winselst nicht, bettelst nicht. Eine Hure würde das tun.«

»Ich habe schon so viele Schweine erdulden müssen. Glaubst du wirklich, es kommt auf einen weiteren an?«

Dröhnendes Lachen erscholl. Teresa fröstelte. *Mein Gott! Wie viele Stimmen waren das? Wer schaute alles bei ihrem Spiel zu?*

»Ich werde dich zum Reden bringen. T hat seine ganz eigenen Methoden, ein Vögelchen singen zu lassen.«

Hatte Daniel vor, sie einem anderen zu übergeben? Das war eindeutig mehr, als sie zulassen würde.

Sie kam nicht dazu, einen Einwand geltend zu machen. Sanft streichelten Finger über die Innenseite ihrer Oberschenkel. Teresa kam ihnen sogar entgegen.

»Vielleicht habe ich mich geirrt und du bist doch eine billige Hure, willig und lüstern. In dem Fall ist dein Wert für mich gleich null, und T und C können sich nach Herzenslust mit dir vergnügen.«

Teresa hätte fast den Kopf geschüttelt und gesagt: »Ich bin keine Hure, sondern Bundesagentin.«

Was hatte Daniel vor? Gab sie ihre Tarnung auf, war das Spiel zu Ende. Tat sie es nicht, würde sie sich von zwei Fremden ficken lassen müssen! Das konnte er doch nicht ernst meinen?

Teresa entzog sich wortlos seinen Berührungen. »Mach, was du willst, aber bring es hinter dich«, fauchte sie.

»T, hast du dein kleines Spielzeug dabei?«

Die Antwort bestand aus einem lauten Knall, der sie erneut zusammenzucken ließ. Die Kette über ihr klirrte.

»Das ist eine Bullenpeitsche. T ist Meister im Umgang mit ihr. Er wird dich zum Schreien bringen, jedes Geständnis aus dir herauslocken.« Während er ihr die Worte ins Ohr flüsterte, streichelten seine Finger ihre Schamlippen. Widerstandslos flutschten sie in ihre Spalte. Es gab nur einen Grund, warum sie die Situation erregte: Es waren Daniels Finger, die sie liebkosten, in sie eindrangen und ihre kleinen Schamlippen massierten.

Wäre es anders, müsste sie sich psychiatrisch behandeln lassen, sobald sie aus der Halle raus war. Der Gedanke, dass sie bei einer wirklichen Entführung genauso reagieren könnte, war ihr unerträglich. Der Laut, der ihr entschlüpfte, als Daniel zwei Finger in sie tauchte, klang eher kläglich als lüstern.

Noch während er in ihr war, wurde der Reißverschluss des Rockes geöffnet. Teresa schnappte empört nach Luft. Daniel glitt aus ihr heraus und hinterließ Leere, die von Schamgefühlen überlagert wurde.

Der Rock fiel zu Boden. Ihr Hintern und ihre Scham waren entblößt, präsentierten sich den Anderen. Zum ersten Mal an diesem Abend war sie froh, die Augenbinde zu tragen. So musste sie die lüsternen Blicke wenigstens nicht erdulden.

Doch als Daniel den Knoten zwischen ihren Brüsten lösen wollte, rebellierte sie. »Wage es ja nicht, mich zur Schau zu stellen.«

»Eine Hure mit Schamgefühl.« Er lachte. »Ich will deinen geilen Körper sehen, während T die Peitsche auf deinem Rücken tanzen lässt. Ob Hure oder Agentin, du wirst mir freiwillig dienen.«

»Vergiss es!«, spie Teresa ihm entgegen.

Seine Hand griff in ihr Haar und riss ihren Kopf nach hinten. »Ich verliere allmählich die Geduld mit dir. Ich will deinen Namen wissen.«

»Coco«, sagte sie mit fester Stimme, auch wenn sie wusste, dass er ihr jetzt das Oberteil ausziehen würde.

Aberwitzigerweise war es ihr wichtiger, Daniels Macht zu spüren, als ihrem Schamgefühl treu zu bleiben. Ganz langsam begriff sie, dass er ihre Augen mit Absicht verbunden hatte - es ging nicht darum, dem Spiel mehr Realität einzuhauchen. Er half ihr damit, sich fallenlassen zu können, da die Empfindungen nicht durch Sehen gemildert wurden. Mit viel Fantasie konnte sie sich einreden, mit Daniel allein zu sein.

Doch die nächste Berührung machte diese Illusion zunichte: An ihrem Rücken war etwas Kaltes. Daniel öffnete den Knoten und in ihrem Rücken zerschnitt irgendwer Stoff. Die Klinge glitt an der Haut ihrer Arme entlang, bis das Strickteil von ihr abfiel. Sie schauderte, und trotz verbundener Augen kniff sie die Lider zusammen.

Plötzlich zerrte jemand an ihren Beinen, nur die Kette hielt sie aufrecht. Der Rock wurde von ihren Füßen gezerrt. Jetzt trug sie nur noch Stiefel. Ihre Gedanken drehten sich im Kreis. Hin und her gerissen, zwischen Scham, Erregung und leichter Furcht, fand sie ihr inneres Gleichgewicht nicht.

»Spreiz die Beine!« Daniels Stimme kam von unten. Also kniete er vor ihr.

Sie wollte schon nachgeben, als sie sich ihrer Rolle bewusst wurde. Provozierend presste sie die Schenkel zusammen. Sie hörte erst ein Surren, das sie nicht zuordnen konnte, dann traf sie ein beißender Schmerz auf den Hintern. Sie war so entsetzt, dass sie schrie.

»Spreiz die Beine«, brüllte Daniel.

Zitternd machte sie einen Schritt zur Seite. Das Brennen auf ihrem Gesäß verwandelte sich in ein Glühen.

»Weiter!«

Sie gehorchte nicht und bereitete sich auf den nächsten Schlag vor, presste ihre Pobacken zusammen und hielt die Luft an, damit sie den Schrei unterdrücken konnte.

Es geschah nichts. In dem Moment, als sie lockerließ, hörte sie das Surren, doch es war zu spät. Das Leder biss sich in ihre andere Pohälfte.

»Gehorche!«, brüllte Daniel, noch bevor sich ihr Atem beruhigt hatte. Zitternd trat Teresa einen Schritt zur Seite. Die Kette zerrte an ihren Gelenken. Ihr Körper war aufs Äußerste gespannt.

Ein wohliger Schauer durchrieselte sie, als Daniels Zunge über ihre Schamlippen leckte. Sie konnte das Seufzen nicht zurückhalten. Ein-, zweimal tauchte er in ihre Feuchtigkeit.

»Dir wird der Genuss noch vergehen. Dein Name?«

»Coco!«

Drei Schläge trafen sie kurz hintereinander. Brennende Hitze tanzte auf ihrem Rücken. Sie zerrte an ihren Ketten, keuchte leise. Der Schmerz hatte sich verändert. Er war nicht mehr so beißend. Großflächig und glühend heiß bedeckte er ihren Rücken. Teresa erinnerte sich an die Züchtigung durch Daniel vor zwei Wochen. Er hatte eine Peitsche mit vielen weichen Schnüren benutzt. Flogger hatte er das Teil genannt.

»Dein Name?«, fragte er schneidend.

»Coco!«, blaffte sie ihn an. Sie wollte mehr Hitze auf ihrer Haut, mehr flammende Lust in ihrem Leib.

Eine ganze Salve von Schlägen ging auf sie nieder. In gleichmäßigem Rhythmus traf das Leder breitflächig ihren Rücken, den Po und ihre Oberschenkel. Ihre Haut stand in Flammen, erfüllte ihr Blut mit Gluthitze. Teresa wusste, wie ihr Körper reagierte, doch es erstaunte sie erneut. Als wollte ihr Geschlecht das Feuer löschen, floss übermäßig viel Lustsaft aus ihr heraus. Sie spürte Daniels Zunge an ihrem Schenkel. Er schleckte ihren Nektar von der Haut.

»Dein Name?«, flüsterte er und leckte über ihre Schamlippen. Immer wieder stieß er mit der Zungenspitze gegen ihre geschwollene Knospe. Sie wand sich. In ihr Sehnen mischte sich Frustration, weil er genau dann aufhörte, wenn sich ihr Geschlecht lustvoll zusammenzog und auf einen Orgasmus zusteuerte. Er gab ihr zu wenig und wusste das.

»Dein Name?«, hörte sie ihn fragen.

»Fahr zur Hölle«, spie Teresa aus und ließ den Kopf in den Nacken sinken.

Sie stöhnte lasziv, als das Leder ihre Haut liebkoste. Dieser T legte mehr Kraft in die Schläge, vergrößerte jedoch die Pausen dazwischen. Sie hatte genug Zeit, das Glühen zu genießen und die Lust zu spüren.

Sie formte ihren Rücken zum Buckel, um zu zeigen, dass sie mehr wollte.

Daniel stand auf und flüsterte an ihrem Ohr: »Wenn du mir nicht augenblicklich sagst, wie dein richtiger Name ist, werde ich dabei zusehen, wie C dich fingert und mich daran aufgeilen.«

Sie war so im Rausch, dass sie im ersten Moment nicht begriff, was er sagte. Es würde ihn aufgeilen, zuzusehen, wie sie von anderen berührt wurde? Was sollte sie davon halten?

Sie bräuchte nur Teresa sagen und der Spuk hätte ein Ende, doch das wollte sie nicht. Ihre Schamlippen waren so geschwollen, dass sie ihren eigenen Pulsschlag spürte.

Daniels Zunge hatte ihre Gier nach Erfüllung ins Unerträgliche getrieben. Sie wollte die Peitsche, den Schmerz, die Leidenschaft und Erlösung. Ganz egal, wer sie ihr schenkte, Hauptsache das Krampfen ihrer Scham hatte ein Ende.

»Mein Name ist Coco!«

Daniel entfernte sich. Sie spürte die Kälte, die er hinterließ. Als ihre Schenkel gestreichelt wurden, zuckte sie zusammen.

C war doch der brutale Kerl, der ihre Titten im Bus bewundert hatte? Teresa konnte nicht glauben, dass Daniel das guthieß. Viel unbegreiflicher war, dass sie dem freiwillig zustimmte. Noch war sie zu sehr verstört, um die Zunge genießen zu können, die ihre Schamlippen auseinander zwang und eintauchte.

Irritiert stellte sie fest, dass sich dieses Zungenspiel genauso anfühlte, als würde Daniel sie schmecken. Für Erleichterung blieb ihr keine Zeit. Die Peitsche klatschte auf ihren Po und automatisch drängte sie sich der Zunge entgegen. Ein Finger tauchte in sie ein, dick und lang. Lange Finger hatte Daniel, doch sie waren schlank. Ein unbekannter Reiz traf ihr Geschlecht. Es fühlte sich gummiartig an, unregelmäßig. Noch während sie über dieses merkwürdige Gefühl grübelte, schwanden ihr die Sinne. Das Keuchen konnte sie nicht verhindern.

Das Leder sang, versengte ihren Rücken und trieb ihr Becken der Hand entgegen. Sie verspürte keinen Schmerz, wenn die Peitsche sie traf. Lava floss durch ihre Adern und wurde mit jedem Herzschlag, jedem Hieb in ihr Lustzentrum gejagt. Liebkoste das Leder ihren Leib, pressten sich die Finger in sie hinein. Immer schneller stießen sie zu, hetzten sie den Gipfel hinauf.

»Dein Name?«, fragte Daniel und er klang gepresst und atemlos.

Sie konnte kaum antworten. Ihr Atem kam rasselnd, sie stand vor dem Abgrund. Die Finger hielten inne, die Peitsche sang nicht mehr. Stille umfing sie. Nur ihr Keuchen war zu hören. »Nein! Oh Gott, nein. Coco, ich bin Coco!«

»Wahrlich, das bist du. Und jetzt schrei deine Geilheit hinaus.« Es war nicht Daniel, der das sagte, sondern C, und seine Stimme kam seitlich von ihr. Die Erleichterung traf sie wie ein Schlag. Daniel penetrierte ihre Pussy. Teresa schrie auf, zuckte, wand sich und explodierte auf den Fingern ihres Freundes, dem Herren über ihre Lust.

Erschöpft hing sie an der Kette und spürte dem Zucken in ihrem Geschlecht nach. Nur mühsam fand sie auf ihren Absätzen Halt. Ihre Beine zitterten. Müdigkeit wollte nach ihr greifen, aber sie verdrängte sie. Daniel hatte von ihrem Spiel bis jetzt nicht viel gehabt.

»Dass du unkooperativ bist, berauscht und verärgert mich in gleichem Maße«, hörte sie ihn sagen. Es war also noch nicht vorbei.

»Vielleicht ist sie doch keine Agentin.« T sagte das, und seine Hand legte sich um ihren Hals. Sein Körper presste sich an ihren erhitzten Rücken. Ihre Haut brannte, sie zuckte zurück, leise wimmernd.

»Natürlich ist sie Agentin. Ich kenne sie.«

Ts Griff wurde fester. »Steckst du mit ihr unter einer Decke?«

Verwirrt lauschte Teresa dem Schlagabtausch der Männer. Was hatte Daniel vor? Wollte er selbst die Peitsche spüren? Davon hatte er nie etwas gesagt, sie konnte sich nicht vorstellen, dass er masochistische Neigungen hatte?

»Erzähl nicht so einen Quatsch«, spie Daniel hervor. »Sie ist zu gepflegt für eine Nutte. Das müsste selbst dir auffallen. Sie ist vom FBI.«

Teresa schnappte nach Luft. Wieso ließ er jetzt ihre Deckung auffliegen? Wenn er das Spiel beenden wollte, könnte er sie wenigstens losbinden.

Plötzlich wurde ihr die Augenbinde vom Kopf gerissen. Sie blinzelte, musste sich erst an das schummrige Licht gewöhnen.

Was sie sah, ließ sie erzittern. Sie befand sich tatsächlich in einer Lagerhalle. Sie war leer, bis auf eine Matratze, die in einer Ecke lag. Die Backsteinwände, der harte Boden und die herabhängenden Glühbirnen verliehen dem Raum so viel Wirklichkeit, dass Furcht ihre Kehle zuschnürte. Etwa drei Meter von ihr entfernt stand Daniel. Er trug eine schwarze Lederhose, sonst war er nackt. Auch der bullige Typ neben ihm trug nur eine Lederhose.

Etwas Bedrohliches ging von ihm aus. Sein Blick bohrte sich in Teresas. »Kennst du ihn?«, brüllte er sie an.

Teresa verstand nicht, was das alles sollte. Hilfesuchend sah sie Daniel an. Der nickte fast unmerklich.

»Ja, ich kenne ihn. Er ist mein Vorgesetzter.«

Blitzschnell hatte C Daniel gepackt. Er hielt seine Arme auf dem Rücken zusammen und zwang ihn auf die Knie.

Und noch immer lag T's Hand um ihre Kehle. »Jetzt bekommst du doch Angst, kleine Coco! Ich kann deinen Herzschlag in meiner Handfläche spüren.«

»Daniel, bitte, was hat das zu bedeuten?« Sie verlor die Fassung. Er kniete vor ihr, im festen Griff des Pitbulls, und keuchte, hob den Kopf, sah sie flehend an. »Willst du weiterspielen, Tess?«

Fassungslos und bis ins Mark verwirrt nickte sie.

»Sei versichert, alles geschieht einvernehmlich. Vertrau mir!«

Teresa konnte nicht mehr klar denken. Daniel so hilflos zu sehen, setzte ihr zu. Ihre Schultern begannen zu schmerzen und der heiße, kraftvolle Körper hinter ihr machte sie schier verrückt. Einvernehmlich! Was meinte er damit? Würde er sich tatsächlich schlagen lassen?

»Entscheide dich, kleine Coco«, flüsterte T in ihr Ohr.

Es war, als hätte man einen Film angehalten und sähe sich das Standbild an. Daniel sah mit flehender Miene zu ihr auf und erwartete ihre Zustimmung. Sie hatte ihm die ganze Zeit vertraut. Warum hatte sie jetzt Probleme, da es um ihn ging? Konnte sie ertragen, ihn leiden zu sehen? Leiden? Sie hatte nicht gelitten. In vollen Zügen genoss sie das Geschenk des Lustschmerzes. Wer war sie, ihm das zu verwehren? Es war sein Spiel, er hatte die Regeln festgelegt, und er würde Sorge tragen, dass ihnen beiden nichts zustieß.

Teresa nickte.

Bewegung kam in die Szenerie. T ließ von ihr ab und trat neben Daniel, der nach wie vor von C zu Boden gedrückt wurde. Mit einem groben Strick verschnürte er Daniels Handgelenke auf seinem Rücken.

Teresas Herz schlug so schnell, dass ihr schwindlig wurde. War das derselbe Strick, mit dem sie im Bus gefesselt worden war? Was spielte das für eine Rolle?

Teresa holte zitternd Luft. Sie hielt sich an Daniels Blick fest, der sie unverwandt ansah. Er leistete keinen Widerstand, als die beiden Männer ihn auf die Füße zogen. Kurz verzerrte Schmerz sein Gesicht, doch dann lächelte er.

»Dir wird das Grinsen gleich vergehen, Verräter. Wenn du denkst, du kannst uns ans Messer liefern, täuschst du dich.«

Entsetzt sah Teresa, wie C sich an Daniels Hosenbund zu schaffen machte. In Windeseile zerrte er das Leder über seine Beine. Er hob sogar bereitwillig die Füße, damit sie ihm die Hose ausziehen konnten. Bei all dem hielt er seinen Blick auf sie gerichtet.

Tränen stiegen in ihre Augen. Wollten die Beiden ihn etwa vergewaltigen?

Es fiel ihr immer schwerer, die Traumwelt von der realen zu trennen.

»Daniel«, schluchzte sie. »Was geht hier vor sich? Du machst mir Angst.«

»Halt die Klappe, Tess«, sagte T in ruhigem Ton. »Das ist doch dein richtiger Name, oder stimmt der auch nicht?«

Seine Hand streichelte Daniels nackte Brust, während er sie fragend ansah. Daniel schloss für Sekunden die Augen. War da Genuss auf seinem Gesicht?

Teresa sah an ihm herab und stellte entgeistert fest, dass sein Glied erigiert war. Sie schluckte krampfhaft. Es gefiel ihm, von T berührt zu werden.

»Die kleine Schlampe redet nicht mit jedem, T. Scheint so, als brauchen sie beide eine Abreibung.« Bedrohlich langsam kam C auf sie zu.

Teresa wich zurück. Viel Bewegungsfreiheit hatte sie nicht, aber es gelang ihr, seinen Händen zu entwischen. Allerdings hatte sie das Gefühl, das er sie gar nicht berühren wollte. Noch immer war sie durch Daniels Regeln geschützt.

»Bring sie rüber.« T schien jetzt die Führung übernommen zu haben.

Teresa seufzte erleichtert, als ihre Arme herabsanken. C hakte die Karabiner ineinander und zog sie an den Manschetten zu Daniel. Es beruhigte sie, dass er sie nicht anfasste.

»Knie dich hin!«, befahl T mit rauer Stimme.

Als sie auf die Knie sank, sah sie eine beachtliche Beule in T's Hose. Daniels Miene war gleichmütig. Sein Brustkorb hob und senkte sich ruhig unter tiefen Atemzügen. Er hockte zirka zwei Meter von ihr entfernt. »Alles geschieht einvernehmlich«, hörte sie seine Worte in ihrem Kopf.

C trat hinter Daniel, umfasste seine Schultern und presste die Knie in seinen Rücken. Daniel keuchte, aber es war kein Laut des Schmerzes. Sein Blick wanderte zwischen Teresa und T hin und her.

Langsam dämmerte ihr, was gleich geschehen würde. Zu ihrem Entsetzen zuckte ihre Scham bei dem Gedanken. »Höre während einer Session niemals auf deinen Verstand, immer auf deinen Bauch, dein Herz und deine Empfindungen.« Das waren die Worte, die Daniel ihr vor ihrer ersten gemeinsamen Session gesagt hatte. So sehr sich ihr Verstand auch dagegen wehrte, ihr Körper reagierte mit Lüsternheit.

Im Augenwinkel sah sie T, wie er seine Erektion befreite. Daniel bohrte sich in ihren Blick. »Ich liebe dich«, formte er mit den Lippen.

Dann sah er zu T hinauf und öffnete einladend den Mund. Teresa keuchte, als T seinen Schwanz in den Mund ihres Freundes steckte. Daniel schloss die Augen und knurrte genussvoll.

In Teresas Kopf wütete das Chaos. Kraftvoll verschwand das Glied in seinem Schlund. Wie erstarrt hockte sie auf dem Boden und beobachtete die surreale Szene.

C zwang Daniel nach wie vor in eine aufrechte Haltung. Seine Hand krallte sich in sein Haar und zog seinen Kopf in den Nacken, sodass T noch tiefer in seinen Rachen eindringen konnte. Sein dumpfes Keuchen lenkte Teresa für Sekunden von Daniel ab. Sie sah zu ihm auf und glaubte kaum, was sie sah. T hatte die Augen geschlossen und atmete hastig durch den geöffneten Mund. Er schien entrückt, seiner Lust ergeben.

Immer drängender wurden seine Stöße. Das Bild faszinierte Teresa.

Wenn es nicht der Mund ihres Freundes wäre, den er da fickte, hätte sie den Anblick um ein Vielfaches mehr genossen. Die Lustseufzer wurden lauter und ungehaltener.

T umfasste seinen Schwanz, drang weniger tief ein. Daniel presste seine Lippen so fest um den Schaft, dass seine Wangen einsanken, sobald T sich zurückzog.

Ein Brüllen erfüllte plötzlich den Raum, hallte von den Wänden. T zog sich zurück, drehte sich zur Seite und Teresa sah drei kräftige Spritzer auf dem Boden landen.

Im nächsten Moment spürte sie Daniels Mund auf ihrem.

C musste ihn halten, sonst hätte er das Gleichgewicht verloren und wäre auf sie gefallen. Seine Lippen waren heiß und geschwollen. Gierig stieß seine Zunge in ihren Mund. Sie keuchte atemlos, als C ihn von ihr wegzerrte.

»Du kleiner Scheißer.« C's Stimme klang giftig und fies. »Glaubst du, es ist damit getan? Ich fordere ebenso Genugtuung.«

Teresa seufzte. Ihre eigene Erregung ließ ihre Säfte fließen. Sollte sie noch einmal zusehen, wie sich ein Mann an ihrem Freund verging und sie blieb unbefriedigt?

»Bist du nass?«, fragte T sanft und kniete sich neben sie.

Schamesröte stieg ihr ins Gesicht. Sie konnte ihn nicht ansehen, als sie nickte. Selbst Daniels Blick wich sie aus, auch wenn ihr sein Lächeln nicht entging. Tief atmete er durch. Die Erleichterung war nicht zu überhören.

»Steh auf und geh zur Matratze hinüber.« T berührte sie sacht am Arm, als sie sich nicht rührte. »Leg dich auf die Matte, Tess.« Er lächelte sie freundlich an.

Nur C schien in seiner Bösewichtsrolle aufzugehen. »Säusele nicht so rum. Los Tess, beweg deinen geilen Arsch.«

Daniel warf ihm einen strengen Blick zu, während er sich erhob und selbst zur Matte ging. Sie folgte zögerlich.

C's Art stieß sie ab und zusehen zu müssen, wie er Daniel benutzte, überstieg ihre Toleranzgrenze. Noch sagte sie nichts, da Daniel es scheinbar genoss, aber sie wusste nicht, wie lange sie mitspielen wollte.

»Los Schlampe, leg dich hin und mach die Beine breit.«

»Genug!«, brüllte T so laut, dass Teresa zusammenzuckte.

Sie warf Daniel einen flehenden Blick zu. »Willst du das wirklich?«, fragte sie stumm.

Daniel schien zu verstehen. Er kniete sich vor die Matratze und sah zu ihr auf. T gab ihr einen sanften Schups und sie blieb vor Daniel stehen. Er vergrub sein Gesicht an ihrem Schoß und sog ihren Duft in seine Nase. Bereitwillig öffnete sie ihm ihre Schenkel. Gierig leckte er ihren Lustsaft von den geschwollenen Schamlippen. Er stöhnte, als er mit der Zunge in sie eindrang. Sein Schaft wippte prall zwischen seinen Schenkeln. Noch immer hatte er keine Befriedigung erfahren.

So absurd ihr die ganze Situation auch erschien, ihre Erregung leugnete sie nicht. Als Daniel zu ihr aufsah, trat sie, ohne zu zögern auf die Matte, legte sich hin, streckte die gefesselten Arme über ihren Kopf und präsentierte ihr glitzerndes Geschlecht.

Daniel beugte sich zu ihr und saugte an ihrer Klitoris. Mit auf den Rücken gebundenen Armen musste das sehr anstrengend für ihn sein.

»Könnt ihr ihn nicht losbinden?«, bat Teresa. »Wir werden schon nicht fliehen, nackt, wie wir sind.«

Dass sie noch immer an dieser Scharade festhielt, überraschte sie selbst. Die Realität schien sich mit der Fiktion zu mischen. Anders war nicht zu erklären, was mit ihnen in dieser Halle geschah.

C löste die Fesseln. Daniel stützte sich mit den Händen neben Teresas Schenkeln ab und lächelte sie an. Hinter ihm ging C in Position.

»Solltest du dich auch nur eine Sekunde verwehren, wird T die Peitsche auf deinem Rücken tanzen lassen. Und jetzt fick sie endlich. Ich will mich an ihrem Anblick aufgeilen.«

»Ich hasse dich«, blaffte Teresa ihm entgegen, und ihre Abneigung entsprach der Wahrheit. Nur Daniel zuliebe ertrug sie diesen Kerl.

»Das ist mir scheißegal, Süße.«

Ein paar Augenblicke später verlor alles um sie herum jegliche Bedeutung. Daniel beugte sich über sie und drang ganz sachte in ihre glitschige Mitte ein. Sie stöhnte ungehalten. Ihre Scham krampfte verlangend. Seine Fülle endlich in sich zu spüren war die reinste Erlösung.

Sie schloss die Augen und gab sich Daniels sanften Stößen hin.

So sah sie nicht, was sich hinter ihm abspielte. C öffnete den Reißverschluss seiner Hose, entblößte seinen Penis und streifte ein Kondom über. Das Gummi rieb er mit Vaseline ein und kniete sich hinter Daniel. Trotz seiner prahlerischen Worte drang sein Finger vorsichtig in seinen Anus ein, massierte ihn rücksichtsvoll.

Daniel stöhnte lasziv über ihr. Überrascht riss Teresa die Augen auf. Seine Stöße waren zu sanft, um solche Lustlaute bei ihm hervorzurufen. Entsetzen ergriff ihr Herz, als sie C erblickte. »Himmel …«

Daniel beugte sich zu ihr herab und erstickte ihren Einwand mit einem Kuss. Unglaublich zärtlich streichelte seine Zunge ihre Mundhöhle. Sie gab sich hin, schloss erneut die Lider, um den ihr verhassten Typ nicht sehen zu müssen.

Als Daniel lustvoll in ihren Mund stöhnte und sich nicht mehr bewegte, kniff sie die Augen fest zusammen. *Das ist nicht wahr. Das tut dieses Schwein nicht.*

Doch Daniel warf den Kopf in den Nacken und keuchte lauthals. Nur Lust war in diesem Laut zu hören.

Teresa wollte die Augen nicht öffnen, C nicht sehen, wie er ihren Freund fickte, doch Daniels Stöhnen war so ekstatisch, dass sie ihn beobachten musste.

Ein sanftes Wippen erreichte ihren Schoß.

»Oh Gott«, brach es gequält aus ihr heraus. Das mussten C Stöße sein, die sich direkt auf sie übertrugen. Sie riss die Augen auf und sah in Daniels verklärtes Gesicht. Er begann, sich im gleichen Rhythmus zu bewegen. Hart und tief drang er in sie ein. Selbst wenn sie gewollt hätte, sie konnte sich gegen die aufgewühlte Erregung nicht wehren. Teresa hielt sich an Daniels Gesichtsausdruck fest, um nicht hinter ihn zu sehen. T ergriff ihre Handgelenke und presste sie über ihrem Kopf auf die Matratze. Das Gefühl der Hilflosigkeit übermannte sie. Natürlich war es ihre Entscheidung, dem Ganzen stattzugeben, doch jetzt gaben ihr die fremden Hände die Möglichkeit, die Verantwortung abzugeben. Sie fühlte sich ausgeliefert.

Gierig öffnete sie ihre Schenkel weiter, nahm Daniels Stöße in sich auf und schloss ergeben die Augen. Überreizt, wie sie war, jagte sie den Gipfel hinauf. Animalische Schreie erfüllten den Raum, als sie am Abhang stand und innehielt. Daniels zuckender Schwanz in ihr und sein haltloser Schrei ließen sie erzittern. Wie in Zeitlupe fiel sie in die Tiefe.

Eine Ewigkeit verging, bis Teresa endlich mit Daniel allein war. Wortlos hatte sie die Decke um ihren Leib gewickelt, die C ihr lächelnd gereicht hatte. Sie mochte ihn trotzdem nicht.

Kein Ton kam über ihre Lippen, seit ihr ekstatischer Schrei durch das Gebäude gehallt war.

Daniel reichte ihr eine Flasche Wasser und setzte sich neben sie.

»Erkläre mir, was hier mit uns geschehen ist«, flüsterte Teresa und hatte das Gefühl, sie hörte die Worte einer anderen.

»Ich wusste nicht, wie ich es dir sagen sollte, ohne dass du an meiner Zuneigung für dich zweifelst, und ich wollte dich nicht betrügen.«

»Bist du schwul?«

»Ich bin bisexuell. Du musst mir glauben, dass es meiner Liebe zu dir in keiner Weise abträglich ist. Du bist die einzige Frau in meinem Leben.«

»Und die beiden Männer?«

»Tom und Colin. Wir sind seit Jahren befreundet.«

»Ich mag Colin nicht«, gab sie zu und entspannte sich allmählich.

»Deine Unsicherheit hat ihn erregt. Das lässt ihn manchmal über die Stränge schlagen.«

Teresa sah ihn aufmerksam an. Er war immer noch Daniel, ihr Daniel. Es hatte sich nichts zwischen ihnen geändert.

»Ich hatte Angst um dich. Das will ich nie wieder erleben.«

Erleichtert nahm er sie in seine Arme. »Und die Angst um dich selbst?«

»War besser zu ertragen.« Sie legte eine Hand an seine Wange. »Ich liebe dich. Du hättest mit mir reden können.«

»Danke!«

»Wofür?«

»Dass du mich so akzeptierst, wie ich bin.«

Teresa lächelte und schmiegte sich an seine Brust. »Wie könnte ich es nicht akzeptieren? Ich will es kaum zugeben, aber Toms Schwanz in deinem Mund hat mich total scharfgemacht.« Daniel lachte erleichtert.

»Wie lange schlaft ihr schon miteinander?«, wollte sie wissen.

»Wir kennen uns seit dem Studium. Dann bin ich nach Afrika gegangen und wir haben uns aus den Augen verloren. Vor ein paar Monaten traf ich Tom in der Stadt.«

Teresa schluckte krampfhaft. »Und ihr …«

»Nein!« Daniel streichelte sanft ihre Wange. »Ich würde dich nie hintergehen. Wenn du es nicht akzeptiert hättest, wäre nichts geschehen.«

»Du hast das sehr genossen. Könntest du überhaupt auf Dauer darauf verzichten?«

»Diese Neigung ist fest mit den beiden verbunden. Ohne sie habe ich nicht das Bedürfnis danach.«

Teresa kam allmählich zur Ruhe. Die Erschöpfung griff nun übermächtig nach ihr. Seufzend kuschelte sie sich an ihn.

»Lass uns heimfahren«, flüsterte er und küsste ihr Haar.

»Oh ja. In der Küche wartet eine Tupperschüssel mit Erdbeeren auf uns.«

Daniel zog skeptisch eine Augenbraue hoch.

»Nun guck nicht so. Ich habe sie vergessen.«

»Du wolltest allen Ernstes mit einer Tupperschüssel zur Session kommen?«

»Woher hätte ich wissen sollen, was mich hier erwartet?«

Er krümmte sich vor Lachen. Erbost boxte Teresa auf seinen Oberarm, nur mühsam das eigene Grinsen zurückhaltend.

»Sag mal: Hat Tom eventuell die Peitsche hiergelassen?«

Nathaniels Gnade

Unter ihm brodelte die Menschenmasse im Dröhnen der Bässe. Der Club war brechend voll. Er sollte Zufriedenheit empfinden, wenigstens Genugtuung. Sein Geschäft warf ein ansehnliches Sümmchen ab, doch es interessierte ihn nicht. Er hatte den Club nur aus einem einzigen Grund gegründet: Um seine eigene Gier zu stillen. Sein Hunger war maßlos, unstillbar. In der vergangenen Nacht hatte er sieben Orgasmen und keine Erfüllung gefunden.

Er stand nun schon eine halbe Stunde in seinem Büro, spähte durch den halbdurchlässigen Spiegel in den Clubbereich und suchte nach einem willigen Opfer. Dabei war es ihm völlig gleich, ob Mann oder Frau. Einzig der Akt zählte, um wenigstens für ein paar Minuten Frieden zu finden, bis die Lüsternheit erneut nach ihm griff.

Nathan beugte sich näher an die Scheibe. Eine Frau erregte seine Aufmerksamkeit. Sie war klein und zierlich, mit kinnlangem, braunen Haar. Ihre Rundungen betonte sie zurückhaltend, aber gekonnt. Sie trug ein schlichtes schwarzes Shirt, einen schwarzen Rock und Stiefel. Der runde Po und die vollen Brüste zeichneten sich deutlich ab. Hunger regte sich in ihm. Der Club war nicht ihre Welt, das sah er sofort. Außerdem hätte er sich an ihren scheuen Blick erinnert, wenn sie schon einmal hier gewesen wäre. Sie faszinierte ihn, wobei er nicht sagen konnte, was es war. Er war nicht fähig, sich ihrer Anziehungskraft zu erwehren. Wozu auch? Wollust pulsierte in seinen Adern. Er war auf dieser Welt, um ihr zu frönen. Warum nicht mit ihr?

Sara drängte sich an den wabernden Menschen vorbei. Die hämmernde Musik jagte durch ihren ganzen Leib. Was tat sie hier? Warum war sie in diesem Club? Sie erinnerte sich nicht, wusste nur, dass sie keine andere Wahl hatte. Verlangen erhitzte ihren Körper. Der Hunger nach Berührung war so übermächtig, dass sich ihre Haut wie elektrisiert anfühlte.

In ihrem Nacken spürte sie ein Kribbeln, als würde sie beobachtet. Suchend sah sie sich um. Immer wieder glitt ihr Blick zu der Spiegelwand schräg über ihr. Jedes Mal, wenn sie hinauf sah, beschleunigte sich ihr Herzschlag. War er hier? Konnte das sein?

Dreh nicht durch, Sara. Er existiert nicht, ist nur ein Produkt deiner überreizten Fantasie. Und was willst du mit einem Mann, der so viel Hass in sich trägt?

Sie holte tief Luft und versuchte, ihre Gedanken zu ordnen. Es gelang ihr nicht. Zu groß war das Bedürfnis nach Sex. Und doch ignorierte sie die begehrlichen Blicke der in schwarzes Leder oder Latex gekleideten Männer. Sie wollte sie nicht, keinen von ihnen. Ihr Sehnen galt einem bestimmten Mann, auch wenn er nur in ihren Träumen existierte, sie heimsuchte, wie ein alles verzehrender Fluch. Der Mann ihrer Visionen machte sie rastlos, ließ sie Dinge tun, derer sie sich vor ein paar Wochen noch geschämt hätte. Wie zum Beispiel in diesen Club zu gehen, der von aufbrausender sexueller Energie geschwängert war.

Im ersten Moment dachte sie, sie träumte. Gleichwohl bewegte sich ihr Körper zur Musik. Sie wiegte sich im Takt, spürte die Hitze der Menschen um sich herum und den Schweiß auf ihrer Haut. Sie schlief nicht.

Er stand völlig unbewegt nur wenige Meter vor ihr und starrte sie an.

Er war es, und doch wieder nicht. Sein Haar war lang und schwarz, wie in ihren Träumen. Die schlanke, drahtige Gestalt steckte in schwarzer Kleidung, die seinen Körper verführerisch betonte. Wie Lava jagte das Verlangen nach ihm durch ihre Adern. Saras Herz raste.

Seine Augen! Seine Augen sind voller Begierde.

Unwiderstehlich fühlte sie sich zu ihm hingezogen. Sie trat einen zögerlichen Schritt auf ihn zu. Die Tanzenden um sie herum versperrten ihr den Weg und sie schlängelte sich an einem Pärchen vorbei, das seine Körper lasziv aneinander rieb. Für einen Augenblick war sie abgelenkt. Als sie aufblickte, war der Fremde verschwunden.

Hatte sie ihn sich nur eingebildet? Wie sollte es auch anders sein? Er war ein Hirngespinst, nicht real.

Sie hatte das Gefühl, allmählich den Verstand zu verlieren, zwängte sich durch die Menschenmenge und steuerte eine Theke an. Eigentlich trank sie nie, doch vielleicht beruhigte der Alkohol ihre flatternden Nerven?

Er presste seinen Körper an den ihren und hauchte seinen heißen Atem in ihren Nacken.

»Ich habe dich hier noch nie gesehen.«

Seine Stimme war dunkel, etwas heiser und ließ Gänsehaut über ihren Leib rasen.

Selbst wenn Sara gewusst hätte, was sie darauf antworten sollte, sie konnte nicht. Ihr Herz schlug so wild gegen ihre Rippen, dass sie keinen Laut hervorbrachte. Als er seinen Kopf nach vorne beugte und sein langes Haar ihre Schulter herabfiel, schloss sie bebend die Augen.

Er war es! Er, dessen Blick sie gesucht hatte. Der Eine, von dem sie Nacht für Nacht träumte, der alles vereinte, was sie begehrte und ersehnte.

Erneut drängte er sich an sie, zwängte sie zwischen seinem Körper und der Theke ein. Seine Hitze bedeckte ihren Rücken. Er nahm ihr allen Raum, jegliche Privatsphäre, und doch war sein Drängen das Schönste, was sie je erlebt hatte.

»Wenn du spielen willst, folge mir«, raunte er in ihr Ohr.

Sie wusste, sie sollte es nicht wollen, sich nicht danach verzehren und dennoch …

Als entwickelten ihre Beine ein Eigenleben, setzte sie sich in Bewegung und folgte der schlanken, in Schwarz gekleideten Gestalt in einen Gang.

Vor einer Stahltür blieb er stehen und drehte sich zu ihr um. Seine Augen funkelten begierig, glitten einer Berührung gleich über ihren Körper und ein boshaftes Lächeln legte sich auf seine betörenden Lippen. Mit einer eleganten Geste stieß er die Tür auf.

»Tritt ein, in meine Welt!«

Sara schluckte krampfhaft. Weder ihren Herzschlag noch das Zittern ihres Leibes bekam sie in den Griff. Sie versank im Blick seiner dunklen Augen, die Verheißung und die Erfüllung ihrer dunkelsten Fantasien versprachen.

Scheu betrat sie den kargen Raum. Die nackten Steinwände und das spärliche Kerzenlicht schufen die Atmosphäre eines Kerkers. Als die Tür mit einem lauten Krachen ins Schloss fiel, begann Sara noch mehr zu zittern.

Der Fremde umrundete sie.

Er betrachtete sie eingehend und seine Miene verriet nicht, was er dachte. In ihre Angst und ihr Verlangen mischte sich Unsicherheit.

Sie wusste, sie war nicht schön. Ihr Hintern war zu breit, ihre Brüste zu voll und bei einem Meter fünfundsechzig brachte sie sechzig Kilo auf die Waage. Wie hatte sie glauben können, dass ein Mann wie er sie begehren könnte? Doch sie war hier, stand direkt vor ihm und in seinen Augen loderte Gier.

Eine Weile beobachtete er das hektische Heben und Senken ihrer Brüste, ohne sich zu rühren.

»Bist du zum ersten Mal in einem Club?«

Trotz seiner starren Mimik klang seine Stimme weich und samtig.

Sara nickte.

»Hattest du je eine Session?«

Sie schüttelte den Kopf und brauchte all ihre Kraft, um seinem Blick standzuhalten. Trotzig reckte sie ihr Kinn nach vorn. Er sollte nicht denken, dass sie Angst vor ihm hatte.

»Zieh dein Shirt aus.«

Seine Stimme klang leise, fast säuselnd, und doch hatte Sara das Gefühl, vor einer Schlange zu hocken, die ihre Beute fixierte. Mit zitternden Fingern zog sie das hautenge T-Shirt über ihren Kopf und ließ es zu Boden fallen. Unter ihrem hektischen Atem wogte ihr Busen, der von zarter schwarzer Spitze umhüllt wurde.

Abermals umrundete er sie.

Plötzlich legte er seine Hand auf ihre Kehle. Er drängte sie zurück, bis sie hart gegen die Steinwand prallte und keuchend die Luft aus ihren Lungen gepresst wurde. Sein Gesicht war ganz dicht vor ihrem. Entgegen jeder Vernunft und trotz der Furcht, die ihre Adern wie heiße Lava flutete, sah sie nur seine Lippen und wünschte sie auf ihrem Körper.

Sein Griff um ihren Hals war fest, doch er ließ ihr genug Raum zum Atmen. Er stellte nur seine Dominanz zur Schau. Als seine andere Hand über die Innenseiten ihrer Schenkel streichelte und sich einen Weg unter den kurzen Rock bahnte, keuchte sie und drängte sich ihm entgegen.

Er grinste boshaft, als seine Finger ihr feuchtes Höschen beiseiteschoben und ihre Schamlippen berührten. Sara seufzte erleichtert, als er in sie eindrang.

»Du bist lüstern«, flüsterte er. »Zu lüstern, für meinen Geschmack. Eine Lektion in Demut und Zurückhaltung würde dir gut tun.«

Ihr schwirrte der Kopf. Sie war nicht mehr in der Lage zu denken. Seine Worte ergaben keinen Sinn. War er nicht hier, um zu vögeln?

Noch einmal drangen seine Finger in sie, bevor er sich zurückzog und pulsierende Leere in ihr hinterließ. Grob zerrte er sie in die Mitte des Raumes und zwang sie auf die Knie. »Lektion Nummer eins: Eine Schiava ist ihrem Meister stets zu Diensten. Er allein entscheidet, ob sie Erfüllung findet oder nicht.«

Energisch griff er in ihr Haar, riss ihren Kopf nach hinten und nötigte sie, ihm in die Augen zu sehen. Mittlerweile gewann die Angst in Sara die Oberhand. Das Flattern ihres Herzens und das Gefühl des Ausgeliefertseins überwältigten sie.

»Akzeptierst du diese Regel?«, fragte er barsch.

»Ja«, hauchte Sara.

»Ja, was? Zeige mehr Respekt, wenn du mit mir sprichst.«

»Ja, Sir«, brachte sie mit zitternder Stimme hervor.

Abrupt kniete er sich vor sie, lockerte jedoch den Griff in ihrem Haar nicht.

»Du wirst mir Lust verschaffen und mir dienen, kleine Schiava. Bin ich mit dir zufrieden, darfst du morgen wiederkommen. Hast du mich verstanden?«

Sara musste sich räuspern, bevor sie sprechen konnte. Tränen brannten in ihren Augen.

»Ja, Sir.«

Als er aufstand und seine Hose öffnete, vibrierte ihr Körper in gieriger Vorfreude. Sie wusste nicht, woher diese alles umfassende Gier kam, warum sie Härte und Dominanz wollte. Ihr Dasein reduzierte sich in diesem Moment einzig und allein auf das Gefühl des Benutztwerdens, die Demütigung und seine Überlegenheit.

Sie hatte nicht die Zeit, ihn anzuschauen und sich vorzubereiten. Augenblicklich presste er sein Glied zwischen ihre Lippen, drang tief in ihren Rachen ein und nahm sie in Besitz.

Sara würgte und stemmte sich gegen ihn. Sie musste weg, doch sein Griff war unbarmherzig. Drei, vier Mal stieß er in ihre Kehle, ehe er sie Luft holen ließ.

Tränen rannen ihr über die Wangen und ihr Blick war flehend, als sie zu ihm aufblickte.

Erbarmen schien er nicht zu kennen, und in ihren dunkelsten Abgründen wusste sie, dass sie das auch nicht wollte. Gehorsam öffnete sie ihre Lippen und bot sich ihm dar.

Nathan sah ihren geöffneten Mund und ihre Hingabe. Sein Herz schlug rasend. Seit Jahrzehnten hatte er nicht mehr ein solches Verlangen verspürt. Alles in ihm schrie danach, ihr seinen Samen zu geben. Doch das würde er nicht tun. Oder war es möglich …?

Er verdrängte den Gedanken. Stattdessen umfasste er seinen Schwanz und fuhr fort, seine Besessenheit zu stillen.

Diesmal drang er weniger hart in ihren Mund ein und es gelang ihr, den Würgereflex zu überwinden. Sein drängendes Glied und seine feste Hand an ihrem Hinterkopf brachten sie einem Rausch nahe. Die Angst wich purem Verlangen. Sara krallte ihre Finger in seine Oberschenkel. Sie suchte Halt an seinem Körper und begann haltlos, an ihm zu saugen. Er verminderte den Druck seiner Hand und ließ ihr genug Spielraum, damit sie ihn verwöhnen konnte. Ein grollendes Knurren belohnte sie für ihr Tun.

Spielerisch glitt ihre Zunge um seine Hoden und zog eine feuchte Spur bis zu seinem Anus. Dann nahm sie seine samtenen Bällchen in ihren Mund und saugte hart an ihnen. Das Grollen über ihr wurde lauter und animalischer. Sie leckte die gesamte Länge seines Schaftes hinauf, bis sie ihn erneut in sich aufnahm. Sachte gab sie ihm ihre Zähne zu spüren. Sie lutschte an der köstlichen Krone seines Schwanzes und nahm ihn bis zur Wurzel in sich auf.

Ein dumpfes Knurren ertönte. Als Sara aufblickte, sah sie reines Verlangen in seinem Blick und nun unterwarf sie sich völlig seinem Willen.

Sie stemmte sich nicht mehr gegen seine Oberschenkel, um ihn auf Distanz zu halten. Vielmehr genoss sie seinen harten Griff in ihrem Haar, senkte die Hände und ließ sich von ihm benutzen. Unaufhörlich stieß er in ihren Schlund, ohne Rücksicht auf sie zu nehmen, denn er war seiner Gier erlegen. Seine Stöße wurden immer stärker, drängender und tiefer. Als sie glaubte, ersticken zu müssen, zog er sich aus ihrer Kehle zurück und spritzte seinen Samen auf ihren Hals und ihre Brüste. Er stand keuchend über ihr, während sie noch nach Atem rang.

Wie durch einen Nebel nahm sie wahr, dass er sich kurz entfernte. Dann sank er vor ihr in die Knie und reinigte mit einem feuchten, warmen Lappen ihr Dekolleté und ihren Hals. Sanft streichelte er ihre Wange und lächelte auf sie herab.

»Setz dich an die Theke und warte auf mich.«

Mit diesen Worten verließ er den Raum.

Fassungslos starrte Sara auf die offenstehende Tür. In ihrem Inneren tobte ein heilloses Chaos. Erst jetzt wurde ihr bewusst, was sie getan hatte. Völlig willenlos hatte sie sich von einem Fremden benutzen lassen, sich in seine Gewalt und nicht zuletzt in Gefahr begeben. Willenlos? Nein, sie war nicht willenlos. Vielmehr war es ihr Wille, das zu erleben. Sie wurde von lüsternen Träumen getrieben, die ihr den Verstand zu rauben drohten, wenn sie ihr Verlangen nicht endlich befriedigen konnte.

Seufzend horchte sie in sich hinein, doch da war keine Scham, kein Entsetzen, nur ungestilltes Begehren und leiser Stolz. Er hatte schön ausgesehen, als er gekommen war.

Ob er mit ihr zufrieden war? Durfte sie ihn wiedersehen?

Minuten später zitterten ihre Beine immer noch, als sie aufstand und ihr Shirt anzog. Sie verbarg sich hinter der Tür, als sie es unter ihrem Rock glattzog. Zu aufgewühlt, um das Schmunzeln um ihre Mundwinkel zuzulassen, amüsierte sie sich im Stillen, dass sie trotz allem, was gerade geschehen war, Schamgefühl besaß.

Der Gang war leer, als sie den Raum verließ. Plötzlich ertönte ein schriller Schrei. Sara zuckte zusammen und starrte die Tür gegenüber an. Ein weiterer klagender und zugleich lustvoller Laut drang an ihr Ohr. Warum zog sich ihre Scham sehnsüchtig zusammen? Woher kam dieses Bedürfnis nach Schmerz?

Seit Jahren hatte sie Sex, erfüllenden Sex. Zärtlichkeit hatte ihr immer gereicht. Und wenn sie ihre Klitoris mit den Fingern stimulierte, hatte sie auch ab und zu einen Orgasmus bekommen. Sie verstand diese Gier nach Unterwerfung nicht. Und doch sah sie bei einem weiteren klagenden Laut das Gesicht des Fremden vor sich.

Sie wollte ihn wiedersehen. Nur er konnte ihr Verlangen stillen.

Innerlich bebend ging sie den düsteren Gang entlang. Ihre Gedanken wurden im Diskothekenbereich von der dröhnenden Musik überlagert. Das Stroboskoplicht machte sie für ein paar Sekunden orientierungslos.

Es war noch voller geworden und an der Theke kein Platz mehr frei. Sara hatte wenig Lust, sich durch die Menschenmassen zu zwängen. Viel lieber wollte sie nach Hause, um ihre Gefühle und Gedanken zu ordnen.

Wenn da nicht das Sehnen nach diesem Mann wäre. Er würde sie nicht wiedersehen wollen, sollte sie ihm schon bei einer so kleinen Bitte nicht gehorchen. Es kam einem Wunder gleich, dass sie ihn überhaupt gefunden hatte.

Nathan beobachtete die junge Frau. Verunsichert stand sie in der Nähe der Theke. Von ihrer Kühnheit war wenig übrig, sie war kurz davor zu gehen. Schmunzelnd dachte er daran, wie sie seinem bohrenden Blick standgehalten hatte. Das schafften nicht viele, doch sie wusste auch nicht, wozu er im Stande war.

Während er sie ansah, zog sich sein Herz zusammen. Was war so Besonderes an ihr? Der Orgasmus, den sie ihm durch ihren Mund geschenkt hatte, war überaus befriedigend. Die Wollust in ihm war mehr gestillt worden, als er es in den letzten Jahrzehnten erlebt hatte. Er musste herausfinden, was ihr Geheimnis war.

Als er auf sie zuging, teilte sich die Menschenmenge automatisch vor ihm. Man kannte ihn, respektierte ihn, fürchtete ihn.

Er sonnte sich in der Bewunderung, die in den Augen der Frauen stand, und im Neid der Männer. Sie ahnten nichts von seiner Einsamkeit und der Kälte in seinem Herzen.

Die Frau drehte sich um, als hätte sie seine Anwesenheit gespürt, und vielleicht war das auch so. Stumm sah sie ihn an. Der Duft ihrer Erregung stieg ihm in die Nase. Er wusste, sie war nass und gierig, er hatte ihre Lust nicht gestillt. Ihr Augenausdruck war ungläubig, fast scheu. Doch sie sah nicht weg. Etwas regte sich in ihm, ein längst vergessenes Gefühl: Die Sehnsucht nach Zärtlichkeit.

Sara versank in den dunklen Augen ihres Fremden. Seinem Blick haftete eine Traurigkeit an, die ihr bis jetzt nicht aufgefallen war. In ihr stieg der Wunsch auf, seine Wange zu streicheln und ihm Zuneigung zu schenken. *Absurd! Mit Liebkosung kann ein solcher Mann nichts anfangen.*

Umso überraschender war es, als er seine Hand hob, sie unter ihr Haar schob und sanft in ihren Nacken legte. Er zog sie nicht zu sich heran. Vielmehr kam er ihr entgegen, ihren Lippen verführerisch nahe. Kurz bevor er sie berührte, wandte er den Kopf und küsste ihren Hals. Sara erschauderte. »Wie heißt du?«, raunte er.

Sie konnte nicht sprechen. Zu berauschend waren seine Gegenwart, sein Duft und die Hitze seiner Hand. Erst als er sie fragend ansah, brachte sie die vier Buchstaben über ihre Lippen.

»Ich heiße Nathan. Was möchtest du trinken?«

»Ein stilles Wasser.«

Er lachte. Es war das betörendste Lachen, das sie je gehört hatte. Es besaß einen vollen, satten Klang. Unangenehm wurde sich Sara der Blicke um sich herum bewusst. Neid und Hass schlugen ihr entgegen.

Nathan zog ein Handy aus seiner Tasche und tippte eine SMS.

Wortlos nahm er ihre Hand und zog sie mit sanftem Druck mit sich. Sie stieg hinter ihm eine Treppe hinauf und konnte sich vom Anblick seines Hinterns nicht losreißen.

Im Gegensatz zu ihm hatte sie keine Erfüllung gefunden. Das stimmte nicht ganz. Er hatte ihr keinen Orgasmus geschenkt, aber das Bedürfnis nach Unterwerfung war für den Moment gestillt.

Einladend öffnete er ihr eine Tür und bat sie schweigend herein. Sara betrat einen Raum, der im krassen Kontrast zu dem Spielraum stand in dem er sie benutzt hatte.

Die Wände waren weiß gestrichen. Schwarze, kantige Möbel bildeten einen reizvollen Gegensatz.

Nathan hatte ihre Hand noch immer nicht losgelassen und führte sie zu einer ledernen Sitzgruppe. Durch eine große Fensterscheibe konnte man in den Club sehen. Unter ihnen bewegte sich die tanzende Menschenmenge im Rausch der Musik.

Das muss der Spiegel sein. Er hat mich also doch beobachtet. Ich habe mir das nicht eingebildet. Mein Gott, was geschieht hier?

»Bitte, setz dich!«, riss Nathans Stimme sie aus ihren Gedanken.

Er nahm ihr gegenüber Platz und betrachtete sie. Sein bohrender Blick verstärkte ihr Unbehagen. Das Schweigen lastete zunehmend auf ihr.

»Was haben Sie vor?«, fragte Sara, um die Stille zu durchbrechen.

»Auf Förmlichkeiten können wir gewiss verzichten.«

Seine Ausdrucksweise amüsierte sie. Er hatte etwas Aristokratisches an sich, aber es passte irgendwie nicht mehr in diese Welt.

»Dennoch hast du meine Frage nicht beantwortet.«

»Ich warte auf die Drinks. Bei unserem Gespräch möchte ich nicht unterbrochen werden.«

Saras Herz begann zu flattern. Ihre Hände wurden eiskalt, obwohl ihr der Schweiß ausbrach. Worüber wollte er sprechen?

Jetzt, da er mit undurchdringlicher Miene vor ihr saß und sie in keiner Weise bedrängte, bekam sie Angst vor ihm. Unten im Club hatten ihr die vielen Menschen eine Sicherheit vorgegaukelt, die nicht vorhanden war. Mit ihm alleine spürte sie seine Präsenz überdeutlich. Der Vergleich mit der Schlange kam ihr erneut in den Sinn.

Ein Klopfen an der Tür ließ sie zusammenfahren.

»Ja!«

Seine Stimme erfüllte den ganzen Raum. Sein Blick war unverwandt auf sie gerichtet. Leise öffnete sich die Tür. Sara erkannte die Bedienung aus der Cocktailbar. Sie stellte ein Tablett auf den Tisch, verbeugte sich leicht und verschwand fast lautlos.

Ungläubig starrte sie die Tür an.

Nathan reichte ihr ein geschwungenes Glas mit einer rötlichen Flüssigkeit.

»Das ist ein Peaches, ein alkoholfreier Cocktail. Du kannst ihn bedenkenlos trinken. Ich hoffe, er schmeckt dir.«

Skeptisch nahm Sara das Glas entgegen, schnupperte daran und trank einen kleinen Schluck. Er war so köstlich, dass sie für Sekunden die Augen schloss.

»Was erwartest du von mir?«

Sie verschluckte sich fast an ihrem Cocktail. Fahrig stellte sie das Glas ab und sah ihn überrascht an. »Nichts! Was sollte ich erwarten?«

»Du hattest heute Abend unzählige Angebote, doch du erwähltest mich. Warum?«

Erwählt! Wie das klang? Und von unzähligen Angeboten konnte keine Rede sein.

»Du warst es, der mich angesprochen hat«, begehrte sie auf. Seine antiquierte Art reizte sie.

Nathan stellte sein Glas ab und beugte sich nach vorn.

Diese Geste hatte etwas Drohendes an sich. Sie sank tiefer in ihren Ledersessel.

»Fordere mich nicht heraus, kleine Sara. Du bist völlig ahnungslos, mit wem du es zu tun hast.«

Damit hatte er Recht.

Überdeutlich wurde ihr bewusst, dass er ein Fremder war, von dem sie nicht das Geringste wusste. Der Rausch verflog, ihre Lust flaute ab und plötzlich stieg Furcht in ihr hoch. Zitternd stand sie auf.

»Ich möchte gehen.«

»Es steht dir frei zu gehen, wann immer du willst.«

Sara sah ihn unverwandt an. Sein langes, fast schwarzes Haar reichte bis über seinen Rücken. Sein Gesicht war so ebenmäßig, dass sie es mit einem Engel vergleichen könnte, wenn nicht diese undurchdringlichen Augen wären. Er hatte die Ellbogen auf die Knie gestützt und die Fingerspitzen aneinandergelegt.

Er hatte unglaublich schöne Hände. Sie sehnte sich danach, von ihnen berührt zu werden, egal ob grob oder sanft. Ihr Herz krampfte sich bei dem Gedanken, ihn zu verlassen, zusammen. Wieso empfand sie so viel für ihn? Sie kannte ihn doch gar nicht. Konnte man sich in einen Traum verlieben?

»Warum zögerst du?«, fragte er.

»Ich weiß es nicht«, gab Sara zu. »Mein Verstand sagt, dass ich gehen sollte. Ein Teil von mir drängt zur Tür, schreit: Verschwinde, bevor er dich verschlingt. Aber ein anderer Teil möchte bleiben und verstehen, was mit mir geschieht.«

Nathans Herzschlag beschleunigte sich. Mit so viel Offenheit hatte er nicht gerechnet. Sie wühlte ihn auf, brachte Seiten in ihm zum Klingen, die er längst verloren glaubte.

Wie unter Zwang griff er nach ihrer Hand, die nur ein paar Zentimeter von ihm entfernt war. Behutsam küsste er ihre Handinnenfläche.

»Ich bitte dich, zu bleiben.«

Sara konnte nicht anders. Sanft streichelte sie über Nathans Wange. Er schmiegte sich in ihre Hand und seufzte leise.

»Ich verstehe nicht, was hier passiert. Wo ist der Master, der mich vor wenigen Minuten unterworfen hat? Wer bist du?«

Was bist du?, formte ihr Geist eine weitere Frage.

»Ich bin Nathaniel!«

Es war Jahrzehnte her, dass er seinen vollen Namen ausgesprochen hatte. Warum er ihr diese Macht zugestand, wusste er nicht.

»Und glaube mir, der Master ist noch immer in mir.«

»Worüber wolltest du mit mir reden?«, fragte Sara, um ihr Herzklopfen zu überspielen.

Sein Name erzeugte einen Nachhall in ihr, der ihr fast den Atem raubte. In ihr herrschte Chaos. Seine Stimme hatte bedeutungsvoll geklungen. Sie wusste nicht warum, aber in den Tiefen ihrer Seele war sie sicher, am Ende ihrer Suche zu sein.

Er war der Mann aus ihren Träumen. Zuneigung erfasste ihr Herz.

Nathan ließ ihre Hand los, und der Augenblick der Zusammengehörigkeit war vorüber.

»Bitte setz dich. Wenn du mich als Master erwählst, muss ich vorher ein paar Dinge wissen.«

»Was bedeutet das: Dich erwählen?«

Sara setzte sich und trank einen Schluck. Samten lief die Flüssigkeit ihre Kehle hinab.

Sie verspürte Enttäuschung, dass er sie nur als Schiava sah. Was hatte sie erwartet? Dass er ihr romantische Gefühle entgegenbrachte? Sie verstand ihre eigenen Empfindungen ja selbst nicht.

»Solange ich dein Master bin, wirst du mit niemandem sonst zusammen sein. Ich bin der Herr deiner Lust, deines Schmerzes, deiner Begierde.«

Sara starrte ihn mit weit aufgerissenen Augen an.

»Hast du ein Problem damit?«, fragte er drohend.

»Ich … Ich weiß es nicht«, stammelte sie. »Das kommt alles so überraschend. Vor heute Abend hatte ich keine Ahnung, dass dieser Club existiert. Ich habe so etwas noch nie zuvor getan.«

»Wie bist du hierhergekommen?«

Sie konnte sich beim besten Willen nicht erinnern. Ruhelos war sie bei Anbruch der Dämmerung in ihren Wagen gestiegen und ziellos umhergefahren. Sie wusste nicht einmal, wo sie war.

Nathan roch ihre Verwirrung, die sich mit Angst mischte. Er streckte die Hand nach ihr aus, im Bedürfnis, sie zu schützen.

»Komm zu mir und setz dich auf meinen Schoß.«

Wie in Trance stand sie auf und sank in seine Umarmung. Augenblicklich beruhigte sich ihr Herzschlag. Sie fühlte sich sicher und geschützt.

»Erzähle mir alles.«

Sara legte den Kopf an seine Brust, lauschte dem gleichmäßigen Schlagen seines Herzens. Wo sollte sie beginnen? Ihre Gefühle waren in Aufruhr.

»Begonnen hat es vor zwei Wochen. Ich habe diese Träume, die mich schweißgebadet und schluchzend aus dem Schlaf reißen. Anfangs konnte ich mich nicht erinnern. Nur diese unmenschliche Gier blieb zurück.

Sie wurden immer intensiver, unberechenbarer. Einmal bin ich am Straßenrand aufgewacht. Ich saß in meinem Wagen und der Verkehr raste an mir vorbei. Ich wusste nicht, wie ich da hingekommen bin, aber ich erinnerte mich zum ersten Mal an den Traum.«

»Was hattest du geträumt?«, hakte Nathan nach, als Sara schwieg.

»Ich war gefesselt. Jemand schlug mich mit einer Peitsche. Ich konnte ihn nicht sehen, nur die Berührungen des Leders spüren. Statt Schmerz empfand ich Lust.

Ich weiß, dass ich geschrien habe, und doch war keine Qual darin.

Als ich erwachte, ging mein Atem keuchend, meine Haut brannte, als würde ich in Flammen stehen. Meine Jeans war durchweicht von meinem Saft. Ich war so entsetzt, dass ich nicht mehr schlafen wollte, aber es überkam mich immer wieder. Jedes Mal, wenn ich einschlafe, ist er einer Vision gleich in meinem Geist.«

»Hast du je gesehen, von wem du geträumt hast?«

Sie schüttelte den Kopf, doch Nathan wusste, dass sie log.

»Es ist wichtig, Sara. War ich der Mann in deinen Illusionen?«

Plötzlich klammerte sie sich an ihm fest.

»Nein! Das kannst nicht du gewesen sein. Er hatte langes, schwarzes Haar, war ebenso schlank wie du und er hatte dein Gesicht, aber nicht deine Augen. In seinen Augen standen nur Hass und Verachtung.

Vor drei Nächten habe ich ihn zum ersten Mal gesehen. Seitdem werden die Träume beängstigender.

Es ist, als verfolgt er mich, als wäre er real und ruft nach mir. Heute Abend bin ich losgefahren, ohne zu wissen, dass ich hier lande. Ich kenne diesen Club nicht, war noch nie in dieser Gegend. Es kommt einem Wunder gleich, dass ich dir begegnet bin. Mir ist ein Rätsel, was das alles bedeutet. Ich weiß nur, dass ich es brauche, sonst werde ich verrückt.«

Nathan hielt sie fest und ertrug ihr verzweifeltes Schluchzen. Sie wusste nicht, wie nahe sie der Wahrheit mit ihren letzten Worten kam.

Wenn sie Tamian nicht bald begegnete, würde sie den Verstand verlieren.

Welches Interesse hatte sein Bruder an ihr? Er würde seine Welt nicht verlassen, um bei ihr zu sein, und in Tamians konnte sie nicht überleben.

»Ich habe Angst«, flüsterte sie in seinen Armen.

Nathan verstärkte den Druck seiner Umarmung und sandte beruhigende Schwingungen in ihren Leib. In diesem Moment wusste er, dass er sie mit seinem Leben beschützen würde. Eine Frage bohrte sich wie ein Stich in sein Herz. War sie die Eine, die ihm Erlösung brachte? Das wäre eine plausible Begründung, warum Tamian sich für sie interessierte.

»Bei mir bist du in Sicherheit. Ich werde dich vor ihm schützen.«

Sara glaubte ihm, auch wenn sie sich nur schwer vorstellen konnte, wie er sie vor ihren eigenen Träumen retten sollte. In seinen Armen fühlte sie sich geborgen.

Wie aus dem Nichts griff Leere nach ihrem Verstand. Sie wollte sich wehren, kämpfte dagegen an, doch es gelang ihr nicht.

Plötzlich bemerkte Nathan, dass Sara nicht mehr weinte. Ihr Herz raste und ihre Atmung nahm bedrohliche Züge an. Sie träumte!

Er bettete sie flach auf den Boden, legte seine Hand an ihre Stirn und tauchte in ihren Geist ein.

»Hör auf damit«, sagte er leise.

Boshaft lächelnd drehte Tamian sich zu ihm um. Sara stand vor ihm, an einen Balken gekettet. Ihr Rücken war über und über mit wulstigen Striemen bedeckt. Blutstropfen benetzten ihre Haut.

»Bruderherz! Endlich sehen wir uns wieder. Es ist schwer, deine Aufmerksamkeit zu erregen.«

»Was willst du?«

»Vorerst gelüstet es mich nach der kleinen Sara. Und dann ...«

»Warum sie?«

»Du warst noch nie der Hellste.«

Nathan konnte ein wütendes Aufblitzen in seinen Augen nicht zurückhalten.

Tamians Grinsen wurde breiter. »Sie ist bereits mein. Du rettest sie nicht mehr.«

Nathan versuchte, unbeteiligt zu wirken. Er hatte eine Chance, aber nicht hier und nicht jetzt. Tamian musste zulassen, dass sie unbeschadet die Astralebene verließ.

»Du kannst sie behalten. Ich habe kein Interesse an ihr. Doch du hast meine Session gestört und ich wüsste gern, warum.«

»Session? Ist sie schon so weit? Fantastisch! Dann werde ich sie jetzt ficken, bis sie vor Lust schreit.«

Nathan versteifte sich. Das würde Sara töten.

Die Male der Züchtigung hatte sie nicht in die Realität mitgenommen, aber von einem Dämon auf der Astralebene genommen zu werden, überlebte kein Mensch.

Gleichgültig sagte er: »Mir wird immer unbegreiflich sein, dass du an der Zerstörung mehr Gefallen findest, als am Ficken. Hast du je eine Frau in ihrer Welt gevögelt? Es ist ein unvergleichliches Erlebnis, sie zu schmecken, zu riechen. Was du tust, ist nur ein billiger Abklatsch dessen, was du erleben könntest.

Gib mir wenigstens Zeit, sie wegzubringen. Ich möchte keine Leiche am Hals. Sie liegt mitten in meinem Club. Ärger mit der Polizei kann ich mir nicht leisten.«

Tamian lachte. Selbst Nathan empfand das Geräusch als unangenehm.

»Eine hervorragende Idee. Erst ficke ich sie in menschlicher Gestalt und dann in unserer Welt. Ach … Verzeih! Ich vergaß. In meiner Welt. Du bist ja lieber sterblich«, fügte sein Bruder verächtlich hinzu.

Tamians Erscheinungsbild änderte sich. Er wurde kleiner, seine Gesichtszüge gleichmäßig. Die wulstigen Augenbrauen verfeinerten sich zu einer geschwungenen Linie, die Fänge zogen sich zurück. Sein Körperbau wurde menschlich.

In diesem Zustand konnte man sie verwechseln, wenn sein Wesen nicht aus Hass und Gewalt bestünde.

»Lass uns gehen, Bruder! Ficken wir sie beide. Das wird ihr sicherlich gefallen.«

Da Nathan durch seine selbst gewählte Sterblichkeit fester an die reale Welt gebunden war, schaffte er den Übergang problemlos. Ihm blieben vielleicht ein, zwei Minuten, um sie an sich zu binden.

Sanft streichelte er ihre Wange. »Sara, wach auf!«

Sie stöhnte leise. Ihre Lider flatterten. Dann sank sie zurück in die Welt des Traumes, tiefer als zuvor.

Tamian hatte ihn betrogen, doch das spielte keine Rolle. Ihm lief die Zeit davon.

Ihr Schrei zerriss ihm das Herz. Tränen pressten sich durch ihre geschlossenen Lider. Nur mühsam bekam sie Luft. Ihr Körper bäumte sich auf.

Entsetzt sah er, wie sich ihr Shirt über ihrem Bauch verfärbte. Er roch Blut.

»Sara!«, schrie er.

Auf der anderen Seite hatte er keine Chance gegen seinen Bruder. Nach so vielen Jahren in der Menschenwelt konnte er seine Gestalt nicht mehr verwandeln. Nur in ihrer Welt hatte er eine Möglichkeit, sie zu erreichen.

Ihr nächster Schrei war voller Qual. Nathan bettete ihren Kopf in seinen Schoß, legte seine Hände an ihre Wangen und flehte: »Sag meinen Namen, Sara. Bitte! Sag meinen Namen.« Tränen brannten in seinen Augen. Er hatte während seiner ganzen Existenz noch nie geweint. Jetzt schnürten ihm die Tränen die Kehle zu.

Sara wand sich in Pein. Alles Lustvolle war verschwunden.

Das Wesen vor ihr hatte nicht die geringste Ähnlichkeit mit Nathan; es war vielmehr eine groteske Verzerrung seiner Schönheit, ein Horrorwesen, das in ihren Albtraum passte.

Das Ding war mindestens zwei Meter groß, entstellt und überdimensioniert muskelbepackt. Die Adern auf seinen Oberarmen traten hervor, als er erneut zum Schlag ausholte.

Als würde ihr mit einem Messer der Bauch aufgeschlitzt, traf das Leder ihre Haut. Ihr brach die Stimme, als der Schrei im Nichts verhallte.

Unendliche Traurigkeit umgab sie. Sie würde nie wieder erwachen, das wusste sie in diesem Moment. Dieser Traum war anders, real.

War sie bereits tot und in der Hölle gelandet? Warum?

Sie hatte nie etwas Böses getan. Nur einen Fehltritt hatte sie sich geleistet. Am Ende hatte sie sich in einen Engel verliebt. In der letzten Stunde ihres Lebens hatte sie ihr Herz verschenkt. »Nathan«, flüsterte sie leise und weinte. Sein Name war ein Gebet an die Liebe, die sie hierhergebracht hatte.

Tief in ihrem Inneren hörte sie ihn antworten. Er rief nach ihr, flehte sie an, zurückzukommen. Feine Wassertropfen berührten ihr Gesicht.

Merkwürdig, dachte sie. Sie stand an einen Balken gekettet. Wie konnte ihr etwas ins Gesicht tropfen?

Die Gestalt vor ihr kam näher. Sie drehte den Kopf zur Seit, wollte das Monster nicht sehen. doch er ließ ihr keine Wahl. Mit seiner riesigen, mit Krallen versehenen Pranke umfasste er ihr Kinn.

»Sieh mich an, kleine Sara.«

Seine Stimme war ein kratzendes, unangenehmes Geräusch. Es sandte angstvolle Schauer ihre Wirbelsäule hinab. Sie vermied es, dem Ding ins Gesicht zu sehen. In seinen Augen stand Feindseligkeit, doch das war angenehmer als die entstellte Fratze.

»Gefalle ich dir nicht?«, fragte er säuselnd, und die verzerrten Lippen sollten wohl ein Lächeln darstellen.

Dann verschwamm er vor ihr. Es mussten ihre Tränen sein, die ihn unscharf erscheinen ließen.

»Oder ist es so besser?«

Sein Gesicht hatte sich verändert. Nathan schaute auf sie herab, Wut stieg in ihr hoch.

»Wage es ja nicht, dich mit ihm zu vergleichen, du Monster.«

»Monster? Nein, meine süße, kleine Sara. Nath und ich sind gleich. Er ist mein Bruder.«

»Das ist nicht wahr!«, schrie sie.

»Du weißt, dass ich die Wahrheit sage. Du hättest deinem Gefühl trauen sollen, als sie dir zur Flucht rieten. Jetzt gehörst du mir, und er kann dich nicht retten.«

Das Ding trat einen Schritt zurück. Verzweiflung griff nach ihr. Vor Entsetzen wimmerte sie. Was immer er war, er hatte einen Penis, den er wollüstig umfasste und rieb. Sara wusste, dass sie es nicht überleben würde, wenn er sie nahm. Panisch zerrte sie an der Kette, die ihre Arme umschlang. Das Ding lachte. Sie warf ihm einen hasserfüllten Blick zu.

»Nathan wird nicht dulden, dass du mir etwas antust.«

»Und was soll er tun?«, schrie er. »In seiner Menschengestalt zu dir eilen und dich befreien?« Unaufhörlich rannen Tränen über Saras Gesicht.

»Hör auf mit der Flennerei. Ich verliere allmählich die Geduld. Mein Schwanz will ficken. Hast du noch eine letzte Bitte, Sara?« Ein höhnisches Lachen begleitete seine Worte.

Sie war nicht in der Lage, auch nur einen Ton herauszubringen.

Es kam auf sie zu, kniete sich vor sie und leckte die blutigen Striemen an ihrem Bauch. Übelkeit stieg in ihr auf. Er packte ihre Schenkel und zwang sie auseinander.

Gequält schrie sie, als das Ding über ihre Scham schlabberte. Eine lange, schlängelnde Zunge drang in sie ein. Sie spuckte bittere Galle.

Dann stand die Höllengestalt vor ihr. Sie spürte den harten Schwanz an ihrem Unterleib.

»Deine Seele wird besonders köstlich sein, angefüllt mit der Liebe zu einem Dämon.«

Sein Lachen jagte durch ihren ganzen Körper. Er ging etwas in die Knie, seinen Penis an der Wurzel umfassend.

Sara schluchzte, wehrte sich, doch seine Stärke war unmenschlich. Selbst mit einer Pranke hielt er ihre Schenkel gespreizt. Und noch immer sah sie Nathans Gesicht vor sich. Das stellte die größte Pein dar. Die Liebe ihres Lebens sah in der Stunde ihres Todes auf sie herab.

Sara erschlaffte. Sie hatte keine Kraft mehr, sich zu wehren. Um nicht zu sehen, was auf sie zukam, schloss sie die Augen.

»Ich habe dich geliebt, Nathaniel«, flüsterte sie leise und wartete auf den Schmerz, der sie zerriss.

Er kam nicht.

Ein wütender Schrei begleitete sie in die Realität zurück. Sie lag auf dem Boden, ihr Kopf etwas erhöht, und unaufhörlich trafen Wassertropfen ihr Gesicht. Ihr Atem ging ruhig und gleichmäßig. Zögerlich versuchte sie, ihre Hand zu bewegen. Es klappte, ihre Finger zuckten leicht.

»Sag meinen Namen, Sara«, hörte sie über sich eine verzweifelte Stimme.

Diese unendliche Traurigkeit gehörte zu Nathan. War alles wahr, was sie geträumt hatte? War er ein Dämon?

Sie wollte sich schon dumme Kuh schimpfen, als ihr das Brennen auf ihrem Bauch bewusst wurde. Wenn Nathan sie nicht geschlagen hatte, während sie schlief, hatte sie nicht einfach nur geträumt.

»Sag meinen Namen.« Er schien kaum noch die Kraft zu haben, diese Worte zu sprechen. Wieder traf ein Wassertropfen ihre Nase. Jetzt begriff sie, dass es seine Tränen waren.

»Nathaniel.« Sara war sich nicht sicher, ob er sie hörte. Zu dünn und brüchig war ihre Stimme. Ihre Kehle fühlte sich wund an.

»Bitte mach die Augen auf, damit ich weiß, dass ich mich nicht verhört habe.«

»Ich kann nicht.«

Nathan lachte erleichtert. »Warum kannst du nicht?«

»Weil deine Tränen meine Augenhöhlen füllen.«

Er schlang sie so schnell in seine Arme, dass ihr schwindlig wurde. Ihr Bauch schmerzte. Gequält schluchzte sie auf.

»Verzeih!«

Er hob sie hoch und trug sie zu einer Tür. »Kannst du sie bitte öffnen?«

Sara drückte die Klinke herunter und Nathan schaltete mit dem Ellenbogen das Licht ein. In der Mitte des Zimmers stand ein Bett. Behutsam legte er sie darauf ab.

»Lass mich sehen, was er dir angetan hat.«

»Ist es wahr? Bist du ein Dämon?«

Sie konnte nicht glauben, dass sie eine so abwegige Frage stellte. Dämonen gab es nur im Märchen oder in Horrorfilmen. Doch was ihr widerfahren war, war so absurd, dass es keine andere Erklärung gab. Die Striemen auf ihrer Haut waren echt.

»Ja und nein«, sagte Nathan und setzte sich neben sie. »Ich entschied mich vor langer Zeit für die sterbliche Seite.«

»Und ihr seid wirklich Brüder?«

»Zwillinge.« Das Entsetzen in Saras Augen schnürte ihm die Kehle zu.

»Dann siehst du in Wahrheit so aus?«, brach es aus ihr heraus.

»Nein! Ich kann mich nicht mehr verwandeln. Ich bin schon zu lange in deiner Welt.«

»Lange?« In ihrer Stimme schwang Hysterie. »Was heißt lange?«

»Sara, bitte. Lass mich deine Wunden sehen. Du wirst alles erfahren. Wir haben Zeit.«

»Also ich habe vielleicht noch vierzig Jahre Zeit. Wie lange hast du?«

»Genauso lange wie du.«

Nathan ignorierte ihren fragenden Blick und zog ihr Shirt nach oben. Vier dicke blutige Striemen überzogen ihren Bauch.

Sie hielt seine Hand fest. »Was bedeutet das?«

Er seufzte resigniert. Sie würde keine Ruhe geben, bevor sie nicht alles wusste.

»Als du meinen Namen sagtest, hast du dich an mich gebunden. Meine Lebensdauer ist jetzt der deinen gleich. Ich werde mit dir sterben.«

Entsetzt schlug sie die Hände vor den Mund. Ein erstickter Schrei entwich ihr. Nathan streichelte ihre Wange.

»Es ist gut. Ich bin bereit, mit dir zu gehen.«

»Aber … Aber warum hast du mir deinen Namen genannt, wenn du das wusstest?«

»Es war die einzige Möglichkeit, dich zu retten.«

Sara stutzte. Er hatte ihr seinen Namen gesagt, bevor er wusste, dass diese Träume sie heimsuchten. Das konnte unmöglich der wahre Grund sein.

»Du lügst«, sagte sie erbost. Zu viel strömte auf sie ein. An Selbstbeherrschung war nicht mehr zu denken. Zudem fühlte sie seine Anziehungskraft überdeutlich. In Anbetracht dessen, was sie gerade erlebt hatte, widerte sie ihre Gier an.

»Weil du die Eine bist, die mir Frieden schenken kann. Zu dem Zeitpunkt verstand ich es noch nicht, aber Tam wusste es. Deshalb wollte er dich zerstören. Jetzt lass mich bitte deine Wunden versorgen.«

Was hatte das nun wieder zu bedeuten? Er drückte sich aber auch geschwollen aus. Die Eine, die mir Frieden schenken kann … So ein Quatsch.

Müdigkeit griff nach ihr. Das wurde ihr alles zu viel. In einer einzigen Nacht hatte sie sich verliebt, wäre fast von einem Dämon gepfählt worden und war an einen Mann gebunden, der von ihrer Lebensdauer abhing.

»Sind wir jetzt verheiratet?«, fragte sie flapsig.

Nathan schmunzelte. »Mehr als das.«

»Stimmt, ich vergaß. Du bist ja der Herr meiner Lust und meines Schmerzes.«

Erschöpft ließ sie sich auf die Matratze zurückfallen.

Nathan ignorierte ihren Sarkasmus einfach. Er beugte sich vor und leckte über einen der Striemen.

Sara schrie auf. »Was machst du da?«

»Ich bin nicht gänzlich menschlich. Ich heile dich.«

Fassungslos starrte sie auf ihren Bauch. Da, wo er sie mit seiner Zunge berührt hatte, sah man nur noch makellose Haut. Er kniete sich neben sie und begann ihren Unterleib zu lecken. Seine sanften Berührungen brachten das Feuer in ihrem Inneren zurück. Sie krallte ihre Hände ins Laken und biss sich auf die Unterlippe.

»Wehr dich nicht dagegen. Es ist normal, so auf seinen Gefährten zu reagieren.«

»Dein Bruder wollte mich gerade vergewaltigen und töten. Wie kannst du es als normal … Ahhhh!«

Ihr Geschlecht zog sich zusammen, als er mit der Zunge über ihren Bauch schleckte. Mochte er Blut? Brauchte er es womöglich? Sie wusste nichts von ihm.

»Oh Gott, Nathan, nicht.«

Eine der Wunden schlängelte sich verdächtig nahe an ihrem Venushügel vorbei. Er zog ihren Rock ein Stück nach unten und schloss sie.

Sara erschauderte. Sie konnte nur noch an Sex denken. Alles in ihre verzehrte sich nach ihm.

Nathan brachte all seine Willenskraft auf, um ihr nicht den Rock zu zerreißen und in sie einzudringen. Ihr Duft vernebelte ihm die Sinne. Sein Schwanz drückte schmerzhaft gegen das Leder seiner Hose. Er keuchte und legte seine Stirn auf ihren Bauch.

Sara atmete hechelnd unter ihm. Sie war am Ende ihrer Kräfte. Leise wimmerte sie.

»Was ist mit dir?«, fragte er besorgt, als er ihre Tränen sah.

»Es tut weh.«

Das Flehen in ihrer Stimme schnürte ihm das Herz zusammen.

»Was?«

»Oh Gott ...«

Sara bäumte sich jammernd auf. Ihr ganzer Leib zitterte. Sie zog ihre Arme und Beine an ihren Körper, drehte sich auf die Seite und weinte leise.

»Bitte sag mir, was du brauchst.«

»Was hat er mit mir gemacht?«, fragte sie flehend. »Ich …«

Ihr wurde speiübel, als der Schmerz ihr Geschlecht zusammenkrampfte. Wimmernd flehte sie ihn an: »Halt mich. Nimm mich in die Arme.«

Krampfhaft schluckend legte er sich neben sie. Geilheit wütete in seinem Schwanz. Die Gier war übermächtig zurückgekehrt.

Er wusste nicht, wie lange er sich noch beherrschen konnte. Als sie sich an ihn kuschelte und dabei sein Geschlecht berührte, keuchte er schmerzhaft auf. Sie hob kraftlos den Kopf und sah ihn fragend an. In ihren Augen stand ein Verlangen, das seinem gleichkam.

Dann ging alles ganz schnell. Nathan öffnete seine Hose, während Sara ihren Slip ihre Beine herabzerrte.

Wie besessen spreizte sie die Schenkel über ihm, setzte sich auf seinen Schoß und nahm seinen Schwanz in sich auf. Vor Erleichterung stöhnten beide auf.

Sie riss sich den Pulli vom Leib. Sie wollte, musste ihn spüren. Jede Faser ihres Körpers sehnte sich nach der Wärme seiner Haut. Gierig schob sie sein Shirt nach oben. Als ihre Lippen seine Brust trafen, keuchte Nathan. Seine Haut fühlte sich weich an, erhitzt, und er verströmte einen Duft, der ihr die Sinne raubte.

Während sie ihre Brüste an ihm rieb, ritt sie ungestüm seinen Schwanz. Sara spürte, wie die Erfüllung auf sie zuraste.

Um ihn noch tiefer zu spüren, setzte sie sich auf. Haltlos zuckte ihr Becken vor und zurück. Genüsslich schloss sie die Augen. Ihre Hände vergruben sich in ihrem Haar. Wie im Rausch nahm sie sich, was sie brauchte.

Nathan ertrug nur mit größter Anstrengung, was sie mit ihm tat. Sein Sadismus schrie nach Vergeltung für ihre Dreistigkeit. Hart und hemmungslos benutzte Sara seinen Schaft, um sich Erlösung zu verschaffen. Sie ritt ihn wie einen Hengst. Ihre Lustschreie waren ohrenbetäubend.

Nach wenigen Minuten erzitterte sie auf ihm. Ihr Geschlecht krampfte sich um seinen Penis, als würde eine Faust ihn halten. Nathan keuchte, hielt sich an ihren Hüften fest und stieß seinen Schwanz immer härter in sie hinein. Ihre Zuckungen brachten ihn in Sekundenschnelle an den Abgrund.

Da riss Sara die Augen auf, sah ihn an und flüsterte atemlos: »Ich liebe dich, Nathaniel.«

Der Orgasmus kam ohne Vorwarnung. Ohne Vorwarnung schoss der Samen aus ihm heraus.

Er krallte seine Nägel in Saras Haut, bäumte sich auf und schrie animalisch. Schwall um Schwall pumpte er seinen Samen in sie.

Wie zuvor ihrer, wollte sein Höhepunkt kein Ende nehmen. Um Atem ringend klammerte er sich an ihr fest. Ihm kamen die Tränen.

Zum ersten Mal in seinem Leben fühlte er sich befriedigt. Ermattet zog er sie zu sich herab, legte seine Arme um ihren bebenden Leib und vergrub sein Gesicht an ihrem Hals.

Sara schnurrte wohlig und kicherte leise. »Bei allen Heiligen, wird es mit dir immer so sein? Ich kann dein Sperma glühend heiß in mir spüren.«

Entsetzt riss sich Nathan von ihr los, hob sie hoch und trug sie ins Badezimmer. Sie quiekte überrascht und lachte. Derweil ließ Panik sein Herz nur so rasen. Sie hatte keine Ahnung, was er ihr angetan hatte. Hastig setzte er sie in die Badewanne, stellte die Brause an und drückte den Strahl auf ihr Geschlecht.

Sara jauchzte, als der Wasserstrahl in ihre Scham spritzte.

»Was tust du denn? Ich nehme die Pille.«

Überrascht bemerkte er, dass sie nicht blutete. Sein Sperma hatte ihr keinen Schaden zugefügt. Erleichtert seufzend setzte er sich neben die Wanne auf den Boden. Seine Hände zitterten.

»Was ist mit dir, Nathan? Du machst mir Angst.«

»Ich …« Er rieb sich mit den zitternden Händen übers Gesicht. »Mein Samen ist für Menschen normalerweise nicht zu ertragen.«

Sara lachte. »Was soll denn das heißen?«

»Er ist wie Säure.«

»Unsinn! Auf meinem Busen hat er doch auch nichts gemacht.«

»Meine erste menschliche Frau ist daran gestorben. Es hat sie von innen heraus zerfressen.«

Sie sah die Qual in seinem Gesicht. Zärtlich streichelte sie seine Wange.

»Wie lange ist das her?«

Nathan hob den Kopf und versuchte ein Lächeln. »Ich bin einhundertunddrei Jahre alt.«

Sara schluckte krampfhaft. Langsam überstiegen die Ereignisse der Nacht ihren Horizont. Hinter ihren Schläfen pochte ein leichter Schmerz.

»Das war nicht, was ich wissen wollte. Wie lange quälst du dich schon mit dieser Schuld?«

»Vierundachtzig Jahre. Ich hatte mich für das Leben entschieden, wohl wissend, dass die Wollust eines Dämons in der Menschenwelt nicht zu stillen ist. Dass ich sie damit töten würde, wusste ich nicht.«

Sara hob ängstlich die Augenbrauen. »Wollust?«

Er stand auf und wickelte sie in ein flauschiges Handtuch. »Drücken wir es mal so aus: Ich bin sehr potent.«

»Was soll das jetzt heißen?«

Nathan schmunzelte, doch das Lächeln erreichte seine Augen nicht.

»Du kannst mich nicht ständig mit Halbwissen abspeisen. Wie oft brauchst du es?«

»Sechs, sieben Mal.« Sara keuchte. »Die Nacht«, fügte er tonlos hinzu.

Ihr wurde schwindlig. Erschöpft sank sie in seine Arme, da ihre Beine sie nicht mehr trugen. An seine Brust geschmiegt, begann sie zu weinen.

»Ich weiß nicht, wie ich es ertragen soll, dich zu teilen«, flüsterte sie.

Nathan streichelte sanft über ihren Rücken. Ihre Befürchtungen waren unbegründet. Nie wieder konnte er seine Gier an einem anderen Körper stillen.

Er war auf jede erdenkliche Weise an sie gebunden. Noch wusste er nicht, wie sie damit klarkommen würden.

Sara zitterte in seiner Umarmung. Nach allem, was sie heute Nacht erlebt hatte, musste sie müde und erschöpft sein.

Nathan trug sie behutsam ins Schlafzimmer zurück und legte sie aufs Bett. In seinen Armen schlief sie augenblicklich ein. Ihre Atmung ging ruhig und gleichmäßig.

Er bedeckte ihre Stirn mit seiner Hand und schützte ihren Geist. Stundenlang lag er neben ihr und bewachte ihren Schlaf.

Als der Morgen graute, fielen ihm die Augen zu. Er war noch immer satt, seine Gier gestillt. Grenzenloser Frieden erfüllte ihn.

Wie im Märchen

»Bitte Shirley, tu mir den Gefallen«, sagte Chloe bettelnd. Erschöpft lag sie auf ihrem Sofa und redete eindringlich auf ihre Freundin ein. Das gebrochene Bein pochte unablässig unter dem Gips.

»Sei nicht so dumm. Wenn ich jetzt absage, müsste ich sowieso die Kosten übernehmen. So kannst wenigstens du Spaß haben.«

»Was soll ich in einem Fünf-Sterne-Wellnesshotel? Selbst mit dir an meiner Seite würde ich mir wie Aschenputtel vorkommen.«

»Du machst mich mit deinen Selbstzweifeln verrückt. Wann hörst du endlich damit auf? Ich kenne keine Frau, die so geradlinig durchs Leben geht wie du. Deinen Grundsätzen bist du immer treu geblieben. Wieso glaubst du nicht an dich?«

Shirley sah betreten auf ihre Fingernägel. Sie mochte es nicht, wenn Chloe im Recht war. Außerdem, wo hatten ihre Prinzipien, an denen sie so hartnäckig festhielt, sie hingebracht? In ein Diner, mit einem miesen Chef und aufdringlichen Kunden. Ihre Träume hatten anders ausgesehen.

»Du wirst jetzt die Reisetasche und meinen Wagen schnappen und zum Hotel fahren. Ich werde keine achthundert Dollar zum Fester rausschmeißen, weil du Minderwertigkeitskomplexe hast.«

»Hör auf, mich anzuschreien. Ich fahre ja.«

Chloe schickte ein Stoßgebet gen Himmel und lächelte.

»Gut! Und denk daran, dass die Suite auf meinen Namen gebucht ist. Nicht, dass du kleinlaut an der Rezeption stehst und sagst: Ich bin nicht Chloe Westwood, sondern ihre Freundin.«

Shirley sah Chloe böse an. »Dieses Wochenende wird für mich die Hölle.«

»Wird es nicht! Du wirst doch in der Lage sein, ein paar Massagen, Ölbäder und Cocktails zu genießen? Du schuftest Tag für Tag in diesem miesen Diner und lässt dich von Jack schikanieren. Gönn dir was!«

Chloe setzte sich mühsam auf und angelte nach ihren Krücken.

Schwerfällig folgte sie Shirley zur Tür.

»Ich wünsche dir viel Spaß. Lass den Alltag hinter dir und entspann dich. Du musst für mich mitfeiern. Tu nichts, was ich nicht auch tun würde.«

»Ich werde es versuchen.«

»Nimm die Buchungsunterlagen mit!«

Chloe deutete mit dem Kopf auf den kleinen Sekretär neben der Tür.

Shirley nahm die Unterlagen mit einer Leidensmiene, die Chloe zur Raserei brachte. Doch sie biss sich auf die Zunge und zeigte auf die Tasche.

»Und die Reisetasche solltest du auch mitnehmen, wenn du nicht das Wochenende im Bademantel rumlaufen möchtest.«

»Ich will das überhaupt nicht«, jammerte Shirley und umarmte ihre Freundin.

»Ruf mich an.«

»Das mache ich.«

Chloe lehnte sich grinsend an die Wand und entlastete ihre verspannten Schultermuskeln, als Shirley die Tür hinter sich schloss. Sie war äußerst zufrieden mit sich.

»Genieß das Leben, Shirley. Du hast es verdient«, plapperte Chloe vor sich hin und humpelte zurück zum Sofa, um sich einem *Sex and the City*-Marathon hinzugeben.

Es dauerte nicht lange, und Shirley genoss den Fahrtwind in ihrem Haar. Chloes schwarzer Roadster flog nur so über den Highway Richtung Santa Monica.

Seit sie Los Angeles hinter sich gelassen hatte, fiel der Alltag von ihr ab. Der schicke Wagen, der strahlend blaue Himmel und die Wärme der Sonne vermittelten ihr das Gefühl von Freiheit. Konnte das Leben wirklich so schön sein?

Shirley traute dem Ganzen nicht. Ihrer Erfahrung nach würde sie für ein bisschen Glück einen hohen Preis zahlen. Wie sehr hatte sie sich damals über das Stipendium für das *Southern California Institute of Architecture* gefreut? Ein Jahr lang hatte sie sich der Illusion hingeben können, eine intelligente und fröhliche Frau zu sein. Mit dem Krebsleiden ihrer Mutter hatte sich dieser Traum in Luft aufgelöst. Die Krankheit war lang und qualvoll gewesen.

Shirley hatte das Studium abgebrochen, um die Arztrechnungen bezahlen zu können. Trotz ihrer harten Arbeit war der Schuldenberg größer und größer geworden. Noch heute ging das meiste ihres Monatsgehaltes für diese Rechnungen drauf.

Shirleys Herz raste wie verrückt, als Santa Monica vor ihr auftauchte. Nicht nur, weil sie dem Institute und ihren verlorenen Träumen immer näher kam, sondern ihr bei der ganzen Sache nicht wohl war.

Mehr zu scheinen, als sie war, entsprach nicht ihrem Wesen. Sie hatte Angst, sich in dem Nobelhotel wie ein Trampel zu benehmen. Man würde ihr an der Nasenspitze ansehen, dass sie dort nicht hingehörte. Schon ihre einfache Jeans und das Sommertop sprachen Bände. Sie sah die gerümpften Nasen und pikierten Blicke des Personals vor sich und schämte sich bereits, obwohl sie noch gar nicht angekommen war.

Shirley holte tief Luft, als das Sheraton Delfina Hotel vor ihr auftauchte. Sie nahm all ihren Mut zusammen und konzentrierte sich.

Als hätte sie in ihrem Leben nie etwas anderes getan, blieb sie vor dem Eingang stehen, ließ sich von einem Pagen die Wagentür öffnen und reichte ihm die Hand, damit er ihr beim Aussteigen half.

»Willkommen im Sheraton Delfina, Miss.« Sein Lächeln war offen und nicht abfällig.

Shirley klimperte mit den Augen, ganz so, wie es Chloes Art war, und lächelte. Belustigt nahm sie das verkrampfte Schlucken des Jungen wahr und sonnte sich in seinem begehrlichen Blick. Eigentlich war es gar nicht schlecht, Chloe Westwood zu sein.

Hoch erhobenen Hauptes ging Shirley durch die beeindruckende Hotellobby. Der ältere Herr an der Rezeption sah ihr freundlich entgegen.

Sie fasste sich ein Herz und sagte klar und deutlich: »Guten Tag. Mein Name ist Chloe Westwood. Ich habe für die nächsten zwei Tage eine Suite gebucht.« Entschlossen legte sie die Buchungsbestätigung auf den Tresen.

Der Rezeptionist überprüfte die Daten, bestätigte Chloes Buchung für ein All-inclusive-Wochenende und reichte ihr einen Schlüssel.

»Willkommen, Ms. Westwood. Ich bin Albert Bellami. Wenn Sie Fragen haben, wenden Sie sich vertrauensvoll an mich.«

Während er sprach, nickte er jemandem zu, der hinter Shirley stand.

»Andy wird Sie auf Ihr Zimmer geleiten. Ich wünsche Ihnen einen angenehmen Aufenthalt.«

Shirley lächelte freundlich, zu mehr war sie nicht fähig. In ihr schrie eine Stimme: Ich bin nicht Chloe, sondern eine Hochstaplerin. Ich habe weder Geld noch einen guten Namen.

Äußerlich ruhig folgte sie Andy, der ihre Reisetasche trug, zu den Aufzügen. Ansehen konnte sie den Pagen nicht, und es fiel ihr zunehmend schwer, ihre Tasche nicht an sich zu reißen und zu sagen: *Ich finde mein Zimmer selbst.*

Diese Scharade würde sie eine Menge Kraft kosten. So viel zu der geplanten Entspannung.

Andy hielt ihr die Tür auf, brachte ihr Gepäck in die Suite und blieb grinsend vor ihr stehen. »Haben Sie noch einen Wunsch, Ms. Westwood?«

»Nein, danke. Es ist wunderbar«, brach es begeistert aus ihr heraus.

Nach einem kurzen Herumdrucksen verabschiedete sich Andy und ließ sie endlich alleine. Er hatte das Zimmer gerade verlassen, da begriff sie sein Zögern. Es war üblich, dem Pagen ein Trinkgeld zu geben.

»Oh Gott, der arme Andy«, brabbelte sie vor sich hin und kramte nach dem Portemonnaie. Aber wie viel gab man üblicherweise? Sie selbst war froh, wenn die Gäste im Diner die Summe aufrundeten. Schnell nahm sie einen Fünf-Dollar-Schein und rannte ihm nach.

»Andy? Andy, bitte warten Sie.«

Shirley hörte, wie sich die Türen des Aufzugs schlossen.

»Mist!«

Verlegen stopfte sie den Schein in ihre Hosentasche und tapste zum Zimmer zurück. Seufzend lehnte sie sich gegen die Tür und holte tief Luft. *Verhaltensregel Nummer eins: Immer Trinkgeld geben!*

Wie Alice im Wunderland sah sie sich um. Die riesigen Panoramafenster gaben einen atemberaubenden Blick auf den Pazifik preis. Davor stand eine lederne Sitzgruppe mit einem Glastisch. Das Probesitzen ergab, dass das Sofa äußerst bequem war.

Zu ihrer Rechten befanden sich eine Bar und ein Sekretär. Um sich zu vergewissern, dass alles echt war, streichelte sie behutsam die Oberflächen der Möbel.

Sie hatte noch nie ein so schönes Zimmer gesehen. Mit einem breiten Grinsen öffnete sie die Schiebetür zur Terrasse. Eine frische Brise wehte ihr entgegen, zerzauste ihr Haar und brachte den Geruch des Meeres zu ihr. Für ein paar Minuten versank sie in der Unendlichkeit des Ozeans. Genießerisch seufzend riss sie sich von dem Anblick los und drehte sich um. Das Wochenende mit Träumereien zu verschwenden wäre ein Frevel.

Zwei Türen gingen vom Wohnbereich ab. Das Badezimmer war ein Traum, und sie stieß einen freudigen Aufschrei aus. Selbst wenn sie sich nicht aus dem Zimmer trauen würde, konnte sie in diesem Badetempel ein Wellnesswochenende verbringen.

Ein weiterer spitzer Schrei entfuhr ihr, als sie die Schlafzimmertür öffnete. In der Mitte des Raumes stand ein Kingsizebett.

Shirley nahm Anlauf und sprang aufs Bett, sodass die Matratze nur so quietschte. Voller Übermut boxte und strampelte sie in die Luft und lachte.

Vielleicht war Chloes Hartnäckigkeit doch nicht die schlechteste Idee gewesen. Sie fühlte sich in diesem Paradies sauwohl.

Zuerst würde sie die Sachen in dem überdimensionierten Ankleidezimmer verstauen und dann das Hotel erkunden. Außerdem musste sie im Spa die Termine für die gebuchten Massagen durchsprechen.

Plötzlich hatte sie ein Hochgefühl wie tanzende Schmetterlinge im Bauch. Sie sprang vom Bett und zog die rote Reisetasche hinter sich her.

Doch als Shirley sie auspacken wollte, stockte ihr der Atem. Entgeistert starrte sie die Klamotten an und erinnerte sich an Chloes verstohlenes Lächeln.

»Du Biest!«, schimpfte sie vor sich hin.

Chloe hatte rein gar nichts für ein entspanntes Wochenende eingepackt, sondern für Clubbesuche und Männerfang. Als Shirley die Zehn-Zentimeter-High-Heels auspackte, stöhnte sie gequält. Nie und nimmer würde sie in diesen Schuhen laufen können. Auch die Kleider und Dessous waren nicht nach Shirleys Geschmack. Sie waren viel zu aufreizend und elegant. Shirley fand keine einzige Hose oder bequemes Schuhwerk.

Das Telefon ihrer Freundin klingelte fünf Mal, bevor sie abnahm.

»Was hast du dir dabei gedacht?«, griff Shirley sie gleich an.

»Dass du dich abends in Schale wirfst und die Männer bezirzt.«

Chloe lachte, und die diebische Freude in ihrer Stimme war nicht zu überhören.

»Männer in einem Wellnessparadies? Dass ich nicht lache. Du bist unmöglich. Außerdem weißt du genau, dass ich auf High Heels nicht laufen kann. Warum tust du mir das an?«

Rein zufällig wusste Chloe, dass an den nächsten vier Tagen ein Wirtschaftskongress in Santa Monica stattfand. Es war schwierig genug gewesen, ein Zimmer für diese Zeit zu bekommen. Dass sie sich jetzt nicht selbst flirtend unters Volk mischen konnte, bereute sie am meisten. Dieses Wochenende hatte zu ihren Zukunftsplänen gehört.

Chloe hatte sich vorgenommen, noch in diesem Jahr einen reichen Mann zu finden und zu heiraten. Nur des Kongresses wegen hatte sie die Reise auf dieses Datum gelegt. Nun hing sie in ihrer Wohnung fest und Shirley maulte rum. Chloe wurde zunehmend ungehaltener.

»Stell dich nicht so an, Shirley. Wenn du jemanden blamierst, dann mich. Du bist jetzt Chloe Westwood. Mit deinem Aussehen werden dir die Männer schmachtend und die Frauen neidisch hinterher sehen. Und jede Frau kann auf

High Heels laufen, das liegt uns im Blut. Dein Gejammer geht mir langsam auf den Geist. Wie ist das Zimmer?«

»Wundervoll!«

»Na endlich mal etwas, an dem du nichts auszusetzen hast. Manchmal ist mir ein Rätsel, warum wir seit zwanzig Jahren befreundet sind.«

Shirley grinste. »Aber ich weiß es. Ich habe vom ersten Tag an deinen Blödsinn gedeckt und dich beschützt. Ohne mich wärst du in der Nachbarschaft sang- und klanglos untergegangen.«

Shirley sah förmlich, wie Chloe ihr grinsend die Zunge rausstreckte.

»Sieh dieses Wochenende als Wiedergutmachung an. Wenn du mich noch einmal anrufst, um zu jammern, kündige ich dir die Freundschaft.«

»Ich habe dich lieb.«

»Ich dich auch, du Pessimist«, sagte Chloe und legte einfach auf.

Shirley musste schmunzeln, als die Erinnerungen an ihre gemeinsame Kindheit hochkamen. Chloe war nach dem Tod ihrer Eltern zur Oma gekommen. Nicht nur den Verlust der Familie hatte sie zu verkraften. Ihre Großmutter war eine strenge, unnahbare Frau, die keine Liebe zu geben hatte. Für ein traumatisiertest Mädchen von fünf Jahren eine harte Zeit.

Dazu kam der kulturelle Schock. Chloes Eltern waren Unternehmer gewesen. Nach ihrem Tod hatte sie in einer Vorstadtsiedlung leben müssen und eine staatliche Schule besucht. Vom ersten Tag an hatte sie sich geprügelt und ihre Wut an den anderen Kindern ausgelassen.

Nur Shirley war an sie herangekommen. Nach wenigen Tagen hatte man sie die Unzertrennlichen genannt.

Mit ihrer Volljährigkeit erbte Chloe das Vermögen ihrer Eltern und zog postwendend nach Los Angeles, um das High-Society-Leben zu führen, das ihr zustand.

Ihre Freundschaft hatten sie durch die Jahre retten können, so unterschiedlich ihre Lebensstile auch waren.

Shirley verdrängte die Vergangenheit und versuchte, sich mit der Situation zu arrangieren. Gut! Also würde sie sich aufbrezeln und in Chloes Rolle schlüpfen. So schwer konnte es nicht sein, schließlich kannten sie sich in und auswendig.

Sie entschied sich für ein schlichtes graues Kleid. Nun hatte sie die Wahl zwischen zwölf Zentimeter hohen schwarzen Schuhen oder zehn Zentimeter hohen roten. Die Roten waren zwar auffälliger, aber auf ihnen konnte sie sicherer gehen.

Ausgiebig bürstete sie ihr schulterlanges blondes Haar, bis es glänzte, und grinste ihr Spiegelbild an.

»Dann los, Ms. Chloe Westwood! Hab deinen Spaß und genieße es.«

Beim Verlassen der Suite begegnete ihr tatsächlich ein Mann. Und was für einer!

Shirley schlotterten augenblicklich die Knie. Er grüßte freundlich und ging an ihr vorbei, während sie dümmlich starrend den Türgriff festhielt.

Er war in einen grauen Anzug gekleidet, hatte eine strenge, gerade Körperhaltung und dunkles Haar, das er im Nacken zu einem Knoten gebunden trug. Obwohl sein Gesicht unter einem akkurat gepflegten, schwarzen Vollbart verborgen lag, konnte man ein ausdrucksstarkes Kinn erkennen.

Der Grund, weshalb Shirley sich nicht regte, waren jedoch seine Augen. Als er sich nach ihr umdrehte, funkelten sie belustigt in einem so intensiven Grün, wie sie es noch nie gesehen hatte. Ihr wurde heiß und kalt, als sein Blick über ihren Körper wanderte, bevor er um die Ecke bog und aus ihrem Blickfeld verschwand.

Sie wartete, bis sie das Ping des Aufzuges hörte. Auf keinen Fall wollte sie mit diesem Adonis auf einem Quadratmeter eingesperrt sein. Ihre Beine fühlten sich wie Gummi an, als sie den Flur entlang ging. Erleichtert atmete sie aus, als er nicht vor dem Lift stand. Mannomann, so hatte sie noch nie auf einen Mann reagiert. Wie auch? Einem solchen Mann war sie bis eben nie begegnet.

»Was für Augen«, flüsterte sie vor sich hin.

»Ms. Westwood, kann ich Ihnen helfen?«

Shirley brauchte eine Weile, bis sie begriff, dass sie gemeint war. Albert Bellami stand neben ihr und ließ ein wohlwollendes Schmunzeln über sie gleiten.

»Sie sehen fantastisch aus, Ms. Westwood.«

»Danke, Mr. Bellami.«

Röte überzog ihre Wangen.

»Bitte nennen Sie mich Albert.«

»Nur, wenn Sie Chloe zu mir sagen.«

Um ein Haar wäre ihr Shirley über die Lippen gekommen.

Albert lächelte milde. »Sehr gern, Ms. Chloe. Was kann ich für Sie tun?«

»Wie komme ich zum Spa? Ich habe einige Anwendungen gebucht.«

»Ich bringe Sie hin.«

»Das ist nicht nötig.«

»Oh doch, Ms. Chloe. Das ist der Standard unseres Hauses.«

Mist! Verunsichert ging Shirley neben Albert durch die Lobby. Ständig bedient und hofiert zu werden, damit konnte Shirley nicht umgehen. Sie hatte ihren Weg im Leben immer allein gefunden. Jetzt wurde sie geführt und das war befremdlich.

»Sind Sie mit dem Zimmer zufrieden?«, fragte Albert und riss sie aus ihren Gedanken.

»Ja! Es ist wunderbar.«

Shirley ließ den Blick über die üppige Grünanlage im Innenhof gleiten. Überall blühten Orchideen und Blumen, dessen Namen sie vermutlich bis dato nie gehört hatte.

»Ich war noch nie in einem so wunderschönen Hotel«, entschlüpfte es ihr.

»Das ehrt uns, Ms. Chloe.«

Albert öffnete ihr eine Tür und bat sie einzutreten. Der Seitenflügel des Hotels beherbergte das Spa und war gigantisch. Im Eingangsbereich standen riesige Palmen und vermittelten den Eindruck, in einem Dschungel zu stehen. Shirley konnte nicht verhindern, dass sie sich mit offenem Mund umsah.

»Ms. Chloe, darf ich Ihnen Nadine vorstellen? Sie wird sich um Sie kümmern.«

»Danke, Albert.« Sein sanftes Lächeln wärmte Shirley und doch hatte sie das Gefühl, dass Albert mehr sah, als gut für sie war. Sie musste vorsichtiger sein, sich nicht von ihren Emotionen mitreißen lassen. Als Lügnerin entlarvt zu werden, erschien ihr wenig erstrebenswert.

»Ms. Chloe Westwood?«, fragte Nadine. Ihr Tonfall klang schnippisch und unfreundlich.

»Ja! Ich habe einige Massagen gebucht.«

»Wenn Sie sich bitte die Terminvergabe ansehen möchten, ob sie zu Ihrer Zufriedenheit ist.«

Oh Gott! Diese gekünstelte Freundlichkeit. Außerdem war in Nadines Stimme ein pikierter Unterton. Oder bildete Shirley sich das ein? Wenn das der Umgang mit reichen Frauen war, wollte Shirley nicht dazugehören.

Sie überflog den Buchungsplan und war erstaunt. Heute, morgen und übermorgen Vormittag würde sie insgesamt fünf Massagen, eine Maniküre und Pediküre bekommen und sie hatte einen Frisörtermin. Shirley schwirrte der Kopf. Das war wirklich ein Rundum-sorglos-Paket. Eins störte sie allerdings: Der

Termin beim Frisör war morgen Mittag, und zwei Stunden später hatte sie einen Stirnguss.

Ich bin Chloe Westwood, sagte sie zu sich selbst, *und Chloe würde sich maßlos aufregen.* »Wäre es möglich, den Frisörtermin auf den frühen Abend zu legen?«, fragte Shirley freundlich.

»Ich werde es versuchen, Ms. Westwood. Paolo ist sehr begehrt und es ist schwierig, einen Termin zu bekommen.«

»Ich wäre Ihnen sehr verbunden, wenn Sie es ermöglichen könnten.«

In Nadines Augen flackerte etwas. Offensichtlich war sie es nicht gewöhnt, dass man höflich mit ihr sprach. Plötzlich verschwand ihre verkniffene Miene und wich einem Lächeln.

»Ich rufe ihn gleich an. Es wird schon klappen.«

»Ich danke Ihnen, Nadine.«

Shirley ging ins Spa und versuchte krampfhaft, nicht erfreut aufzuschreien und rumzuhüpfen. Es war einfach der Hammer. Wenn man die Tür der Lobby hinter sich schloss, betrat man eine andere Welt. Wie bei einer Zeitreise befand man sich plötzlich in einem römischen Bad. Der Pool, der Saunabereich, Ruhezonen und eine Bar waren sehr edel. Die Wände hatte man mit blauen Mosaiksteinen gefliest. Im Hintergrund säuselte leise Musik, die Shirley schläfrig gemacht hätte, doch ihr Körper pumpte unaufhörlich Adrenalin durch ihre Adern. Mit Freude dachte sie daran, dass sie in einer Stunde eine Synchronölmassage genießen durfte. Was immer das war, es würde sich herrlich anfühlen. Und ihre verspannten Schultern konnten wahrlich eine Massage vertragen.

»Ms. Westwood?« Nadine kam zu ihr und sprach leise: »Ich habe den Termin auf acht Uhr abends verlegt.«

»Das ist sehr lieb von Ihnen. Danke! Wo bekomme ich die Ölmassage?«

»Ich kann leider die Anmeldung nicht so lange verlassen. Ich rufe nach Andy, der wird Ihnen alles zeigen.«

»Das ist nicht nötig.«

Shirley ging neben Nadine zurück in die Lobby.

»Sagen Sie mir nur, wo ich hin muss. Ich finde mich zurecht.«

Nadine zeigte Shirley auf einem Plan den Aufbau des Spa und es schien ihr äußerst unangenehm zu sein, sie allein zu lassen.

»Soll ich nicht doch lieber Andy anrufen?«

»Bitte Nadine, ich bin ein großes Mädchen. Machen Sie sich nicht so viele Umstände.«

Nadine sah sie irritiert an, lächelte allerdings.

»Dann wünsche ich Ihnen ein entspannendes Wochenende, Ms. Westwood.«

»Danke, das werde ich haben.«

»Bitte legen Sie sich bäuchlings auf die Massageliege.«

Die beiden Frauen wirkten emotionslos und überarbeitet. Nun hatte sich Shirley so auf die Ölmassage gefreut und dann das. Etwas enttäuscht hängte sie den Bademantel an einen Haken und legte sich auf die Liege. Es fühlte sich merkwürdig an, splitterfasernackt vor zwei fremden Frauen zu liegen.

»Entspannen Sie sich. Versuchen Sie nichts zu tun und sich von uns führen zu lassen. Schließen Sie die Augen und genießen Sie.«

Die Worte klangen gesäuselt und Shirley versank in sich selbst.

Der erste warme Ölstrahl traf ihren Rücken vom Steißbein bis zwischen die Schulterblätter. Shirley hätte fast geseufzt.

Gleichzeitig verteilten vier Hände das Öl auf ihrem Rücken und den Schultern. Es waren sanfte, streichelnde Berührungen. Die Hände zu genießen fiel Shirley nicht schwer. Sie war schon ewig nicht mehr so berührt worden.

Auf diese Weise wurde ihre gesamte Rückseite eingeölt, auch ihre Beine, ihr Po und die Arme. Als glitschige Finger durch ihre eigenen gespreizten Finger fuhren, erstickte Shirley ein Keuchen in letzter Minute. Diese Berührungen waren überaus sinnlich und erregend. Zum Glück war es einer Frau nicht anzusehen, wenn sie erregt war. Deshalb gab sich Shirley ganz hin.

Ohne Warnung wurde sie auf die Seite gedreht und Shirley ließ es willenlos geschehen. Sie fühlte sich wie eine Puppe und es war ein herrliches Gefühl, absolut nichts selbst tun zu müssen. Ihre volle Konzentration galt den Empfindungen auf ihrer Haut und dem Ziehen in ihrem Inneren, das immer drängender wurde.

Die streichelnden Hände bedeckten ihre Flanke von den Zehenspitzen bis zu ihren Fingerkuppen. Als man sie auf den Rücken drehte, sehnte und fürchtete Shirley die nächste Berührung herbei.

Öl lief zwischen ihren Brüsten bis zum Bauchnabel. Die Gänsehaut konnte sie nicht verhindern und auch das wohlige Schnurren wollte an die Oberfläche. Shirley biss sich voller Erwartung auf die Zunge, und dann streichelten die Hände über ihren Busen.

Mannomann! Das war wundervoll!

In ihrer Gefühlswelt versunken, stellte sie sich die Hände eines Mannes vor. Er streichelte ihre Brüste, glitt ihren Bauch hinab, über ihre Oberschenkel bis zu den Zehenspitzen. Es verlangte ihr alles ab, nicht die Schenkel zu spreizen und die Hände auf ihrem Schoß willkommen zu heißen. Ihre Mitte pulsierte und sie sehnte sich nach einer intimen Berührung. Plötzlich sah Shirley grüne Augen vor sich, die belustigt auf sie herabblickten. Wie würde es sich anfühlen, wenn es seine Finger wären?

Bevor sie sich in ihrem Tagtraum verlor, legten die beiden Frauen Decken über sie. Wohlige Wärme umschlang sie und gab ihrer Fantasie neue Nahrung.

Das Massageduo ließen sie allein und Shirley versank erneut in einem Traum aus Verführung und glitschigen Händen.

Zeit schien keine Rolle zu spielen und sie wusste nicht, wie lange sie in diesem Raum gelegen hatte, als die Frauen zurückkamen.

»Sie werden jetzt ein Maismehlpeeling erhalten. Das nimmt das restliche Öl auf. Danach dürfen sie duschen.«

»Hmmm!«

Mehr brachte Shirley nicht zustande und tauchte nur langsam aus dem Nebel ihrer Versunkenheit auf. Das Maismehl rubbelte angenehm über die Haut. Sie spürte deutlich, wie die Blutzirkulation angeregt wurde und das Leben in sie zurückglitt.

Eine halbe Stunde später schlenderte Shirley, in einen dicken Bademantel gehüllt, am Schwimmbecken vorbei, um sich an der Bar einen Vitamindrink zu gönnen. Sie war einerseits erregt und andererseits tiefenentspannt. Ein wohliges, ungewohntes Gefühl.

Im ersten Moment nahm sie ihn nicht bewusst wahr. Er stand am Pool, ein Handtuch um seine Hüften gewickelt, und trocknete sich mit einem Zweiten das offene Haar. Das strahlende Weiß des Badetuches betonte die ebenmäßige Haut seines Oberkörpers auf eine Weise, dass sie nicht in der Lage war, den Blick abzuwenden. Sein Haar war schulterlang, wie ihres, nur schwarz. Belustigt stellte sie fest, dass sie die gleiche Frisur hatten, nur sah er damit viel verwegener aus.

Wie hypnotisiert ging sie an ihm vorbei. Ihre Blicke hielten einander fest und Shirley versank im grünen Ozean seiner Augen. Sein verschmitztes Lächeln traf sie blitzartig und ließ ihr Herz nur so rasen. Plötzlich stolperte sie und konnte sich nur mühsam halten. Erst jetzt bemerkte sie, dass sie ihn angestarrt und sich den Hals nach ihm verrenkt hatte.

Und dann war er bei ihr und stützte sie am Arm.

»Vorsicht!«, sagte er mit einer dunklen, samtenen Stimme, die sich in ihrem Nacken festsetzte und über ihre Wirbelsäule rieselte.

Verdammt ,war das peinlich! Augenblicklich glühte ihr Kopf in schönster Schamesröte. Sie hielt seinem Blick nicht stand und sah verlegen zur Seite.

»Danke! Mein Kreislauf spielt etwas verrückt. Ich wurde gerade massiert.«

»Dann war sie sehr entspannend.«

»Bitte?«

In Shirley Hirn war ein einziges Chaos. Sie spürte, wie die Farbe aus ihrem Gesicht wich und ihr schwindelte. Er war viel zu nah, und seine Hand unglaublich warm. Außerdem war sein nackter Oberkörper vor ihren Augen und die Erregung stieg ihr zu Kopf. Am liebsten hätte sie über seine Brust geleckt und ihn geschmeckt.

Sein Griff wurde fester, als sie leicht schwankte, und sein freier Arm legte sich um ihre Taille.

»Kommen Sie, setzen Sie sich«, hörte sie ihn sagen und verstand den Sinn seiner Worte erst, als er sie zu einer Liege brachte und sanft auf ihre Schultern drückte. Verwirrt sah sie ihn an. Er kniete sich vor sie und sah sie eindringlich an.

»Wird es besser?«, fragte er fürsorglich.

Shirley nickte und fand ihre Stimme wieder. »Ja, danke. Gott, ist das peinlich. So was ist mir noch nie passiert.«

»Das muss Ihnen nicht unangenehm sein. Es schmeichelt mir.«

Sein Lächeln war betörend und ihr stieg einmal mehr Röte ins Gesicht.

»Na sehen Sie. Jetzt haben Sie etwas Farbe auf den Wangen.«

»Wenn Sie nicht gleich aufhören, versinke ich im Erdboden.«

Er lachte. Es war das schönste Lachen, das sie je gehört hatte. Es kam aus seinem Herzen und war ehrlich. Der Bariton seiner Stimme hallte von den gekachelten Wänden. Gänsehaut überzog ihren Körper.

»Ich bin Colin McAlister. Es ist mir eine Freude, Ihre Bekanntschaft zu machen.«

Er reichte ihr eine sehr gepflegte Hand, mit langen, schlanken Fingern. Bebend nahm Shirley sie entgegen.

»Sh …« Sie räusperte sich. »Chloe Westwood. Es freut mich ebenfalls.«

Ihn zu belügen, stach ihr ins Herz, aber mit Shirley Dearing würde sich dieser Mann bestimmt nicht abgeben.

»Darf ich Sie auf einen Drink an die Bar einladen?«

»Sehr gern. Bevor Sie mich aus dem Gleichgewicht gebracht haben, war ich auf dem Weg dahin.«

Er hielt noch immer ihre Hand, als er sich erhob, und zog sie mit sich.

»Ich werde es wiedergutmachen. Versprochen! Ich ziehe mir nur schnell etwas an. Bitte kippen sie in der Zeit nicht wieder um.«

Shirley verkniff sich das Lachen. Ihr Blick folgte ihm, und dann stockte ihr der Atem.

Völlig ungeniert ließ er das Handtuch um seine Hüften fallen und präsentierte ihr seine Kehrseite. Ein wundervoller, muskulöser Po ging in stramme Schenkel über. Shirleys Mund wurde trocken und sie leckte sich die spröden Lippen. Auch der Bademantel konnte das Bild nicht aus ihrem Gedächtnis löschen. Nie mehr!

Er drehte sich um und lächelte sie wissend und etwas verrucht an. Shirley schloss schnell ihren offenstehenden Mund. Als wäre nichts gewesen, nahm er ihre Hand und legte sie in seine Armbeuge.

»Darf ich bitten, Ms. Westwood?«

»Chloe, nennen Sie mich Chloe. Wenn Sie Ms. Westwood sagen, muss ich sofort an meine Großmutter denken.«

»Sehr gern. Ich bin Colin.«

Sie lächelten einander an, und Shirleys Herz machte einen Satz in ihren Hals, wo es die nächste halbe Stunde bleiben sollte.

Während sie an der Bar saßen erfuhr Shirley, dass er Unternehmer war und an einem Wirtschaftskongress teilnahm.

»Und ich dachte, Sie machen Wellness«, lachte sie.

»Ich nehme immer das Delfina, wenn ich nach Santa Monica komme. Diese Meetings weiten sich oft zu einem Marathon aus. Da ist Entspannung zwischendurch sehr angenehm. Außerdem trifft man hier die interessantesten Frauen.«

»Dann haben Sie schon viele getroffen?«, provozierte Shirley.

»Nicht wirklich. Ich bin nicht der draufgängerische Typ. Mir ist noch nie eine in die Arme gefallen.«

»Könnten wir diesen Zwischenfall vergessen, Colin? Meine Wangen werden sonst verglühen.«

»Ich finde sie reizend«, sagte er plötzlich flüsternd und streichelte zart über ihre glühende Haut.

»Dafür, dass Sie kein Draufgänger sind, legen Sie ein enormes Tempo vor.«

Shirley konnte kaum glauben, dass sie mit ihm flirtete.

»Ich möchte nur sichergehen, dass Sie mich wiedersehen wollen.«

»Es wird sich nicht vermeiden lassen, sich über den Weg zu laufen. Unsere Zimmer liegen auf derselben Etage.«

»Nebeneinander, um genau zu sein.«

Gott, sollte er nicht gleich damit aufhören, würde ihr das Herz aus der Brust springen.

»Ich habe in einer halben Stunde ein Geschäftsessen, aber es wäre mir ein Vergnügen, wenn wir unser Gespräch heute Abend an der Bar fortführen könnten.«

»Wenn Sie mir versprechen, mich nicht in Verlegenheit zu bringen, gern.«

Im nächsten Moment hielt er ihre Hand und führte sie unendlich langsam an seine Lippen. Sanft küsste er ihre Fingerspitzen und sah sie eindringlich an.

»Das kann ich nicht, Chloe. Ich liebe die zarte Röte auf deinen Wangen. Das fordert mich zu sehr heraus, um es nicht zu tun. Ich freue mich auf heute Abend. Ist dir zehn Uhr recht?«

Shirley konnte nur nicken. Ihre Fingerkuppen drohten zu verbrennen. Er schenkte ihr noch ein Lächeln, dann war er verschwunden.

Sie brauchte fünfzehn Minuten, um sich auf ihren Beinen sicher zu fühlen. In der Umkleidekabine zog sie die High Heels und das Kleid an und schlüpfte in die Chloe-Rolle.

Es fühlte sich schäbig an. Da traf sie endlich den Mann ihrer Träume und belog ihn. Aber wenn sie es nicht tat, würde er sie keines Blickes würdigen, so viel stand fest. Doch war sie bereit, Chloes Identität bis zum Äußersten zu spielen?

Sein intensiver Blick hatte keinen Zweifel an seinen Absichten gelassen. Chloe würde eine solche Chance nicht verstreichen lassen. Shirley hingegen konnte einem One-Night-Stand nicht viel abgewinnen. Derartige Begegnungen waren meist oberflächlich und wenig erfüllend.

Doch wenn sie ehrlich zu sich selbst war, wollte sie Colin. Seine geheimnisvolle Ausstrahlung reizte sie ungemein.

Was soll's, dachte sie. *Ich bin für zwei Tage in einer anderen Welt. Ich werde sie auskosten. Am Montag bin ich wieder Shirley Dearing, die Kellnerin in Jackie's Diner. Warum sollte ich nicht zur Abwechslung die Aufmerksamkeit eines Mannes genießen, der kein Fernfahrer ist und Manieren hat?*

Colin sah unglaublich gut aus. Er trug eine schwarze Hose und ein auberginefarbenes Hemd. Sein Sakko hing lässig über der Lehne des Barstuhls.

Als er sie sah, lächelte er. Geschmeidig glitt er vom Barhocker und kam ihr entgegen. Sein Blick huschte einer Berührung gleich über ihren Körper.

Shirley konzentrierte sich auf ihren Gang in den Zwölf-Zentimeter-High-Heels. Sie trug ein rotes Satinkleid, das ihre weiblichen Formen betonte, und fühlte sich verdammt sexy. Minutenlang hatte sie sich vorm Spiegel an ihrer Erscheinung geweidet und einen inneren Kampf ausgefochten. Die Lügen waren nicht richtig, aber sie wollte auch nicht aus dem Hotel geworfen werden. Colins offensichtliches Interesse zu riskieren war erst recht keine Option. Jetzt war sie durch und durch Chloe, und es fühlte sich fast schizophren an.

Wortlos ergriff er ihre Hand und küsste erneut ihre Fingerspitzen. Shirley lächelte lasziv und begegnete seinem Blick.

»Du siehst atemberaubend aus, Chloe.«

»Danke!«, sagte sie kess, ließ sich von ihm an die Bar geleiten und setzte sich auf den Hocker zu seiner Linken. Elegant legte sie ein Bein über das andere und war selbst überrascht, wie leicht ihr das gelang. Chloe schien mit ihrer Behauptung, so etwas läge Frauen im Blut, Recht zu behalten.

Wohlwollend sah Shirley, dass Colin krampfhaft schluckte und sich seine Atmung beschleunigte.

Er setzte sich neben sie und brauchte ein paar Augenblicke, bevor er sprach: »Was möchtest du trinken?«

»Einen Cosmopolitan, bitte.«

Der Barkeeper widmete sich ihrem Drink, und Colin schmunzelte.

»Du magst es also stark?«

»Das weiß ich nicht. Ich habe ihn noch nie getrunken.«

»Und warum hast du ihn bestellt?«

»Die Mädels aus Sex and the City trinken ihn immer.«

Colin lachte sein unverwechselbares Lachen. Shirley genoss es mit jeder Faser ihres Körpers.

»Und welches von den Mädels ist deine Favoritin?«

Eigentlich mochte sie Miranda, mit ihrer Stärke und Geradlinigkeit, am liebsten. Doch sie hatte ein anderes Ziel und sagte mit einem frivolen Lächeln: »Samantha.«

»Dir ist hoffentlich bewusst, was du mit mir anstellst?«, fragte er und bohrte sich in Shirleys Blick.

Der Barkeeper stellte ihren Drink auf den Tresen und bewahrte sie vor einer Antwort. Lächelnd griff sie nach dem Cocktail und nippte daran. Er stieg ihr augenblicklich zu Kopf, und nur mühsam konnte sie ein Husten unterdrücken.

»Wow! Der hat es in sich!«

»Zu stark?«

In Colins Augen stand eine andere Frage. *Kommst du mit auf mein Zimmer? Schläfst du mit mir? Bist du mutig genug, dich mir hinzugeben?*

»Nein, er ist genau richtig, etwas herb, berauschend und man weiß, dass der Kater furchtbar sein wird.«

Sie nahm einen weiteren Schluck und stellte das Glas dann ab. Ihre eigene Courage spielte ihr einen Streich. Adrenalin jagte wie Säure durch ihre Adern und ließ ihr Blut kochen.

Für die nächste halbe Stunde beschränkten sie sich auf Smalltalk, um ihre erhitzten Gemüter zu kühlen. Es half nichts. Die sexuelle Spannung zwischen ihnen war unübersehbar und wurde von Minute zu Minute greifbarer und drängender. Am liebsten hätte sie Colin angefleht, endlich mit ihr auf sein Zimmer zu gehen und die aufgestaute Lust zu lindern. Immerhin quälte sie sich seit der Massage am Nachmittag damit herum.

»Möchtest du noch einen Drink?«, fragte er.

»Nein, danke! Ein Zweiter würde mir die Sinne vernebeln.«

»Und das wollen wir auf keinen Fall«, flüsterte er dicht an ihrem Hals.

»Nein, das will ich nicht.«

»Was willst du nicht?«

»Dass ich zu berauscht bin, um zu spüren, was du mit mir tust.«

Woher nahm sie diese Offenheit? War sie so sehr Chloe geworden, oder steckte das wirklich in ihr?

Sie kam nicht dazu, sich diese Frage zu beantworten. Colin ergriff ihre Hand und zog sie vom Barhocker. Sein Blick war lodernd und gierig. Fast flößte er ihr Angst ein. Er ging so schnell, dass sie auf den hohen Absätzen stolperte.

»Colin, warte!«

Er blieb stehen und hob sie auf seine Arme.

»Ich habe lange genug gewartet. Jetzt will ich dich.«

Während er sprach trug er sie zum Lift.

»Du machst mir Angst«, flüsterte Shirley.

»Du brauchst dich nicht zu fürchten. Ich werde dir nichts als Lust schenken.«

Meine Güte! Mit diesen Worten jagte er einen weiteren Schauer der Erregung über ihre Haut.

Im Aufzug küsste er sie. Shirley krallte sich an seinen Schultern fest und verlor doch den Halt. Er küsste wild und hungrig, knurrte dabei tief in der Kehle.

Als die Fahrstuhltür aufging und er sich von ihr löste, glühten seine Augen raubtierhaft. Waren sie grüner geworden, oder bildete sie sich das ein?

Mit ausladenden Schritten brachte er sie zu seinem Zimmer, zog die Karte durch den Scanner und trug sie in den kleinen Flur. Das Klicken, als die Tür ins Schloss fiel, hatte etwas Endgültiges.

Colin stellte sie sanft auf die Füße, nur um sie im selben Moment mit dem Rücken gegen die Wand zu drängen und erneut über ihren Mund herzufallen. Sein Bart kitzelte ihre Haut, als er sich ihren Hals hinabküsste und ihr Schlüsselbein liebkoste.

Keuchend warf sie den Kopf in den Nacken und genoss die Sanftheit seiner Lippen und das leichte Kratzen seiner Barthaare. Doch als er mit der Hand ihre Schenkel hinaufglitt, ging es ihr plötzlich zu schnell und sie presste ihre Beine zusammen.

Überrascht sah er sie an. Shirley verstand selbst nicht, was sie tat. In ihr tobte der Wunsch, ihn zu provozieren, zu mehr Dominanz zu treiben. Als wäre er nicht so schon die Überlegenheit in Person! Was geschah mit ihr? War ihr der Cocktail zu Kopf gestiegen?

Etwas in seinem Blick ließ sie glauben, dass er genau begriff. Ein boshaftes Lächeln spielte um seine Lippen.

»Spreiz deine Schenkel für mich.«

Sie schüttelte den Kopf und biss sich auf die Unterlippe.

Blitzschnell ergriff er ihre Handgelenke und hielt sie mit nur einer Hand über ihr an die Wand gepresst. Shirley sog entsetzt Luft in ihre Lungen, drängte aber gleichzeitig ihren Körper gegen seinen. Dieses Spiel berauschte sie in einem Maße, wie es kein Cocktail der Welt gekonnt hätte.

»Du wirst es tun, Chloe.«

Ich bin nicht Chloe, schrie es in ihrem Kopf. *Ich bin Shirley und ich bin dein.* Als ihr bewusst wurde, dass diese Nacht niemals die ihre, sondern immer mit Chloe behaftet sein würde, traten Tränen in ihre Augen.

Colin verstand sie völlig falsch. Er lockerte den Griff seiner Hand und schmiegte sich an sie. »Schhht! Es ist nur ein Spiel. Hab keine Angst.«

Sie hielt auch ohne seinen Griff ihre Arme über den Kopf gestreckt, als wären sie gefesselt.

»Ich fürchte mich nicht«, flüsterte sie. »Mach weiter. Tu mit mir, was immer du willst.«

»Dann spreiz deine Schenkel, damit ich endlich deine Nässe spüren kann.«

Colins Stimme hatte sich verändert. Sie war rauer und tiefer geworden.

Shirley trat einen Schritt zur Seite, wissend, dass es lange nicht genug war.

Er sah sie nachdenklich an.

»Kann es sein, dass du um eine Strafe bettelst?«

Sie schüttelte den Kopf.

»Dann gehorche.«

Shirley dachte nicht im Traum daran. Noch nie zuvor in ihrem Leben hatte sie das Bedürfnis gehabt, sich jemandem zu unterwerfen. Jetzt fühlte es sich richtig an und instinktiv wusste sie, wie sie ihn dazu trieb. Dass er zu verstehen schien, was in ihr vorging, machte es ihr leichter, die verwirrenden Gefühle zu akzeptieren. Nicht einen Moment verschwendete sie damit, das Risiko zu überdenken, welches sie einging oder an irgendwelche Konsequenzen. Sie wollte diesen Mann auf eine Weise, die diese Nacht für sie beide einzigartig machen sollte.

Als Colin von ihr zurücktrat und sie wütend ansah, bebte ihr Leib vor Erwartung. Er hob den Arm zur Seite, zeigte mit dem Finger zum Bett und musterte sie einen Atemzug lang. Mit jeder verstreichenden Sekunde wuchs die Unruhe in ihrem Inneren.

»Zieh dein Kleid aus, leg dich aufs Bett und spreiz deine Beine für mich.«

Shirley spürte, dass dies der Augenblick war nachzugeben. Er duldete keinen Widerspruch mehr. Dennoch reckte sie im trotzig das Kinn entgegen, als sie die Träger ihres Kleides abstreifte. Geschmeidig floss der Stoff an ihrem Körper herab und fiel auf den Boden. Jetzt trug sie edle Satinunterwäsche in Rot, halterlose schwarze Strümpfe mit einem breiten Satinrand und High Heels. Das Funkeln in seinen Augen hätte sie fast schmunzeln lassen.

»Ich warte nicht mehr lange«, vereitelte er den Impuls mit harten Worten.

Arrogant und provozierend langsam stolzierte Shirley zum Bett, setzte sich mit einer geschmeidigen Drehung auf die Bettkante und spreizte ihre Schenkel, indem sie ihre Hände auf ihre Knie legte und sie auseinanderzog.

»Du scheinst ein ernsthaftes Problem mit Gehorsam zu haben. Ich sagte hinlegen, und zieh bei der Gelegenheit den Slip aus.«

Nur zu gern tat Shirley, was er verlangte. Sie streifte das Höschen über ihre Beine, warf ihn mit dem Fuß in seine Richtung und rutschte bis zur Mitte des Bettes. Genüsslich räkelnd legte sie ihre Arme über den Kopf und spreizte endlich ihre Schenkel. Dabei sah sie ihm die ganze Zeit in die Augen.

Colin stand mit unbewegter Miene vor ihr und betrachtete sie eingehend. Wäre nicht die Beule in seiner Hose, würde sie ihn für unbeteiligt halten. Je länger er so dastand, desto bewusster fühlte sie ihre Nacktheit. Ihre Schamlippen schwollen an und klafften auseinander. Mit Sicherheit konnte er die glitzernde Feuchtigkeit sehen, die ihre Wollust verriet. Minuten schienen zu Stunden zu werden. Unsicherheit und Scham stiegen in ihr auf. Ihr Herz raste nicht nur der Lust wegen.

Als hätte Colin einzig auf diesen Moment gewartet, sprach er gebieterisch: »Fass dich an. Ich will sehen, wie du deine Begierde ins Unermessliche steigerst. Mach es dir vor meinen Augen.«

Shirley konnte das entsetzte Keuchen nicht zurückhalten. Schamesröte stieg von ihrem Hals ausgehend in ihre Wangen und die Ohren. Ihr Kopf drohte zu explodieren.

»Tu es!«, hallte der Befehl von den Wänden.

Shirleys Hände zitterten, als sie ihre Finger über ihre Haut streicheln ließ und einen Weg zu ihrem Geschlecht fand. Glitschig öffneten sich ihre Schamlippen, und ihre Finger drangen ohne Widerstand ein. Beschämt schloss sie die Augen, wissend, dass er ihr diesen Rückzug nicht durchgehen lassen würde. So wunderte sie sich nicht, als seine Stimme erneut die Stille des Zimmers zerriss.

»Sieh mich an. Ich will mich an deinem Gehorsam weiden.«

Er war wirklich gut in dem, was er tat und wie er sie führte. In ihrem Inneren tobten Furcht und Verlangen, Scham und Gier.

Unter seinem bohrenden Blick rieb sie ihre Klitoris. Erst sanft, dann immer drängender, umkreiste sie die kleine Perle mit ihren glitschigen Fingern. Bald konnte sie das Seufzen nicht mehr zurückhalten. In ihrem Geschlecht sammelte sich pulsierende Hitze. Wie Magma in einem Vulkan brodelte es in ihr. Ihr Atem beschleunigte sich, bis sie nur noch hechelnd Luft bekam. Seiner versteinerten Miene standzuhalten verlangte ihr alles ab.

»Stopp!«, zerriss Colin den Augenblick der nahenden Erlösung.

Shirley wimmerte, doch sein plötzlicher Befehl hatte sie zusammenzucken lassen. Ihre Finger waren von ihrer Klitoris gerutscht und der Orgasmus zog sich zurück. Sie hätte vor Enttäuschung schreien mögen, bekam aber nicht genug Luft. Stattdessen warf sie ihm einen bitterbösen Blick zu, der ihm nur ein Lächeln entlockte.

»Hast du wirklich geglaubt, ich belohne deine Aufsässigkeit?«

Es hatte wenig Sinn, ihm eine passende Antwort entgegenzuschleudern. Sein lustvolles Quälen würde nur länger dauern. Also biss sie sich auf die Zunge und begnügte sich mit ihrer erbosten Miene.

Colins Grinsen wurde breiter.

»Ja, kleines Kätzchen, fahr deine Krallen aus. Gib mir die Möglichkeit, dich zu bezwingen. Noch vor Ende der Nacht wirst du mich anflehen, dich kommen zu lassen.«

Shirley konnte es nicht verhindern. »Pah!«, platzte es aus ihr heraus. »Träum weiter! Den Triumph gönne ich dir nicht.«

»Und dennoch wirst du es tun«, säuselte Colin und kniete sich zwischen ihre gespreizten Schenkel.

»Öffne dich weiter für mich.«

Shirley spreizte ihre Beine, bis es an den Schenkelinnenseiten schmerzhaft zog.

»Das reicht mir nicht.«

Dachte er, sie würde einen Spagat machen können? Was hatte er vor? Ihr gefror das Blut in den Adern, als er ihre Waden ergriff und ihre Beine gespreizt nach oben führte.

»So gefällst du mir. Bleib in dieser Haltung.«

Diese Position war so demütigend, dass sie die Augen schloss. Diesmal ließ er sie gewähren.

Als seine Zunge unerwartet durch ihre Spalte leckte, schrie sie auf. Sie brauchte all ihre Kraft, um ihre Beine gestreckt und gespreizt zu halten. Doch mit zunehmendem Zungenspiel schien dieser Kampf mehr und mehr aussichtslos. Shirley begann zu zittern. Nicht nur ihre Beine, sondern ihr ganzer Körper erbebte.

Colin stieß unaufhörlich mit der Zunge gegen ihre Klitoris und brachte das Feuer zurück, das er zuvor erstickt hatte. Sein Bart rieb an ihren Schamlippen und sandte ein leichtes Brennen in ihr Geschlecht. Sie hielt den Atem an und gab sich dem ersehnten Zucken hin.

Es kam nicht.

Er kniete zwischen ihren Schenkeln und grinste. Wut trieb Tränen in ihre Augen.

»Du Schuft«, schimpfte sie.

»Bettle!«

»Niemals.«

Verzweiflung griff nach ihr. Colin stand vom Bett auf und sah auf sie herab.

»Bettle!«

Shirley schüttelte energisch den Kopf, musste sich allerdings auf die Unterlippe beißen, um sich treu zu bleiben.

Gleichmütig öffnete er den Gürtel seiner Hose und zog ihn aus den Schlaufen. Angst jagte durch Shirleys Venen. Das war zu viel des Guten. Soweit wollte sie nicht gehen. Instinktiv zog sie die Beine an und machte sich klein.

»Achte auf deine Haltung.«

Widerwillig nahm Shirley sie wieder ein. Als Colin zufrieden war, ließ er den Gürtel zu Boden fallen. Erleichtert atmete sie tief durch. Das Hemd fiel von ihm ab, genau wie Schuhe und Hose. Breitbeinig stand er vor ihr und aalte sich sichtlich in ihrem Blick. Ihre Augen weiteten sich, als er eine Hand um seine Erektion legte und sich selbst rieb. Ein merkwürdiges Gefühl breitete sich in ihrem Inneren aus. Eifersucht! Sie war tatsächlich auf seine Hand neidisch und wünschte, es wäre ihr Mund, der ihm Genuss bereiten durfte.

»Willst du ihn?«, hörte sie ihn fragen. Wenn er glaubte, sie würde darum betteln, seinen Schwanz lecken zu dürfen, hatte er sich geschnitten. Zögerlich nickte Shirley.

»Du darfst die Haltung verlassen.«

Erleichtert ließ sie ihre Beine auf die Matratze fallen. Das Brennen in ihren Muskeln hätte sie nicht mehr lange ausgehalten.

Er trat an die Seite des Bettes, noch immer seinen Penis haltend.

»Ich erlaube dir, meinen Schwanz zu lutschen.«

Shirley hätte fast gelacht. Nur seine hochgezogenen Augenbrauen hielten sie davon ab. Außerdem pulsierte das Wort *lutschen* durch ihr Blut. Es hatte etwas Frivoles, Lüsternes an sich. Sie kniete sich vor ihn und ihr lief das Wasser im Mund zusammen.

Verdammt! Der Mistkerl hatte Recht. Es fühlte sich wie ein Geschenk an. Zugeben würde sie es nie, aber sie genoss seine Stärke, als sie die Lippen um seine Krone schloss.

Er war hart und weich zugleich. Langsam nahm sie ihn tief in sich auf, presste ihre Lippen aufeinander und saugte an ihm. Ein kehliges Seufzen belohnte sie.

Während sie ihm diente, als solches empfand sie es, spürte sie ihre eigene Feuchtigkeit über die Innenseiten ihrer Schenkel laufen. Ihre Scham krampfte verlangend. Shirley nahm Colins Schaft immer schneller und drängender, reizte ihn, bis sich seine Hoden zusammenzogen. Dann hielt sie inne und sah zu ihm auf. Seine Eichel war von ihren Lippen umschlossen. Sie konnte sich nur vorstellen, was für ein verruchter Anblick das für ihn sein musste. Flehend starrte sie ihn an und ließ ihn dabei ihre Zunge spüren. Flatternd leckte sie über seine

Spitze und tauchte in das kleine Loch ein. Er atmete schwer und erwiderte ihren Blick.

»Bitte mich um meinen Schwanz.«

Ein hartes Saugen war ihre Antwort. Colin keuchte.

Sie wusste später nicht zu sagen, wie es passierte. In einem Moment kniete sie vor ihm, im nächsten drückte er sie bäuchlings auf die Matratze und drang in sie ein. Mit einem einzigen, kraftvollen Stoß nahm er sie in Besitz.

Shirley schrie. Colin knurrte grollend.

Man nannte diese Stellung Hundestellung, und so nahm er sie auch, hart, animalisch und rücksichtslos. Nach der aufgestauten Lust brauchte sie nicht lange, um an die Schwelle des Abgrundes zu gelangen. Colin griff in ihr Haar, zog ihren Kopf in den Nacken und hielt inne. Diesmal musste er nichts sagen. Alle Hemmungen fielen von ihr ab.

»Nein! Nein! Bitte! Ich flehe dich an.«

Ein tiefer, langsamer Stoß war seine Antwort. Fast zärtlich führte er sie den Gipfel hinauf. Shirley wimmerte und streckte katzengleich den Rücken durch. Mit ekstatischen Erschütterungen griff der Orgasmus nach ihr und zog sie in einen Strudel aus Zucken und Pulsieren. Ihr lautes Schreien unterdrückend presste sie ihren Mund auf die Matratze und ergab sich völlig der Erlösung.

Hinter ihr keuchte Colin, doch das nahm sie nur am Rande wahr. Ihr Höhepunkt wollte und wollte nicht enden. Jammernd trieb sie sich ihm entgegen und hatte das Gefühl, sich selbst zu verlieren.

Da hörte sie ihn schreien: »Mein Gott, Chloe, Chloe …«

Während er sich aus ihr zurückzog und seinen Samen auf ihren Rücken und ihren Hintern entlud, brach etwas in ihr auf. Tränen schossen ihr in die Augen.

Nur Sekunden, nachdem sie die größte Ekstase ihres Lebens empfunden hatte, erfasste tiefe Verzweiflung ihr Herz.

Alles war Lüge und Betrug. Nichts, was sie eben erlebt hatte, würde von Bestand sein.

Sie ließ sich von dieser Trauer, etwas Überwältigendes verloren zu haben, mitreißen.

Erst als Colin mit einem warmen, feuchten Lappen ihren Körper wusch und leise mit ihr sprach, bemerkte sie, dass sie haltlos schluchzte.

Zärtlich zog er sie in seine Arme und hielt sie.

»Schhht! Beruhige dich. Es ist alles gut.«

Nichts war gut! Nichts würde je wieder gut sein. Colin hatte etwas in ihr berührt, von dem sie nicht einmal wusste, dass es in ihr war. Kein Mann war je so tief in ihre Seele vorgedrungen.

»Was hast du mit mir gemacht? Wer bist du?«, flüsterte Shirley und verstand ihre Frage selbst nicht. Sie war die Lügnerin, nicht er.

»Nicht wer, was.«

Verwirrt sah sie ihn an.

»Ich bin ein Dominus, ein Master des BDSM. Dein Vertrauen in mich und die Bereitschaft, dich von mir führen zu lassen, hat mich über alle Maßen erfüllt und befriedigt. Ich danke dir.«

»Diese Nacht war die berauschendste Erfahrung meines Lebens.«

»Es wird nicht die Letzte gewesen sein, Chloe.«

»Albert, würden Sie Ms. Westwood bitten ein Dutzend rote Rosen, Champagner und Erdbeeren aufs Zimmer bringen lassen?«

Albert lächelte verschmitzt und verbarg seine Freude nicht. Er kannte McAlister seit Jahren und wusste, dass er ein feiner Kerl war. Nur die kleine Chloe konnte er noch nicht richtig einschätzen. Sie war nicht die, die sie vorgab zu sein, so viel stand fest. Doch sie hatte ein offenes und liebes Wesen. McAlister und Chloe gaben in seinen Augen ein schönes Paar ab. »Gern, Mr. McAlister. Auf Ihr Zimmer oder das von Ms. Westwood?«

Colin lachte.

»Sie sind ein Fuchs, Albert. Auf das Zimmer von Ms. Westwood. Und richten Sie ihr bitte aus, dass ich gegen Mittag zurück bin.«

»Sehr wohl, Sir.«

Shirley erwachte aus einem tiefen, traumlosen Schlaf. Mit ihrem Bewusstsein kamen die Erinnerung und die Tränen.

Colin war nicht da und das war gut so.

Keinen Augenblick konnte sie länger bleiben. In ihrem Inneren war etwas geschehen. Sie fühlte sich unsagbar verletzlich und zappelig. Sie kannte dieses Gefühl. Sollte sie ihn noch ein einziges Mal sehen, würde sie sich unsterblich verlieben. Das durfte sie nicht zulassen.

Auf dem Sekretär fand sie einen Bogen Briefpapier. Unter Tränen schrieb sie:

Lieber Colin
Du hast mir eine unvergleichliche Nacht geschenkt.
Ich werde dich nie vergessen.
Shirley.

Dann rannte sie in ihre Suite. Ein feiner, zarter Duft hing in der Luft. Doch sie durfte keine Zeit verlieren. Ohne sich umzusehen, warf sie die Sachen in die Tasche, zog ihre Jeans und ihr Shirt an, schlüpfte in die schlichten Leinenschuhe und ließ dieses Zimmer, diese fremde Welt hinter sich.

Zum Glück war Albert nicht an der Rezeption, als sie auscheckte. Seinem wissenden Blick hätte sie nicht standgehalten. Ihr Körper zitterte, aus Angst, nicht rechtzeitig zu entkommen und Colin unter die Augen treten zu müssen. Nicht eine Sekunde würde sie es schaffen, ihn weiter zu belügen.

»Ms. Westwood?« Hastig drehte sie sich um und sah in Alberts bestürztes Gesicht. »Sie wollen uns verlassen?«

»Ich muss!«

Albert nahm ihren Arm und führte sie in ein kleines Büro hinter der Rezeption. Kraftlos ließ sich Shirley auf den Stuhl plumpsen und hielt die Tränen nicht mehr zurück.

»Was ist geschehen, Ms. Chloe?« Er reichte ihr ein Taschentuch.

»Ich bin nicht Chloe«, brach es aus ihr heraus. »Chloe ist meine Freundin. Sie hat sich das Bein gebrochen und konnte nicht fahren. Bitte rufen Sie nicht die Polizei. Ich habe versucht, ihr das auszureden, aber sie kann sehr hartnäckig sein.«

Albert zog sich einen Stuhl heran und setzte sich ihr gegenüber.

»Ich wusste sofort, dass Sie nicht Ms. Westwood sind. Alle hier haben es bemerkt.«

»Ich weiß, meine Klamotten sind schäbig«, schluchzte sie.

»Das hat Sie nicht verraten.«

»Was dann?«

»Die fehlende Arroganz. Es ist Ihnen unangenehm, sich bedienen zu lassen. Menschen mit Geld denken, sie hätten ein Recht darauf, andere zu benutzen.«

»Nicht alle sind so«, begehrte sie auf.

»Nein«, lächelte Albert. »Mr. McAlister ist nicht so. Er ist eine der wenigen Ausnahmen.«

Shirley schlug sich entsetzt die Hand vor den Mund. »Hat man uns gesehen?«

»Mr. McAlister bat mich heute Morgen, Ihnen Blumen aufs Zimmer zu schicken. Haben Sie die Rosen nicht bemerkt?«

Sie erinnerte sich an den Duft und schüttelte den Kopf.

»Ich muss gehen.«

»Warum?«

»Was wird er von mir denken, wenn er erfährt, dass ich ihn belogen habe? Ich kann ihm nicht in die Augen sehen.«

»Sie sollten mit ihm reden, Kind. Mr. McAlister ist ein sehr verständnisvoller Mann.«

Shirley schmunzelte. Kind hatte er zu ihr gesagt. Er hatte etwas Großväterliches an sich. Seine Sorge tat ihr gut, doch es änderte nichts an der Tatsache, dass sie gehen musste. Auch Albert konnte sie nicht überzeugen.

Er ließ Chloes Wagen vorfahren, legte persönlich ihre Tasche in den Kofferraum und ergriff ihre Hand.

»Wie heißen Sie wirklich?«

»Shirley, Shirley Dearing. Ich bin eine einfache Kellnerin. Glauben Sie mir, Albert, es ist besser so.«

Sie drückte ihm einen Kuss auf die runzlige Wange und stieg in den Wagen.

Albert lächelte und holte einen Notizblock aus der Innentasche seines Fracks. Shirley Dearing, Los Angeles, notierte er und war sehr mit sich zufrieden.

Klirrend fiel das Geschirr zu Boden. Shirley bemerkte es nicht einmal. Fassungslos starrte sie den Mann an, der gerade das Diner betrat. Er wollte seinen Blick hart aussehen lassen, doch sie las Erleichterung in seinen Augen. Moosgrüne Augen!

»Bitte geh«, stammelte sie so leise, dass er es unmöglich hören konnte.

Sie zitterte, ihre Beine wurden zu Gummi. Sie trug abgewetzte Jeans und ein Jackie's Diner Shirt. Typisch für Jackie war es eine Nummer zu klein und der Ausschnitt zu tief. Shirley schämte sich abgrundtief, dass Colin sie so sah.

Neben ihr kniete jemand nieder und sammelte Scherben zusammen. Jackie's Stimme zerriss das Schweigen.

»Bist du zu allem zu blöde, Shirley? Das ziehe ich dir vom Lohn ab. Setz deinen Arsch in Bewegung, sonst mache ich dir Beine.«

Noch nie hatte sie sich so gedemütigt gefühlt. Lautlose Tränen kullerten ihr über die Wangen.

Colin warf Jackie einen derartig bösen Blick zu, dass ihm die nächsten unflätigen Worte im Hals stecken blieben.

Die Situation wurde immer unerträglicher, als er wortlos auf sie zukam, auf seine Arme hob und zur Tür trug.

»Hey, sind Sie verrückt? Was soll der Blödsinn«, blaffte Jackie hinter dem Tresen.

Seelenruhig drehte Colin sich um.

»Ms. Dearing nimmt sich den Nachmittag frei.«

Mit diesen Worten verließ er das Diner und stellte sie auf der Straße auf die Füße.

»Warum hast du mich sitzen lassen?«

Seine Stimme klang ruhig und einfühlsam.

Shirley brauchte ein paar Sekunden, bevor sie sich so weit beruhigt hatte, dass sie sprechen konnte.

»Ich habe dich angelogen, Colin. Ich gehöre nicht in deine Welt. Bitte geh.«

»Für deine Lüge werde ich dich angemessen bestrafen, aber darum geht es momentan nicht. Du hast dich mir hingegeben und danach nicht genug Vertrauen gehabt, mir die Wahrheit zu sagen?«

Ein lustvoller Schauer lief über ihre Wirbelsäule, doch sie blieb standhaft.

»Das hätte keinen Sinn. Wir leben in zwei völlig verschiedenen Welten. Was willst du?«

»Ich will dich, Shirley. Du berührst mich. Schon als ich dich zum ersten Mal im Gang vor deinem Zimmer sah, schlug mir das Herz bis zum Hals. Was glaubst du, wie vielen Menschen so etwas passiert? Gib uns eine Chance.«

»Ich bin Kellnerin.«

»Ich habe während meiner Schulzeit auch gekellnert. Meine Eltern hätten mir die Universität niemals bezahlen können. Ich konnte nur durch ein Sportstipendium studieren. Wir haben mehr gemeinsam, als du denkst.«

Hoffnung keimte in ihr auf. »Wie hast du mich gefunden?«

»Albert notierte deinen Namen und Chloes Kennzeichen. Sie gestand die ganze Geschichte und sagte mir, wo ich dich finde.«

»Du warst bei Chloe?«

»Ja! Sie hat mir alles erzählt.«

»Es tut mir leid, Colin. Ich wollte dich nicht belügen.«

»Deine Bestrafung wird grausam sein. Soviel verspreche ich dir. Du wirst dich in Lust winden, wimmern und mich anflehen, dir zu vergeben.«

»Das wird die wundervollste Strafe, die ich jemals bekommen habe.«

Shirley legte ihre Arme um seinen Hals und küsste ihn sanft. All ihre Träume und geheimsten Wünsche erfüllten sich, noch bevor sie sie gekannt hatte.

War das Leben nicht wunderbar?

Nie bereut

Der hämmernde Rhythmus der Technobeats drang bis in Seans Büro. Der Club erwachte zum Leben, eine weitere Nacht der balzenden Körper, der Sehnsucht nach Zärtlichkeit und der großen Liebe.

Er lehnte sich in seinem Stuhl zurück und streckte die Arme über den Kopf. Ein gequältes Stöhnen stieg in seiner Kehle auf und mischte sich in das Dröhnen der Musik. Seit Tagen fühlte er sich wie von einer Dampfwalze überrollt.

Scheiß Steuerprüfung! Er hasste den Bürokram. Vielleicht sollte er sich doch einen Steuerberater leisten. Das Geschäft warf mittlerweile genug Geld ab, um die Ausgabe zu verschmerzen.

Sean drehte sich mit dem Stuhl um und sein Blick wanderte über die Wand zu seiner Rechten. Unzählige Fotos von Feiernden waren daran gepinnt. Zwei Jahre existierte der Club jetzt, die Anfangszeit war schwer gewesen. Die ungünstige Lage der alten Fabrik hatte die Gäste lange abgeschreckt. Im ersten halben Jahr hatte er befürchtet, schließen zu müssen, dann war ihm die Idee mit den Mottopartys gekommen. Seitdem boomte der Laden.

Heute fand die monatliche Man-Dance-Party statt. Sean hatte diese Veranstaltung regelmäßig genutzt, um sich einem One-Night-Stand hinzugeben, doch am heutigen Abend stand ihm nicht der Sinn danach. Seit ein paar Tagen verspürte er eine innere Unruhe, die ihn schier verrückt machte. Es war nichts Greifbares, eher eine Vorahnung.

Sein Blick streifte ein Foto, das etwas abseits klebte. Es zeigte ihn und John in inniger Umarmung. Das Bild war zwei Wochen vor ihrer Trennung entstanden. Bereits an diesem Abend hatte John fremdgefickt. Alle wussten davon, nur er nicht.

Mit zur Seite geneigtem Kopf sah Sean die Fotografie an. Warum er es nicht längst abgenommen hatte, begriff er selbst nicht. Manchmal, wenn er es ansah, versank er in Erinnerungen. Er sah Johns Grinsen, als sie auf den Flohmärkten der Stadt Einrichtungsaccessoires für ihre gemeinsame Wohnung gekauft hatten. Er hörte sein Lachen, nahm den Duft seiner Haut und seine Wärme wahr. Jetzt war das nicht so. Er betrachtete das Foto und fühlte nichts mehr.

John war nie eingezogen. Er hatte es herausgezögert, immer wieder Ausreden gefunden, warum er an diesem Wochenende oder auch am kommenden seine Sachen nicht packen konnte. Anfangs hatte Sean dem keine Beachtung geschenkt, dabei hatte John sich schon von ihm gelöst.

Für ihn war es ein schleichender Prozess, für Sean ein Schlag mit dem Hammer.

»Ich liebe einen anderen. Es tut mir leid«, hatte John gesagt, sich umgedreht und war aus seinem Leben verschwunden. Drei Wochen später war er bei seinem neuen Partner eingezogen.

Energisch schob Sean den Stuhl zurück, trat an die Wand und nahm das Foto ab. In Gedanken an leidenschaftliche Nächte streichelte er über Johns Gesichtszüge.

Das Bild landete im Papierkorb neben dem Schreibtisch. Es war Zeit, die Vergangenheit nach sieben Monaten zu begraben.

Der Beat war ohrenbetäubend, als Sean die Bürotür öffnete. Er mochte Technomusik nicht sonderlich, doch aus einem ihm nicht ersichtlichen Grund war diese Musikrichtung fest mit der homosexuellen Szene verbunden.

Er stand auf der Galerie, die sich um den gesamten Discobereich zog, und beobachtete die Gäste. Zuckende, sich windende Leiber waberten unter ihm zum Rhythmus der Musik. Eine brodelnde Masse aus Testosteron, auf der Jagd nach Leidenschaft und Sex.

Ein warmer Körper schmiegte sich an seinen und drängte ihn an die Brüstung.

»Hallo Sean! Ich dachte schon, du bist heute Abend nicht da. Du hast lange auf dich warten lassen.«

»Es ist mein Club. Wo sollte ich an einem Samstagabend sonst sein?«

Sean sträubte sich nicht gegen den drängenden Körper, doch er erwiderte seine Annäherungen auch nicht. Vor vier Wochen hatte er sich mit Greg im Darkroom vergnügt. Eine schöne und entspannende Erfahrung, die er jedoch nicht wiederholen wollte.

Greg drängte seinen Unterleib an Seans Hintern. Seine Erektion war unverkennbar.

»Ich habe mich nach dir verzehrt«, flüsterte er in sein Ohr.

In Seans Nacken bildete sich Gänsehaut. Gregs warme Lippen waren angenehm und verheißungsvoll.

»Du weißt, dass ich nie zweimal mit dem gleichen Kerl schlafe.«

Sean verabscheute diese Kälte in sich, die sich nach der Trennung von John immer mehr in ihm ausbreitete. Greg war wunderbar, einfühlsam und erfinderisch. Er sah unglaublich gut aus und wäre durchaus nach Seans Geschmack. Was hinderte ihn daran, dem Drängen nachzugeben?

Seans Herzschlag beschleunigte sich, als er unter den Tanzenden einen dunklen Haarschopf sah. Er konnte weder dessen Statur noch sein Gesicht sehen, doch etwas an diesem Mann zog ihn magisch an.

»Sei nicht so«, begann Greg in seinem Nacken zu betteln. »Ich weiß, dass dir gefallen hat, was ich mit dir getan habe.«

Sean drehte sich energisch um und brachte Greg sanft, aber bestimmend auf Abstand.

»Ja, es war geil mit dir. Dennoch werden wir das nicht wiederholen. Das hast du vorher gewusst. Genieß einfach den Abend. Ich bin sicher, dass Mr. Right irgendwo da unten ist.«

»Mein Mr. Right steht genau vor mir. Gib uns eine Chance.«

Sean legte Greg die flache Hand auf die Brust. Es war keine Geste des Einlenkens, vielmehr drängte er ihn zurück.

»Du beginnst, deine Selbstachtung zu verlieren. Das macht dich nicht unbedingt begehrenswerter.«

Mit diesen Worten ließ er ihn stehen, und hasste sich dafür.

Über das Walkie-Talkie hörte er Ginas Stimme.

»Sean, ich brauche Hilfe an Theke vier. Carmen kommt erst in einer Stunde und die rennen mir die Bude ein.«

»Ich bin unterwegs.«

Eine Runde Cocktails mixen würde ihn vielleicht entspannen.

Ein dröhnendes Lachen setzte sich in Seans Nacken fest und brachte sein Herz zum Zittern. Fast wäre ihm der Shaker runtergefallen.

Das Gelächter kam von dem Mann, der linker Hand mit dem Rücken zur Theke stand. Es war derselbe, den Sean bereits vom Balkon aus gesehen hatte. Er trug ein schlichtes schwarzes Langarmshirt, das seine muskulösen Oberarme und Schultern umschmeichelte. Das dunkle, gewellte Haar reichte ihm bis in den Nacken. Mehr konnte er nicht sehen, doch es genügte, um seine Unruhe zu verstärken und seinen Herzschlag zu erhöhen.

»Eine große Hilfe bist du nicht gerade. Was ist denn mit dir los?«

Gina sah ihn fragend an, während sie ihm den Shaker aus der Hand nahm und den Cocktail in ein Glas goss.

»Was soll los sein? Alles bestens. Ich saß an der Buchhaltung, als du mich angepiepst hast.«

Gina grinste. »Männer und Papierkram. Ich habe dir mehrfach gesagt, dass meine Schwester im Steuerbüro arbeitet.«

»Diesmal werde ich das Angebot annehmen. Gib mir ihre Telefonnummer, ich ruf sie an.«

Sie lachte und stellte den Drink auf die Theke.

Als Sean seine Aufmerksamkeit dem ominösen Mann widmen wollte, war er verschwunden.

Stattdessen traf er den scheuen Blick leuchtend blauer Augen.

»Hi!«

»John! Was willst du trinken?«

Es war das erste Mal, dass sein Anblick ihm keinen Stich ins Herz jagte. Mehr als eine dumpfe Leere spürte er nicht. Er schien es wirklich hinter sich zu haben, und diese Erkenntnis entlockte ihm ein freundliches Lächeln.

»Zwei Old Fashioned«, sagte John und beugte sich über den Tresen. »Du siehst gut aus. Es freut mich, dass es dir wieder besser geht.«

Sean rang sich ein zustimmendes Brummen ab und widmete seine Aufmerksamkeit dem Drink.

»Ich wollte dir nie wehtun, Sean.«

»Dann hättest du mit mir reden sollen, statt mich zu betrügen«, platze es aus ihm heraus. Mist! Die Wut über diese Demütigung hatte er doch noch nicht überwunden. Als er aufblickte, sah John ihn betreten an.

»Ich wusste nicht, wie ich es dir sagen sollte.« Ein paar Meter hinter ihm stand Adam, sein neuer Freund. Er war schlank, blond, ein Milchbubi und somit das genaue Gegenteil von Sean.

»Hast du mich je geliebt?«, fragte er und stellte die beiden Drinks vor Johns Nase.

»Ich glaubte es, aber es war anders als jetzt.«

Sean nickte. Er hatte befürchtet, dass es ihn härter treffen würde, doch das tat es nicht.

»Wenigstens bist du ehrlich. Damit kann ich leben. Ich wünsche euch einen schönen Abend. Die Drinks gehen aufs Haus.«

Hatte er John geliebt? Immerhin hatte er mit ihm leben wollen. John war der erste Mann, bei dem er sich das hatte vorstellen können, dennoch war er sich plötzlich nicht mehr sicher, ob es tatsächlich Liebe gewesen war.

Als Sean Carmen erblickte, wusch er sich die Hände und verließ die Theke. Er war heute kein guter Gastgeber und sollte besser in sein Büro verschwinden.

»In diesem Laden gibt es keinen Macallan.«

Sean blieb wie angewurzelt stehen. Die Stimme hinter ihm war dunkel und weich, mit starkem schottischen Akzent. Sie passte perfekt zu einem Mann mit schwarzer, wilder Mähne und muskelbepacktem Oberkörper. Er wusste noch immer nicht, was es mit diesem Mann auf sich hatte, doch sein wild klopfendes Herz schien es zu wissen.

»Ich habe eine Flasche in meinem Büro«, sagte Sean und drehte sich um.

Der Fremde war nur etwas größer als er selbst. Ungewöhnlich dunkelbraune Augen sahen ihn belustigt von oben bis unten an. Sein Gesicht war unter einem akkurat gestutzten, kurzen Vollbart verborgen, trotzdem kam ihm die Mimik bekannt vor.

»Du siehst gut aus, Sean.«

Das hatte er vor wenigen Minuten schon einmal gehört. Diesmal hatten die Worte eine ganz andere Wirkung. Sein Rücken drückte sich automatisch durch, er zog die leicht nach vorn gesunkenen Schultern zurück und präsentierte sich von seiner besten Seite. Er fühlte ein breites Lächeln auf seinem Gesicht. Einzig die innere Unruhe, die mit jeder Sekunde stärker wurde, irritierte ihn.

»Kennen wir uns?«

»Zugegeben, es ist eine Weile her, aber dass du mich völlig aus deinem Gedächtnis gestrichen hast, schmerzt.«

Der Typ legte eine Hand über sein Herz und sah ihn gequält an. Sean hingegen konnte nur den Siegelring am Finger des Mannes anstarren. Wie ein elektrischer Schlag traf ihn das Erkennen.

»Caleb«, war alles, was ihm über die Lippen kam.

Einen Moment später fand er sich in einer kräftigen Umarmung wieder. Caleb klopfte ihm erfreut auf die Schultern, und sein Duft stieg in Seans Nase.

Eine Weile sahen sie sich schweigend an. Wie lange war das her - zehn, fünfzehn Jahre?

»Siebzehn«, sagte Caleb, der scheinbar noch immer seine Gedanken lesen konnte.

»Du hast dich sehr verändert«, brachte Sean hervor. Eine Sintflut an Erinnerungen brach über ihn herein und machte ihn fast schwindlig.

»Wir waren damals Kinder«, lachte Caleb. »Natürlich haben wir uns verändert. Was ist nun mit dem Whisky?«

Wie in Trance setzte Sean sich in Bewegung. In seinem Kopf herrschte ein einziges Chaos.

Vor siebzehn Jahren hatten er und Caleb die letzten Ferien gemeinsam auf dem Landsitz der Familie MacKenzie verbracht. Sie waren tagelang durch die Highlands gestreift, hatten gezeltet, Lagerfeuer gemacht, sich Geschichten erzählt, über ihre Pläne gesprochen. Sie waren beste Freunde gewesen. Es waren ausgelassene vier Wochen und eine Zeit, die Seans Leben grundlegend verändert hatte.

Plötzlich war er wieder neunzehn.

Er spürte das Stroh, das ihm unangenehm in den Rücken stach, sah Calebs Körper im Mondschein schimmern und roch seinen herben männlichen Duft. Sie hatten gerauft und wie so oft war Sean unterlegen, obwohl er körperlich besser in Form war. Seine Muskeln waren kräftiger und ausgeprägter. Gegen Calebs schmächtigen Körperbau sah er wie ein Bodybuilder aus. Und doch machte er die mangelnde Kraft durch trickreiche, nicht ganz faire Technik wett.

Jetzt saß er auf Seans Hüften, seine Hände umschlossen seine Handgelenke und drückten sie zu Boden. Das triumphierende Grinsen ließ Seans Herz rasen. Diese wundervollen nachtschwarzen Augen glitten über seine nackte Brust und Calebs Stimme klang wie eine Verheißung.

»Gib dich geschlagen, Rotrock. Gegen einen echten Schotten kommst du nicht an.«

»Nur weil du nicht fair kämpfst«, protestierte er und versuchte, Caleb von sich zu werfen. Doch seine Bemühungen waren halbherzig. Er genoss es viel zu sehr, in der Gewalt des Freundes zu sein.

Wie aus dem Nichts jagte Verlangen durch seinen Körper.

Caleb beugte sich herab und sah ihm tief in die Augen. Sein Blick war nicht mehr triumphierend, sondern skeptisch. Der Griff um seine Handgelenke wurde fester, schmerzhaft. Caleb drückte seinen Hintern auf seine Lenden und beobachtete seine Reaktion aufmerksam. Sean knurrte und sog hektisch Luft in seine Lungen. Caleb schien ihn ewig zu mustern, und er konnte und wollte sich nicht wehren. Zu verwirrend war das, was er fühlte.

Da berührten Calebs Lippen die seinen. Es war ein sanftes und zögerliches Testen. Eine Sekunde später sah er ihn wieder an.

»Tu es«, hörte Sean sich sagen und konnte es kaum fassen. Daheim wartete Lucille auf ihn. Er hatte Pläne, ein Haus, Familie, Kinder ...

All das löste sich in einer Dunstwolke auf, als Caleb seinen Oberkörper auf seinen senkte und ihn küsste. Dieser Kuss war anders als alles, was er bisher erlebt hatte. Er war herb, fast gewaltsam und in einem Maße besitzergreifend, dass Sean des Denkens nicht mehr mächtig war. Sein gesamtes Blut schoss in seine Lenden. Er stöhnte auf, als seine Erektion schmerzhaft in der engen Jeans gequetscht wurde.

Caleb knabberte an seinem Hals, bahnte sich einen Weg über das Schlüsselbein hinab zu seiner Brust, die von Schweiß bedeckt war. Er sah ihm direkt in die Augen, als er mit der Zunge über seine Brustwarze leckte. Sean keuchte und warf den Kopf in den Nacken.

»Du weißt nicht, wie lange ich mich schon nach dir sehne«, hörte er Caleb sagen.

»Nicht sprechen. Oh Gott!« Er bäumte sich auf, als Caleb an seiner Brustwarze saugte und leicht in den aufgestellten Nippel biss.

Caleb drückte seinen Oberschenkel gegen seinen Schritt. Der Druck war fast zu viel. Sean schwirrte der Kopf, als befände er sich in einem Drogenrausch. Dass Caleb seine Hose öffnete, merkte er erst, als kühle Luft sein erhitztes Fleisch traf.

Widerstandslos ließ er sich die Jeans über die Beine ziehen. Calebs Blick loderte dabei wie Feuer. Sehnsüchtig leckte er sich die Lippen.

»Zieh dich auch aus.«

Sean war sich nicht sicher, ob er mit dieser Bitte Zeit schinden wollte. In seinem Herzen war eine Mischung aus grenzenloser Gier und Furcht. Es war nicht richtig, was sie hier taten. Er war nicht schwul. Nie zuvor hatte er sich zu einem Mann hingezogen gefühlt.

Als Calebs Hose zu Boden glitt und ein prachtvoller Ständer vor seinen Augen auftauchte, verschwand jeder Zweifel. Er konnte nur noch an eines denken: Diesen Schwanz wollte er schmecken, seine Kraft spüren.

Etwas ungelenk kniete er sich vor seinen Freund und streichelte über die Erektion. Heilige Scheiße, fühlte sich das gut an! Sein eigener Schwanz wurde so hart, dass Sean seinen Orgasmus kaum zurückhalten konnte.

Caleb seufzte leise und drückte sich gegen seine Hand. Sean sah zu ihm auf, als er seine Lippen um die Eichel schloss. Der herbe Geruch des Schweißes und Calebs Moschusduft raubten ihm die Sinne. Die Härte in seinem Mund ließ sein Herz nur so rasen.

Mittlerweile lag Calebs Hand an seinem Hinterkopf. Gierig drängte er sich in seinen Rachen. Sean glaubte, ersticken zu müssen, so tief stieß Caleb in seine Kehle. In dem Moment, da er sich zur Wehr setzte, gab er ihn frei. Sean sah zu ihm auf, um ihm gehörig die Meinung zu sagen. Ihm blieben die Flüche im Hals stecken. Calebs Blick war herausfordernd und wild. Seans Herz schlug noch gewaltiger gegen seine Brust, obwohl das nicht möglich sein konnte. Ergeben, ein anderes Wort fiel ihm dafür nicht ein, bot er dem Freund seinen Mund erneut zum Benutzen an. Augenblicklich versenkte dieser seinen Schwanz in Seans Rachen.

»Oh ja, das fühlt sich so gut an.«

Scheiße noch mal! Sprich nicht, sonst wird mir bewusst, was wir hier tun.

Sean saugte kräftig an der Eichel, um ihm statt Worte Stöhnen zu entlocken. Calebs Finger krallten sich in sein Haar und rissen seinen Kopf zurück.

»Ich habe nicht vor, jetzt schon abzuspritzen. So schnell lasse ich dich nicht davonkommen.«

Im nächsten Augenblick fand sich Sean auf dem Rücken, Caleb über sich. Ihre Schwänze berührten sich, drängten sich aneinander. Sean konnte nur noch stöhnen.

Wenn Caleb auch genug Selbstbeherrschung hatte, er nicht. Er bäumte den Oberkörper auf, drückte seinen Ständer gegen Calebs Becken und rieb sich an ihm. Doch Caleb wich zurück, schwebte wenige Zentimeter über ihm und grinste.

»Ich will dich ganz, nicht nur einen Blowjob.«

Sean riss entsetzt die Augen auf. »Du willst in meinen Arsch? Das kannst du vergessen. Nicht mit mir. Ich weiß sowieso nicht, was das alles soll. Ich bin nicht schwul, das weißt du.«

Er versuchte sich zu befreien, scheiterte jedoch kläglich. Calebs Hände lagen wie Schraubzwingen um seine Handgelenke und mit den Beinen trat er ins Leere, da Caleb auf seinen Hüften saß.

»Willst du mich ficken, Sean?«

Jedwede Gegenwehr fiel von ihm ab. Er wusste nicht, was auf seinem Gesicht zu lesen war, doch es ermutigte seinen Freund. Erneut küsste er seinen Hals und seine Brust und brachte so die Gier zurück.

»Ich will dich mit jeder Faser meines Körpers spüren. Nimm mich, Sean. Mir ist klar, dass es ein einmaliges Erlebnis bleiben wird.«

Caleb gab ihn frei, legte sich neben ihn und streichelte über seine nackte Haut.

Seans Herz schlug so schnell, dass er kaum Luft holen konnte.

»Scheiße Mann! Ich weiß nicht, was hier gerade passiert, aber ich will dich auch.«

Das waren die letzten Worte, die sie miteinander wechselten.

Caleb legte sich auf den Rücken, zog die Beine an und präsentierte ihm die verbotene Öffnung. Zögerlich berührte Sean seine Arschbacken und die Spalte. Sein Schwanz zuckte und seine Hände kribbelten.

Er benetzte zwei Finger mit seinem Speichel und verteilte ihn um den Anus. Ohne weiter nachzudenken, drang er mit dem Zeigefinger in Caleb ein. Er bot kaum Widerstand. Scheinbar war Sean nicht sein Erster in dieser Hinsicht. Darüber wollte er jetzt nicht grübeln. Er umkreiste das enge Loch zärtlich und drängte einen zweiten Finger hinein. Caleb stöhnte und sein Schwanz zuckte.

Sean beugte sich nach vorn und leckte über seine Hoden und den prallen Schaft. Es war ein so unglaubliches Gefühl. Nie zuvor hatte ihn Sex so geil gemacht. Was das alles bedeutete, darüber würde er nachdenken, wenn es vorbei war. Jetzt wollte er seinen Freund genießen, seine Männlichkeit spüren und in diesem Rausch ertrinken, der sich seiner bemächtigte.

Noch einmal ließ Sean seinen Speichel auf die Rosette tropfen und brachte seine Eichel in Position. Der Druck war gewaltig. Calebs Anus quetschte sein Glied so fest zusammen, dass er sich nicht traute, ihn zu penetrieren. Es war der helle Wahnsinn.

Caleb lächelte überlegen und bewegte seinen Hintern vor und zurück. Dabei schloss er eine Faust um seinen Schwanz und massierte sich. Sean hatte das Gefühl, dass Caleb ihn genau da hatte, wo er ihn wollte. Er selbst benutzte ihn zum Stillen seiner Lust. Doch war es wirklich seine Entscheidung gewesen? Hatte Caleb ihn nicht vielmehr in diese Richtung geführt, ihn manipuliert? Caleb stöhnte laut auf, drängte seinen Arsch gegen Seans Erektion und beschleunigte seine Handbewegung.

Dieser Anblick ließ Sean alle Hemmungen vergessen. Er legte seine Hände unter Calebs Oberschenkel und zog ihn kräftig zu sich heran.

Ihre Schreie vermischten sich ebenso, wie sich ihre Ekstase mischte. Caleb spritzte im selben Moment ab, als sich Sean in ihm entlud. Hart und tief stieß er in ihn hinein. Sein ganzer Körper zitterte durch die Wucht seines Orgasmus. Wieder und wieder schoss sein Sperma heraus, und sein Höhepunkt wollte kein Ende nehmen.

Keuchend sank Sean auf Calebs Brust, atemlos, verwirrt und zutiefst befriedigt.

In der Nacht packte er seine Sachen und floh. Sie hatten weder miteinander telefoniert, noch sich wiedergesehen.

Seans Hand zitterte, als die goldene Flüssigkeit des Whiskys glucksend in die Gläser lief.

»Eine interessante Party da draußen.«

Der provozierende Unterton entging ihm nicht. Wortlos reichte er dem Freund aus Kindertagen ein Glas.

»Ich habe Lucille geheiratet.«

Was für ein erbärmlicher Wicht war er? War das wirklich das Erste, was er Caleb zu sagen hatte?

»Ich hörte davon, ebenso von deiner Scheidung sechs Jahre später. Du scheinst dein Glück auf der anderen Seite gefunden zu haben.«

»Caleb, diese …«

»Ja?«

»Scheiße!«

Sean fuhr sich mit der Hand durchs Haar und schüttete den Whisky runter.

Nach so vielen Jahren konnte er seinen einstigen Freund noch immer nicht ansehen. Ja, er war schwul. Er hatte seit jener Nacht unzählige Liebhaber gehabt und mit John sogar in einer Beziehung gelebt. Warum machte Caleb ihn so befangen? Auf keinen Mann hatte er je so reagiert.

»Wie kommt es, dass du in London bist?«

»Haley hat letzte Woche geheiratet. Einen Banker.« Er rümpfte verächtlich die Nase. »Meine kleine Schwester ist tatsächlich erwachsen geworden. Auf der Feier erfuhr ich, dass du diese Diskothek eröffnet hast. Das musste ich mir einfach ansehen. Schöne Location! Und das Publikum ist auch nach meinem Geschmack.«

»Es ist eine Mottoparty von vielen.«

»Sicher doch.«

Ein langes Schweigen breitete sich zwischen ihnen aus. Dabei wollte Sean nichts lieber, als sich in seine Arme werfen, seinen Geruch in sich aufnehmen und ihn küssen. Das gleiche Verlangen wie damals in der Scheune nistete sich in seinen Lenden ein und trieb ihm den Schweiß auf die Stirn.

Verstohlen sah er zu Caleb. Seine Kleidung war komplett schwarz, ebenso wie seine. Vorhin an der Bar hatte er nur Calebs Rücken gesehen. Der war nichts, im Vergleich zu seinem massigen Brustkorb. Deutlich zeichnete sich ein Sixpack unter dem hautengen Shirt ab. Die Hüften waren schmal, der Arsch mit Sicherheit knackig. Sean wurde heiß und kalt in Erinnerung an diesen Hintern.

»Trainierst du jetzt für die Bodybuildermeisterschaft?«

»Highland Games! Du brauchst dich nicht zu verstellen. Dein schmachtender Blick sagt mir deutlich, dass es dir gefällt.«

»Was willst du hier, Caleb?«

»Ich wollte dich sehen, das ist alles. Erschreckend, wie du dich nach all den Jahren noch immer verleugnest.«

»Das tue ich nicht.«

»Stimmt! Ich habe unfreiwillig dein Gespräch mit diesem John mitbekommen. Beantworte mir eine Frage: warum nicht ich?«

Sean schwieg. Er wusste es nicht. Johns Ähnlichkeit mit Caleb ließ sich nicht leugnen. Auch er hatte schwarzes Haar und bemerkenswert schöne Augen. Sein Körper war der des Caleb von vor siebzehn Jahren, drahtig und doch vor Kraft strotzend. Allerdings waren Johns Augen blau, nicht nachtschwarz. Nur in Calebs Augen konnte man sich vollkommen verlieren. In dem Moment, da Sean in diesen durchdringenden Blick eintauchte, kannte er die Antwort auf die Frage, die ihn schon so lange quälte.

»Ich habe Angst vor dir.«

Caleb lachte lauthals, doch es klang nicht erheitert.

»Hör auf zu lachen. Diese Nacht in der Scheune hat mich fertiggemacht. Deine Dominanz mir gegenüber verwirrte mich. Ich gab dir die Schuld an meinem Schwulsein. Mein ganzes Leben drohte aus den Fugen zu geraten. Es war nicht der Sex, der mich zur Flucht trieb, sondern was ich fühlte. Der Gedanke, mich in dir zu verlieren, hat mich in Panik versetzt.«

Seans Herz hämmerte gegen seinen Brustkorb, als wollte es herausspringen. Warum ihm das alles erst jetzt klar wurde, wusste er nicht. All die Jahre hatte er nach einem Mann wie Caleb gesucht. Dabei hatte dieser nur auf ein Zeichen von ihm gewartet. Doch auch das hätte sie nicht zusammengeführt. Seine Heimat waren die Highlands, und Sean würde London nicht verlassen. Es war egal, dass er ihn seit langem liebte. Sie konnten nicht zusammen sein.

Nach seinem Geständnis hatte Caleb aufgehört zu lachen. Mit ruhigen, eleganten Bewegungen stellte er sein leeres Glas auf den Schreibtisch und trat dicht an Sean heran.

»Ich habe dir nie einen Anlass gegeben, mich zu fürchten.«

Mit jedem Wort drängte er ihn einen Schritt rückwärts, bis er die Wand im Rücken hatte.

»Ich wollte immer nur deine Zuneigung, deine Liebe.«

Seans Brustkorb hob und senkte sich unter hektischen Atemzügen. Caleb stützte sich links und rechts neben seinem Kopf mit den Händen an der Wand ab und durchbohrte ihn mit seinem herrischen Blick.

»Gib nicht mir die Schuld für deine Feigheit.«

»Ich bin nicht feige.«

»Doch! Sonst hättest du mich längst geküsst.«

Sean fühlte sich, als würde er unter Strom stehen. Caleb stand so dicht vor ihm, dass er dessen Wärme mit jeder Faser seines Körpers spürte. Sein herbes Aftershave stieg ihm in die Nase und benebelte ihn. Der bohrende Blick tat sein Übriges. Die Welt um ihn herum versank. Er sah nur noch Calebs dunkle Augen, die sich weiteten, als er sich nach vorn beugte.

Sean küsste ihn mit einer Gier, die er selbst nicht für möglich gehalten hatte. All die Jahre hatte er sich nur nach ihm gesehnt und es nicht einmal gewusst. Calebs Hände krallten sich verlangend in sein Haar und er erwiderte den Kuss mit derselben Verzweiflung.

»Wo soll das hinführen?«, versuchte Sean einen letzten Einwand.

»Nicht sprechen. Oh Gott!«

Er lächelte bei Calebs Worten und leckte an der empfindsamen Stelle unter seinem Ohr. Scheinbar erinnerte sich Caleb ebenfalls an jedes Wort dieser Nacht.

Alle Bedenken verwerfend, zog Sean Caleb das Shirt über den Kopf, riss sich sein eigenes vom Leib und schmiegte sich an seine Brust. Sie stöhnten beide, als sich ihre erhitzte Haut berührte. Ihre Münder verschlangen einander. Wie Ertrinkende saugten sie sich fest, bis sie atemlos waren.

Caleb drückte mit sanfter Gewalt auf Seans Schultern. Die Erinnerungen an sein erstes Schwanzlutschen jagten durch sein Hirn. Wieder hatte Caleb diesen gebieterischen Blick, der keinen Widerstand duldete und dem er nichts entgegenzusetzen hatte. Seine Gier nach Caleb wuchs mit jeder Sekunde, die er dem Druck standhielt.

Seine Knie zitterten, als er sich an der Wand herunterrutschen ließ und Calebs Hose öffnete. Der pralle, mit dicken Adern übersäte Schwanz sprang ihm ins Gesicht. Sein unvergleichlicher Geruch stieg ihm in die Nase. Warum hatte er all die Jahre nicht begriffen, dass er sich immer nur nach ihm gesehnt hatte?

Sean leckte die gesamte Länge des Schaftes, bevor er seine Lippen um die saftige Krone schloss. Der Lusttropfen war reinster Nektar.

Er nahm ihn bis zu den Hoden in sich auf, füllte seinen Mund und seinen Geist ganz mit Caleb aus. Nach jener Nacht in der Scheune hatte er nie wieder diesen Rausch gespürt, der jetzt nach ihm griff. Die lustvollen Seufzer seines Freundes entlockten ihm ein Lächeln. Er würde ihn zum Schreien bringen. Nichts sollte sich mit diesem Akt vergleichen lassen.

Diesmal musste Caleb ihn nicht zwingen, seinen Schwanz bis in den Rachen aufzunehmen. Er tat es freiwillig, sich hingebend und genießend. Schnell und tief massierte Sean ihn mit dem Mund, bis sich Caleb keuchend zurückzog.

»Du bist noch immer viel zu gierig.«

Grinsend kniete er sich hin und nahm sein Gesicht zwischen die Hände.

»Ich will alles von dir.«

»Und ich will dich, Caleb. Nimm mich.«

»Das werde ich, wenn ich jeden Zentimeter deiner Haut geleckt, von deinem Schwanz gekostet habe und du keines klaren Gedankens mehr fähig bist.«

Caleb stand auf, zog Schuhe, Socken und die Hose aus, die sich um seine Füße gewickelt hatte. Schritt für Schritt trat er zurück und setzte sich auf das Ledersofa neben Seans Schreibtisch.

Mit der rechten Hand massierte er seinen Schwanz. Die andere streckte er Sean entgegen, der noch immer am Boden hockte und sich nicht an seinem Freund sattsehen konnte.

»Zieh dich für mich aus und komm zu mir.«

Er blieb einen Meter vor Caleb stehen und öffnete die Knöpfe seiner Hose. Dann streichelte er jedoch über seinen Bauch und seine Brust, biss sich dabei auf die Unterlippe und sah Caleb unentwegt in die Augen.

»Du bist noch schöner, als vor siebzehn Jahren. Ich habe deinen muskulösen Körper immer bewundert.«

»Heute bist du mir auch in diesen Attributen überlegen.«

Sean glitt mit den Händen zwischen seine Schenkel und rieb über seine Erektion. Mit der Rechten tauchte er in seine Hose und massierte sich, stöhnte dabei lüstern.

»Ich war dir immer überlegen, Rotrock. Und doch bist du eines Schotten würdig. Dein Schwanz war mir stets ebenbürtig.«

Es war ihr altes Spiel, Brite gegen Highlander, und es fühlte sich vertraut und richtig an. Ihre Freundschaft war immer gleichberechtigt, bis zu jener Nacht, in der sich Sean wie ein Idiot verhalten hatte.

Caleb leckte sich die Lippen, sein Blick glitt einer Berührung gleich über Seans Körper. Die Bewegungen seiner Hand wurden schneller.

»Heute scheinst du ungeduldiger, als ich zu sein. Nimm deine Hand von deinem Schwanz, sonst spritzt du vor mir ab.«

Caleb grinste breit. »Seit wann bist du in der Position, mir Vorschriften zu machen?«

Sean wusste, dass ihm das Plaudern und Necken beim Sex gefiel. Er hatte sich damals nur ihm zuliebe zurückgehalten, um ihn nicht noch mehr zu verunsichern. Damals wäre er wahrscheinlich durch solch Dominanzgebaren zur Vernunft gekommen. Heute störte ihn das Geplänkel nicht mehr. Im Gegenteil. Calebs Provokationen machten ihn scharf.

Er zog endlich die Hose aus und stellte sich zwischen die gespreizten Schenkel seines Freundes.

»Lutsch meinen Schwanz, Wilder. Zeig einem echten Briten, was ein Barbar drauf hat.«

Ihm blieben die nächsten Worte im Hals stecken, als sich Calebs Lippen um seine Eichel legten. Heiß und nass umschlossen sie seinen Schaft und saugten gierig an ihm. Seine Hoden zogen sich wollüstig zusammen. *Heilige Scheiße, war das gut!*

Sean beobachtete, wie sein Glied im Mund des geliebten Freundes verschwand, und konnte bald nicht mehr unbeteiligt sein. Kraftvoll stieß er sich in die feuchte Grotte. Seine eigenen lustvollen Schreie hallten von den Wänden.

Bereits jetzt spürte er sein Sperma kochen, doch auch er wollte nicht so schnell am Ende sein. Als er sich zurückzog, trieb Caleb sich seinen Schwanz bis in den Rachen.

»Ahhhh! Nicht …« Musste er in jeder Situation die Führung behalten?

In letzter Sekunde zog sich Caleb zurück und gab ihn frei. Keuchend sank er auf die Knie, zitterte am ganzen Leib.

»Das zahle ich dir heim, du Bastard.«

Calebs Grinsen hatte etwas Diabolisches an sich. Er streichelte sanft Seans Wange.

»Das hoffe ich doch. Dreh dich um. Ich will dich für mich vorbereiten.«

Seans Herz raste, als er sich aufs Sofa kniete und Caleb seine Kehrseite präsentierte. Schon die warme Hand auf seinem Hintern ließ ihn seufzen.

»Du glaubst nicht, wie oft ich davon geträumt habe, dich nehmen zu können«, flüsterte Caleb und küsste seine rechte Arschbacke.

»Dann tu es, lass mich nicht länger warten.«

»Du bist entschieden zu unbeherrscht, Sean.«

Er seufzte erneut, als Calebs Finger seinen Anus berührten. Ungeduld war schon immer ein Problem für ihn gewesen. Er mochte es schnell und hart. Kuscheln konnte man nach dem Akt. Verdammt! Wann würde er ihn endlich spüren?

Caleb zog seine Backen auseinander und liebkoste seine Rosette mit der Zunge.

»Ahhhh!«, keuchte Sean. Er versank in diesen Zärtlichkeiten. So intim hatte ihn selbst John nie berührt. Als Caleb sacht mit der Zunge in ihn eindrang, konnte er nur noch keuchen. Sein Schwanz zuckte.

»Wehe, du fasst dich an.« Die Worte waren leise gesprochen, und doch riss Sean seine Hand augenblicklich zurück.

»Verdammt, ich explodiere gleich.«

Das dröhnende Lachen seines Freundes schürte nur seine Gier. Sean wollte endlich mit ihm verbunden sein.

»Bleib in dieser Haltung. Dreh dich nicht um.«

Was sollte denn dieser Quatsch? Sean hörte Caleb aufstehen. Etwas raschelte und er sah im Augenwinkel, dass Caleb durchs Zimmer lief. Die Erwartung und das Stillhalten erregten ihn noch mehr, falls das überhaupt möglich war. Alles in ihm schien zu vibrieren.

Als sich Caleb wieder auf das Sofa setzte, konnte er nur mühsam verhindern, den Kopf zu drehen und nachzusehen, was der Mistkerl tat. Sein provozierendes Stöhnen raubte Sean den letzten Nerv.

»Jetzt komm zu mir und nimm mich in dir auf.«

Gott, dieser Satz ließ sein Herz fast aus der Brust springen. Als er sich umdrehte, saß Caleb auf dem Sofa, sein Schwanz aufgerichtet, glitschig von Gleitgel und in ein Kondom gehüllt.

»Ich bin clean«, sagte Sean grinsend.

»Ich war in letzter Zeit nicht sehr vorsichtig. Solange ich nicht weiß, ob ich dich gefährde, ist es mir so lieber.«

Ein kurzer Anflug von Eifersucht stach in Seans Herz. Wie viele Männer hatte Caleb wohl beglückt? Doch spielte das noch eine Rolle? Jetzt war er hier, bei ihm, und alles war genauso, wie es sein sollte.

Sean kniete sich über Calebs Schoß, nahm sein Gesicht in seine Hände und küsste ihn. Dabei drang Caleb in ihn ein. Sean konnte das Stöhnen nicht verhindern und er wollte es auch nicht. Mit Leib und Seele gab er sich hin.

Seine Stöße waren sacht und zurückhaltend. Caleb streichelte unentwegt seinen Oberkörper und zeichnete die Bauchmuskeln, die sich mit jedem neuerlichen Eindringen anspannten, nach.

Er hatte nicht zu viel versprochen. Caleb küsste jeden Zentimeter seiner Brust, saugte mal hart, mal zart an seinen Brustwarzen und trieb Sean auf einer sanften Welle der Gier immer weiter. Sie hielten einander mit den Augen fest und versanken im Anblick des anderen.

»Sag es«, flüsterte Caleb. »Gib es endlich zu.«

»Ich liebe dich.«

Caleb beugte sich zu ihm, küsste seine keuchenden Lippen und lächelte.

»Ich hab es immer gewusst. Als ich dich zum ersten Mal sah, wusste ich, dass wir füreinander bestimmt sind.«

Sein nächstes Eindringen war kraftvoll und in Besitz nehmend. Sean wand sich auf seinem Schoß und hieß ihn willkommen. Sie begannen einen wilden Ritt, und Caleb legte seine Hand um Seans Schaft. Als würde Feuer seinen Leib verschlingen, breitete sich die Lust in Seans Adern aus und erfüllte sein ganzes Wesen. Es gab nur noch seine Empfindungen und diesen Mann, den er schon sein Leben lang liebte. Denn Caleb war der Eine für ihn. Das wurde ihm in diesem Moment klar.

Er schrie Calebs Namen, als die Erfüllung einem Orkan gleich über ihm zusammenbrach. Schwall um Schwall spritzte sein Lustsaft aus ihm heraus. Dann sank er kraftlos in die Arme seines Geliebten und schmiegte sich in die Geborgenheit der Berührung.

»Trink mich«, flüsterte Caleb nach einer Ewigkeit in Seans Ohr.

»Verdammt! Bist du etwa nicht gekommen?«

Zur Antwort zuckte der harte Schwanz in seinem Anus.

»Du machst mich fertig.«

Im Stillen freute er sich, dass es noch nicht vorbei war. Er genoss die wohlige Entspannung und die Sanftheit danach, doch die Ungewissheit wollte bereits nach ihm greifen.

Er sank in die Knie, entfernte das Kondom und umschloss die samtene Spitze mit den Lippen. Caleb ließ sich gehen, hielt nichts mehr zurück. Haltlos keuchte er, stieß in seine Mundhöhle und nahm sich von ihm, was er brauchte.

Sean versank im Gefühl des Benutztwerdens. Hart und gierig drang der Schwanz in ihn ein. Noch einmal verschwamm die Wirklichkeit um ihn herum, bis sich Caleb schreiend auf seiner Zunge entlud. Die herrliche Sahne flutete seinen Mund.

Sean lag in die Arme seines Freundes gebettet auf der Couch und hing seinen Gedanken nach. Die Wärme des geliebten Körpers machte ihn schläfrig, doch sein Verstand kam nicht zur Ruhe.

Wie würde es jetzt mit ihnen weitergehen? Er konnte London nicht verlassen. Da war etwas, dass er Caleb sagen musste.

»Ich habe eine Tochter. Sie heißt Cela«, flüsterte er in die Stille hinein.

»Das weiß ich.«

Überrascht hob Sean den Kopf.

»Sara ist Haleys beste Freundin. Sie war ihre Trauzeugin. Von ihr erfuhr ich, wo ich dich finden kann.«

Und Sara war Lucilles Schwester. Die Welt war wirklich ein Dorf.

»Dann weißt du auch, dass ich sie nicht aufgeben werde. Es war schwer genug, dass Cela mir verzeiht und ich sie regelmäßig sehen darf. Wenn ich jetzt umziehe, wird sie denken, ich verlasse sie erneut.«

Calebs Umarmung wurde fester.

»Das würde ich nie von dir verlangen.«

»Und was wird dann aus uns? Dich alle paar Wochen zu sehen reicht mir nicht. Ich will dich ganz.«

Caleb grinste. »Glaubst du wirklich, ich hätte dich gezwungen, zu deinen Gefühlen zu stehen, wenn ich vorhätte zu verschwinden? Das hätte ich uns beiden nicht angetan. Dich aus meinem Herzen zu verbannen war die Hölle für mich. Ein zweites Mal schaffe ich das nicht.«

»Ich verstehe nicht? Deine Heimat sind die Highlands. Ziehst du tatsächlich in Erwägung, in London zu leben?«

Caleb beugte sich nach unten und angelte seine Hose zu sich heran. Er zog eine Visitenkarte heraus und reichte sie ihm.

»Und was soll ich mit einer Karte des *The Eagle*?«

»Ich habe es gekauft. Haley ist schwanger. In drei Monaten kommt mein Neffe zur Welt. Da sie partout in London leben wollte, haben wir den Hof verpachtet und sind umgezogen.«

Sean konnte seine Freude kaum verbergen, doch so leicht wollte er es dem Bastard nicht machen.

»Sie hat jetzt einen Mann. Der wird es nicht so toll finden, wenn der große Bruder mit einzieht. Du hängst förmlich an ihrem Rockzipfel.«

Caleb boxte ihn in die Seite. Sean hatte damit gerechnet, nahm den Schlag hin und nutzte seinen Schwung, um ihn vom Sofa zu werfen und über ihm zu landen. Doch Caleb war wie immer schneller und kräftiger, das musste er mit Erschrecken feststellen. Im nächsten Augenblick saß Caleb auf ihm und umklammerte seine Handgelenke. Er lachte triumphierend und ergötzte sich an Seans keuchenden Atemzügen.

»Du wirst mich nie schlagen, Rotrock.«

Das wollte er gar nicht. Calebs Überlegenheit war ein Bestandteil seiner Anziehungskraft.

»Irgendwann schon. Aber mal im Ernst, du hast nicht vor, bei Haley einzuziehen?«

»Sie wird immer meine kleine Schwester bleiben, auch wenn sie diesen Spießbürger geheiratet hat. Natürlich werde ich mir eine eigene Wohnung suchen. Vorübergehend wohne ich im Hotel und habe bereits einen Makler beauftragt.«

Seans Herz raste. Er hatte mehr als genug Platz in seiner Vier-Zimmer-Wohnung. Nichts schien ihm momentan verheißungsvoller, als ein Leben mit Caleb.

»Ich hätte bestimmt ein Plätzchen auf dem Sofa für dich.«

»Mitnichten. Ich beanspruche die rechte Seite des Bettes und eine Schublade.«

Um seinen Worten Nachdruck zu verleihen, verstärkte er den Griff um seine Handgelenke.

»Rechts ist unmöglich«, lachte Sean herausfordernd. »Das ist meine Seite. Aber ich glaube, gegen eine angemessene Entschädigung würde ich dir einen Teil des Schrankes zur Verfügung stellen.«

Dabei sah er auf Calebs Schwanz, der sich bereits wieder gierig seinen Lippen näherte.

»Diesmal werde ich dich fesseln, um meine Gelüste an dir zu stillen.«

»Das kannst du vergessen. Nicht mit mir.«

»Das hast du schon mal behauptet und heute hast du es doch getan.«

»Ist das deine Masche, dich einmal hinzugeben und ich tu es für den Rest unseres Lebens?«

»Ein verlockender Gedanke, du für den Rest unseres Lebens in meinen Ketten«

Sean grinste, langte nach Calebs Hose und zog den Gürtel heraus.

»Scheiße Mann! Ich weiß nicht, was hier gerade passiert, aber ich will dich auch.«

Caleb lachte schallend. Dieses wundervolle Lachen brachte Seans Schwanz zum Stehen.

Facetten einer Ehe
Teil 2

Meine Nächte mit Daniel

Heiß und prickelnd floss das Wasser über ihren Körper. Genüsslich verteilte sie das nach Blüten duftende Duschgel auf ihrer Haut. Ihre Hände verweilten lange auf ihren Brüsten. Gierig stellten sich ihre Nippel auf.

Christin seufzte resigniert. Sie sollte aufhören, diese erotischen Bücher zu lesen. Was brachte ihr die ganze Lust, wenn Daniel nicht zu Hause war?

Krampfhaft versuchte sie, den Gedanken an Sex mit ihm zu verdrängen, doch es gelang ihr nicht. Es war nicht seine Schuld. Seit Monaten blockte sie jede zärtliche Annäherung ab.

Ihre Hände glitten zu ihrem Bauch. Diese Berührung hatte nichts Sinnliches mehr. Geschäftig wusch sie die kleine Wölbung und ihren dicken Hintern. Sie hasste sich. Acht Kilo hatte sie in den letzten Jahren zugenommen und natürlich alles am Bauch und am Hintern.

Du bist keine zwanzig mehr, verteidigte sie sich selbst, doch das Gefühl der Unzulänglichkeit blieb.

Kurzerhand beendete sie die Dusche, trocknete sich ab und schenkte ihrem Körper keinerlei Beachtung. Routiniert cremte sie sich ein, putzte sich die Zähne und föhnte ihr Haar. Die roten Strähnchen leuchteten im Licht der Deckenlampe. Er hatte es nicht einmal bemerkt, als sie sich eine neue Frisur hatte schneiden und färben lassen. Sie konnte ihm nicht verdenken, dass er ihr keine Aufmerksamkeit widmete. Sie mochte sich ja selbst nicht mehr ansehen.

Stoisch zog sie die Jogginghose und das weite Sweatshirt an, um ihren Körper darin zu verstecken. So lag es wenigstens an den Klamotten, dass sie fett aussah.

In der Küche goss sie sich ein Glas Wasser ein, trank es aus und stellte es in den Geschirrspüler. Prüfend sah sie sich um. Es war alles sauber und aufgeräumt.

Schöne heile Welt.

Sie konnte sich ohne schlechtes Gewissen ihrem liebsten Hobby widmen: dem Eintauchen in Fantasiewelten.

Wie jeden Abend schaltete sie den Fernseher ein, um das Gefühl zu haben, nicht allein zu sein. Dann nahm sie das Buch, das heute in der Post gelegen hatte.

Ein Hoch auf die Anonymität des Internets. In einer Buchhandlung würde sie sich nie trauen, ein solches Buch zu kaufen.

Auf dem Cover war eine bildschöne junge Frau zu sehen. Ihr langes, dunkles Haar bedeckte geheimnisvoll und zugleich lüstern ihr halbes Gesicht. Die blassrosa geschminkten Lippen waren leicht geöffnet. War sie wirklich so sinnlich, oder lag der Eindruck an den Spitzenmanschetten, die um ihre Handgelenke lagen und mit einer zarten, silbernen Kette verbunden waren?

Christin seufzte leise und klappte das Buch auf. Nach wenigen Minuten war sie in die lüsterne Welt des Erotikromans vertieft. Es dauerte nicht lange und ihre Scham schwoll an. Ihr Herz klopfte schneller in ihrer Brust. Wie gern würde sie sich auch in den Armen eines Mannes winden, der ihr keine Wahl ließ, der sie zwang, sich ihrer Lust zu stellen.

Ob sie vielleicht doch mal mit Daniel darüber sprechen sollte? Aber vorher musste sie diese lästigen Kilos loswerden. Ihr Magen knurrte protestierend.

»Sei ruhig«, schimpfte sie. »Nimm das Fett vom Bauch, wenn du der Meinung bist, was zu brauchen.«

Mit Daniel reden … Was sie sich da wieder zusammenreimte. Sie wusste genau, dass sie sich nicht trauen würde, ihm das zu sagen. Wahrscheinlich ließ er sie postwendend in die Klapse einweisen, wenn er erfuhr, dass sie von Fesseln und Peitschen träumte.

Ihre Augen brannten mittlerweile. Es war bereits halb elf und er war noch immer nicht zu Hause. Christin versteckte das Buch in der kleinen Anrichte neben ihrem Lesesessel und legte den Kopf auf ihren Arm. Im Fernsehen kam irgendein Mist, der keinen Menschen interessierte. Lustlos zappte sie durch die Programme, bis ihr die Augen zufielen.

Stimmen holten sie ins Hier und Jetzt zurück. Jemand erzählte etwas von Erderwärmung und Klimakatastrophen. Christin bekam kaum Luft, so sehr schmerzte ihr Nacken. Gequält seufzte sie und drehte vorsichtig den Kopf. Verflucht, tat das weh.

Sie blinzelte, gähnte laut und streckte die Arme aus. Dann bewegte sie ein paar Mal den Kopf von links nach rechts. Es wurde besser.

»Auf der Couch ist noch Platz«, hörte sie plötzlich Daniels Stimme.

Erschrocken riss sie den Kopf hoch. Natürlich nahm die verspannte Muskulatur ihr diese ruckartige Bewegung übel. Blödmann, dachte sie und massierte ihren Nacken.

Er sah erschöpft aus. Bestimmt hatte er Stress im Büro. Die Ausschreibungsphase für die Bauaufträge hatte begonnen. Diese Zeit war für die Auftragslage des gesamten Jahres entscheidend und anstrengend. Er hatte dunkle Augenringe und einen Bartschatten, aber trotz der offensichtlichen Müdigkeit sah er sexy aus.

Christin riss sich von seinem Anblick los und starrte in den Fernseher, ohne wirklich zu begreifen, was sie sah. Die Wanduhr zeigte 23:36 an. Er war bestimmt wieder mit seinem Freund Frank beim Tennis gewesen. Wo nahm er nur all die Energie her? Nach zehn Stunden im Büro hatte sie keine Lust mehr, noch Sport zu treiben.

»Was läuft denn?«, fragte sie, um die Stille zu durchbrechen.

Er antwortete nicht. Sie spürte nur seinen prüfenden Blick auf sich. Was dachte er, wenn er sie sah? Ekelte er sich vor ihr? Wäre er lieber wo anders?

Sein Schweigen und das Starren gingen ihr langsam auf den Geist.

»Was guckst du denn so?«

»Darf ich dich nicht mehr ansehen?«

Was gab es denn zu sehen? Er sah ja sowieso nichts. Einen Dreck hatte es ihn interessiert, als sie sich vor einem halben Jahr umgestylt hatte. Weder die teuren Kostüme noch die zweihundert Euro-Frisur hatte er bemerkt.

»Wie war dein Tag?«, versuchte sie das Gespräch in weniger aggressive Bahnen zu lenken. Die Unzufriedenheit in ihrem Bauch war keine gute Grundlage für einen Smalltalk. Außerdem war sie todmüde. Sie hätte ins Bett gehen sollen, statt auf ihn zu warten.

»Ging so«, sagte er.

Na toll! Das war ja eine klasse Antwort. Damit konnte sie verdammt viel anfangen.

Sie rang sich ein Nicken ab und starrte weiter auf das Fernsehbild. Noch zwei Minuten und sie würde aufstehen können, ohne dass es unhöflich wirkte, und ins Bett verschwinden.

»Was ist mit uns geschehen?«

Er hatte so leise gesprochen, dass sie nicht wusste, ob er eine Antwort erwartete. Und er klang traurig.

»Wie meinst du das?«

»Wann waren wir das letzte Mal zusammen Essen oder Tanzen? Du hast früher so gern getanzt.«

Christin schlug das Herz bis zum Hals. Was hatte er vor?

»Gefällt dir unser Leben nicht?«

»Würdest du einmal, nur ein einziges Mal, eine Frage nicht mit einer Gegenfrage beantworten?«

Jetzt war sie wieder die Dumme. Typisch!

»Ich weiß nicht, was du willst«, fuhr sie ihn an. »Du bist nie vor neun Uhr abends zu Hause. Wenn du mal früher aus der Firma kommst, gehst du mit Frank zum Tennis. Wann, frage ich dich, wann haben wir Zeit für uns?«

»Wirfst du mir vor, dass ich mich um mein Aussehen und meine Fitness kümmere?«

Na bitte! Hatte sie es doch gewusst. Wann sollte sie sich die Zeit nehmen, Sport zu treiben? Wenn sie um achtzehn Uhr aus dem Büro kam, durch den Supermarkt gehastet war, das Haus geputzt und ein Essen für ihn gekocht hatte, dass er sowieso nicht aß, weil er erst in der Nacht nach Hause kam?

»Und ich tue das nicht? Ist es das, was du mir damit sagen willst? Bin ich hässlich für dich?«

»Du weißt, dass das nicht stimmt. Aber man sieht ja kaum was von dir.«

Wenn der abfällige Blick auf ihren Körper nicht gewesen wäre, hätte sie ihm vielleicht geglaubt.

»Wozu auch? Du bist eh nie zu Hause.«

Sie bereute den Vorwurf, noch bevor sie ihn ausgesprochen hatte. Er sah sie nicht mehr an, starrte jetzt seinerseits in den bekloppten Fernseher.

Wie war es nur zu dieser aufgestauten Wut zwischen ihnen gekommen? Es hatte mal eine Zeit gegeben, da hatten sie sachlich über alles reden können. Sie hatten keine Geheimnisse gehabt. Wo war dieses Vertrauen geblieben?

»Liebst du mich noch?«, fragte sie, und hatte Angst vor seiner Antwort. Ihr wurde schlecht, als er überlegen musste.

»Ich weiß es nicht«, sagte er dann tonlos.

In ihr fühlte sich alles taub an. Hatte er wirklich gesagt, dass er es nicht wusste? Mein Gott! Wo führte diese unsägliche Unterhaltung hin? Hatte er vor, sich von ihr zu trennen? War es das, was er ihr sagen wollte?

»Rede mit mir«, bat er.

»Was soll ich dazu sagen, Daniel? Wenn du das nicht weißt, ist jedes Wort zu viel.«

»Aber nicht zu reden, bringt uns nicht weiter. Du verweigerst jegliches Gespräch. Es kann doch nicht sein, dass dich unsere momentane Situation zufriedenstellt?«

»Such keinen Grund, um zu gehen, wenn du keinen hast, um zu bleiben.«

Scheiße! Jetzt zitierte sie auch noch Musikstücke. Sie konnte kaum einen klaren Gedanken fassen. In ihrem Kopf herrschte ein einziges Chaos.

»Dann war es das also?«

Christin zuckte die Schultern. Zu mehr war sie nicht fähig. Sie hätte definitiv vorhin ins Bett gehen sollen, vielleicht wäre es nie zu diesem Ende gekommen.

Ende!

Wieso saß sie hier und tat nichts? Sie wollte nicht, dass er ging, und doch konnte sie kein Argument finden, das ihn zum Bleiben bewegte.

»Liebst du mich denn noch?«, fragte Daniel und klang dabei fast zärtlich.

Christin sah ihn an und prägte sich jede Nuance seines Gesichtes ein. Seinen schlanken, athletischen Körper, seinen geschmackvollen und trotzdem legeren Kleidungsstil. Wie immer trug er ein Hemd und Jeans. Die obersten zwei Knöpfe des Hemdes standen offen und gaben den Blick auf seinen Hals frei. Er sah so unglaublich gut aus. Neben ihm musste sie wie ein Walross aussehen.

Christin ließ ihre Füße vom Sessel gleiten und setzte sich gerade hin. Wenn er gehen wollte, würde sie ihn nicht halten.

»Ich weiß es auch nicht«, sagte sie unterkühlt und war heilfroh, ihre Gefühle so unter Kontrolle zu haben. Sich die Blöße zu geben, vor ihm in Tränen auszubrechen, kam nicht in Frage. Ganz ruhig stand sie auf und verließ das Wohnzimmer.

»Du sagst mir sofort, was mit dir los ist! Seit Tagen läufst du wie ein Zombie durch die Firma.«

Christin sah ihre Chefin an und bekämpfte den Kloß in ihrem Hals. Tina war nicht nur ihre Chefin, sondern auch ihre beste Freundin. Niemand kannte sie besser.

»Los jetzt, sonst schicke ich dich nach Hause. Deine Laune ist nicht geschäftsförderlich.«

Alles, bloß das nicht. Die Einsamkeit des Hauses war in den Nächten schon kaum zu ertragen.

»Daniel und ich haben uns getrennt.«

Tina stand der Mund offen. Minutenlang brachte sie keinen Ton raus. Schwerfällig ließ sie sich gegen Christins Schreibtisch plumpsen und starrte sie fassungslos an.

»Ich dachte immer, euch passiert das nie. Hat Daniel eine Neue?«

Tinas Mann war vor einem Jahr mit einer jungen Göre durchgebrannt, die seine Tochter hätte sein können. Seitdem unterstellte sie jedem Mann eine Affäre.

»Nein!«, sagte Christin bestimmend. Zu 99,99 % war sie sich sicher.

»Wir haben uns einfach nichts mehr zu sagen. Ich weiß nicht, wie das passieren konnte. Seit Monaten sehe ich ihn an und empfinde nichts. Ihm ging es genauso.«

»Und wann habt ihr euch getrennt?«

»Vor sechs Tagen ist er ausgezogen.«

»Und du sagst kein Wort? Ich glaub das nicht. Ich hätte dir doch geholfen. Mann, Christin, du und dein Starrsinn.«

»Es fühlt sich so unwirklich an. Er war sowieso kaum zu Hause. Eigentlich hat sich nicht viel geändert, außer, dass ich weniger Wäsche habe und das Bett nachts neben mir leer ist. Ich koche nicht mehr und es liegen keine Sachen rum. Warum vermisse ich ihn?«

»Weil er fünfzehn Jahre da war. Du musst dich an die neue Situation erst gewöhnen.«

Diese Antwort war typisch für Tina, die Pragmatikerin. Christin hatte eine andere Theorie.

In den letzten Tagen hatte sie oft ein Stechen im Herzen gespürt. Zum Beispiel, wenn sie ins Bad ging und der Duft seines Rasierwassers in den Gardinen hing.

Oder als sie vor vier Tagen im Keller war und dort seine Laufschuhe gefunden hatte. Ohne darüber nachzudenken, hatte Christin sie vom Schlamm befreit, Frischespray reingesprüht und sie in den Schrank gestellt. Es hatte sie beruhigt, das tun zu können. Auf diese Art war er nach wie vor bei ihr.

An diesem Abend hatte sie zum ersten Mal die Einsamkeit gespürt. Es war nichts Greifbares, nur ein Druck unterhalb des Brustbeines, der immer schlimmer wurde.

Und dann hatte sie im Wohnzimmer auf dem Sofa gesessen und vor sich hingemurmelt: »Ich liebe dich noch, Daniel. Warum habe ich nicht wenigstens versucht, dich zurückzuhalten? Warum habe ich dich wortlos gehen lassen und nicht gekämpft?«

»Du musst da nicht allein durch und dich abends heulend unter einer Decke verkriechen. Du warst auch für mich da. Mensch, wir sind vierzig. Das Leben fängt erst an.«

»Ich habe nicht eine einzige Träne vergossen«, flüsterte Christin. »Was sagt das über mich?«

»Dass du dich bereits vor Monaten emotional von ihm getrennt hast. Nun mach nicht so eine sauertöpfische Miene. Lass uns lieber am Wochenende um die Häuser ziehen und schauen, was der Markt zu bieten hat.«

Christin schüttelte den Kopf. Das war das Letzte, worauf sie Lust hatte. Vielleicht würde sie Daniel anrufen und um ein Gespräch bitten, falls er überhaupt mit ihr sprechen wollte.

In den vergangenen Tagen hatte sie wieder und wieder den Abend durchgespielt, an dem sie diese bescheuerte Entscheidung getroffen hatten.

Sie hatte ihm nicht einmal den Hauch einer Chance gelassen, mit ihr zu reden. Sein abfälliger Blick hatte sie zu sehr gekränkt. Sie wusste selbst, dass sie ein paar Pfund mehr auf den Rippen hatte, als vor fünfzehn Jahren. Nur an ihm schien die Zeit spurlos vorbeigegangen zu sein. Als sie gesagt hatte, sie wüsste nicht, ob sie ihn noch liebte, hatte sie ihn schlicht und einfach verletzen wollen. Sie konnte sich genau an das Flattern in ihrem Bauch erinnern, als sie ihn betrachtet hatte. Alles in ihr hatte sich nach ihm gesehnt.

»Gib mir etwas Zeit, Tina«, sagte sie, um sich von ihrem Gefühlschaos abzulenken. »Ich möchte noch nicht unter Menschen. Lass mich erst mal zur Ruhe kommen.«

»Dann besuche ich dich heute Abend und wir köpfen eine Flasche Wein und quatschen.«

Auch darauf hatte Christin keine Lust. Sie wollte nachdenken und überlegen, wie sie Daniel zurückgewinnen konnte.

Und sie hatte einen Termin in einem Fitnessclub. Wäre doch gelacht, wenn sie den kleinen Bauch und den dicken Hintern nicht in den Griff bekommen würde. Dann müsste sie sich auch nicht mehr schämen, wenn Daniel sie nackt sah.

Das Probetraining im Fitnessclub hatte ihr großen Spaß gemacht. Wahrscheinlich würde sie sich morgen nicht mehr bewegen können, doch das war es wert. Sie hatte es geschafft, zwei Stunden lang nicht an Daniel zu denken. Außerdem fühlte sie sich zum ersten Mal seit einer Ewigkeit in ihrem Körper wohl. Laut Körperfettanalyse hatte sie nicht einmal Übergewicht, sie war voll im grünen Bereich.

Beschwingt kaufte sie sich bei Da'Daniele eine Pizza. Früher war dieses italienische Restaurant ihr Stammlokal gewesen. Jeden Freitag hatten sie sich hier getroffen. Damals führten sie noch lange Gespräche, ohne sich anzuschreien und zu beleidigen.

Christin wollte die Erinnerung zurückdrängen, um ihre gute Laune nicht zu gefährden, aber es war bereits zu spät.

Zuhause angekommen war sie auf dem Tiefpunkt.

Lustlos stopfte sie zwei Stück Pizza in sich hinein und das auch nur, weil sie bis zum Abend nur drei Äpfel gegessen hatte. Sie saß allein an der Küchentheke und erstickte fast an der bleiernen Einsamkeit.

Trotzig öffnete sie eine Flasche von Daniels Lieblingsrotwein und stürzte das erste Glas ohne abzusetzen hinunter. Augenblicklich wurde ihr schwindlig.

Du hast früher so gern getanzt, hörte sie ihn sagen.

»Ich tanze auch heute noch gerne«, plapperte sie vor sich hin, ging zur Anlage und legte eine CD ein.

»Komm, tanz mit mir!«, sagte sie. Statt Daniels Arm um ihre Taille hielt sie nur das Rotweinglas in der Hand.

Es musste idiotisch aussehen, wie sie allein in der Küche rumzappelte und sich an einen imaginären Partner schmiegte. Tränen stiegen in ihr hoch und diesmal ließ sie ihnen freien Lauf. Sie versiegten erst, als sie den letzten Rest Rotwein ins Glas schüttete. Die Flasche glitt ihr beim Abstellen aus den Fingern und hinterließ einen unansehnlichen Fleck auf der Arbeitsplatte.

»Scheiß drauf! Sieht ja keiner.«

Die Übelkeit kam blitzartig.

Christin wusste, dass sie nicht viel vertrug. Eine ganze Flasche Rotwein hatte sie noch nie allein ausgetrunken. Sie schaffte es geradeso ins Badezimmer. Wieder brach sie in Tränen aus.

Was für ein Scheißleben!

Ihr brummte der Schädel, als die ersten Sonnenstrahlen sie weckten. Um eine gleichmäßige Atmung bemüht lag sie auf dem Rücken und starrte zur Decke. Tina würde sich totlachen, aber so konnte sie unmöglich zur Arbeit.

Sie brauchte noch eine halbe Stunde, bevor sie in der Lage war aufzustehen, ohne dass sich alles um sie herum drehte. Nachdem sie sich bei ihrer Chefin abgemeldet und einen Tag freigenommen hatte, stapfte sie lustlos ins Schlafzimmer und sah gedankenversunken die leere Seite des Bettes an. Unter Daniels Kopfkissen lugte ein Stück seines Schlafshirts hervor.

Christin zog es über, hüllte sich in seinen Geruch und weinte lautlos. Irgendwann schlief sie wieder ein.

Es war Mittag, als sie sich aufraffte, doch etwas mit dem Tag anzufangen. Sie würde sich anziehen und ins Studio gehen. Aufräumen musste sie auch noch.

Im Badezimmerspiegel sah sie ein Geist an.

»Mann, siehst du beschissen aus«, flüsterte sie ihrem Spiegelbild entgegen.

Selbst die Dusche und das Zähneputzen linderten die geschwollen roten Augen und das graublass ihrer Haut nicht.

»Also doch nicht ins Studio. Aber einen Kaffee brauche ich jetzt.«

Diese Selbstgespräche wurden auch langsam peinlich. Christin zog Daniels Shirt wieder über und verließ das Bad.

Wie angewurzelt blieb sie im Flur stehen, als er plötzlich vor ihr stand.

Mist! Das war nicht gut, gar nicht gut. Sie sah ja noch schlimmer aus, als im letzten halben Jahr, als sie sich vor ihm geschämt hatte.

Ihr BMI liegt bei 23, hörte sie den Typ aus dem Studio sagen.

»Ich wollte nur ein paar Sachen holen. Wieso bist du zu Hause? Geht es dir nicht gut?«

Nein, mir geht es großartig. Ich vermisse dich überhaupt nicht. Ich liebe die Einsamkeit.

Ausnahmsweise blieb ihr ihre Bissigkeit im Hals stecken. Fast schüchtern sah Daniel sie an, konnte seinen Blick nicht von ihrem Körper lassen. Ohne weiter darüber nachzudenken, zog sie das Shirt über ihren Kopf und reichte es ihm.

»Das gehört dir.«

Er schluckte krampfhaft und starrte auf ihren Busen. Ihre Brustwarzen wurden unter seinem Blick runzlig und hart.

Diese ganze Situation war völlig surreal und dennoch unglaublich erregend. Sein Aftershave stieg ihr in die Nase, als er auf sie zukam. Zögerlich hob er die Hand. Für einen Moment hatte sie Angst, er würde das Shirt nehmen, sich umdrehen und gehen.

Warm und weich legte sich seine Hand auf ihren Busen. Ihr Nippel guckte vorwitzig zwischen seinen Fingern hervor und Daniel drückte ihn leicht zusammen. Christin konnte und wollte nicht anders. Sie schloss sie Augen und seufzte leise. Es war so unendlich lange her, dass er sie berührt hatte.

Daniel drängte sie wortlos ins Schlafzimmer und schubste sie aufs Bett. Er sprach nicht, riss sich ungestüm die Hose vom Leib und kam zu ihr. Sanft küsste er ihren Bauch, und es war ihr völlig egal. Wenn es ihm gefiel, sollte er doch ihre dicke Wampe küssen. Die Hauptsache war, dass sie seine Wärme fühlen konnte.

Seine Hände kneteten die Haut ihrer Schenkelinnenseiten. Er war gierig, schien ausgehungert und war weniger zärtlich als sonst. Sie aalte sich in dieser Wildheit und wollte nicht mehr warten, wollte kein Vorspiel, sondern ihn in sich.

»Komm! Ich will dich spüren«, gab sie zu, als er zu ihr aufblickte.

Er nahm sie nicht langsam und bedächtig, wie es eigentlich seine Art war. Mit einem einzigen Stoß drang er in sie ein. Christin hätte fast lüstern gekeucht, so herrlich fühlte er sich an.

Er schien außer Rand und Band. Als würde er sie markieren wollen, stieß er sein Glied in sie hinein. Sie hatte das Gefühl, ihn noch nie so tief in sich gespürt zu haben. Das sanfte, vertraute Kribbeln in ihrer Spalte schwoll zu einem Orkan an. Überrascht krallte sie sich an ihm fest, bäumte ihren Körper auf und drängte sich ihm entgegen. Ein heißes Glühen pulsierte durch ihren Unterleib.

Bei allen Heiligen, dachte sie, und dann explodierte der Feuerball in ihrem Geschlecht. Das Keuchen kam so schnell, dass sie es nicht zurückhalten konnte.

Daniel seufzte ihren Namen. Hatte er es auch gespürt?

Nach wie vor berauscht spürte Christin kaum, wie er ihre Beine anhob und sich noch tiefer in ihr versenkte. Sie bäumte ihren Oberkörper auf und kam ihm entgegen.

Mein Gott, fühlte sich das herrlich an.

Die letzten Wellen ihrer Ekstase genießend hörte sie Daniels erstickten Schrei, als sein eigener Orgasmus ein letztes, tiefes Eindringen brachte. Keuchend sank er in ihre Arme und Christin hieß ihn willkommen.

Sanft streichelte Christin seinen Rücken. Seine Wärme und seinen Körper zu spüren gaben ihr Frieden. Als er sich bewegte und den Kopf hob, zog sie ihn erneut zu sich.

»Bitte bleib. Ich möchte dich halten.«

»Ich habe deinen Orgasmus noch nie so intensiv gespürt wie eben.«

»Ich hatte nie einen. Das war überwältigend«, gab sie zu.

»Warum hast du mir das nie gesagt?«

Es lag kein Vorwurf in seiner Stimme.

Christin spürte Röte in ihre Wangen schießen. Dieses Gespräch würde peinlich werden.

»Weil ich es nicht wusste.«

Jetzt hob er doch den Kopf und sah sie zweifelnd an.

»Du wusstest nicht, was ein Orgasmus ist?«

Mehr als ein verschämtes Grinsen brachte sie nicht zustande.

»Ich habe es genossen, dich zu spüren und es hat auch in mir gekribbelt, aber so war es noch nie.«

»Hast du dich nie selbst berührt?«

Christin zog ihn zu sich herab und vergrub ihr Gesicht an seiner Halsbeuge. Hätte sie mal lieber ihren Schnabel gehalten. Jetzt glühten nicht nur ihre Wangen, sondern ihr Kopf fühlte sich an, als würde er vor Schamesröte gleich explodieren.

»Bitte sieh mich an und antworte mir«, flüsterte er an ihrem Ohr.

Sie schüttelte den Kopf.

»Bitte Christin! Ich möchte keine Geheimnisse mehr.«

Sie lachte und klammerte sich nach wie vor an seinem Hals fest.

»Es ist doch kein Geheimnis, Daniel. Du kennst mich. Sex war nie eine Leidenschaft von mir.«

Sich an Daniels Hals festzuklammern wurde allmählich ansträngend. Sie ließ ihn los und lächelte ihn an.

In seinen Augen war ein Glanz, den sie seit Monaten nicht mehr gesehen hatte.

»Ich liebe dich, Christin.«

»Ich liebe dich auch. Es tut mir leid, dass …«

Er unterbrach sie und legte seinen Zeigefinger auf ihre Lippen.

»Schhht! Lass uns diesen unsäglichen Abend vergessen. Ich möchte mit dir neu anfangen. Die erste Änderung, nein, die Zweite wird sein, dass wir wieder Freitagabend ins Da'Daniele gehen.«

»Und was ist die Erste?«, fragte sie und konnte ihr Glück kaum fassen.

»Die Erste wird sein, dass du in Zukunft immer einen Orgasmus bekommst, wenn wir miteinander schlafen. Oder auch zwei.«

Er beugte sich bei seinen Worten zu ihr herab und saugte an der empfindlichen Haut unter ihrem Ohr. Christin seufzte wohlig.

»Ich muss dir noch was sagen, Daniel.«

»Nicht jetzt, Schatz. Jetzt will ich dich fühlen, schmecken und riechen.«

Gott, wie konnte es einem nach so vielen Jahren peinlich sein, solche Worte von seinem Mann zu hören?

Sie wollte sich seinen Zärtlichkeiten hingeben, doch wenn sie heute den Mut nicht fand, mit ihm darüber zu sprechen, tat sie es vielleicht nie.

»Daniel bitte, es wäre mir sehr wichtig, mit dir über das Thema zu reden.«

Er stützte sich auf einen Ellenbogen auf und sah sie an. Seine freie Hand spielte mit ein paar ihrer Haarsträhnen. Verstohlen sah sie zur Seite. Am liebsten hätte sie ihm den Rücken zugedreht, doch ihr war bereits klar, dass er das nicht zulassen würde.

Christin holte tief Luft und wusste nicht, wo sie beginnen sollte.

»Ich lese seit etlichen Monaten bestimmte Bücher.«

»Und?«, drängte er, als sie nicht weitersprach.

»Es sind erotische Romane. Ich mag sie sehr und würde …« Sie brach ab.

Daniel legte einen Finger auf ihre Wange und drehte ihr Gesicht zu sich.

»Ich bin dein Mann, Christin. Ich liebe dich. Du kannst mir alles sagen. Worum geht es in den Büchern?«

»Um BDSM. Es sind Liebesromane, unglaublich romantisch und zärtlich, aber eben auch härter und leidenschaftlicher.« Jetzt, da sie angefangen hatte, davon zu sprechen, konnte sie nicht mehr aufhören. »Es geht um Dominanz und Unterwerfung, Hingabe, Lustschmerz, um die einzig wahre Liebe und wie die Partner damit umgehen. Es fasziniert mich, zieht mich in seinen Bann. Ich möchte das ausprobieren. Würdest du bitte die Bücher lesen, damit wir darüber reden können?«

»Nein!«

Christin stockte der Atem und ihr Herz raste noch schneller, als es vorher der Fall war. Tränen wollten in ihr aufsteigen, doch sie drängte sie zurück.

Hatte sie mit ihrem Geständnis jede Chance auf Versöhnung zerstört? Hätte sie nicht einfach den Mund halten und so weitermachen können, wie bisher? Nein, denn genau diese Unzufriedenheit hatte sie hierhergebracht. Sie wollte diese Gelüste nicht mehr leugnen.

»Bitte Daniel, denk wenigstens …«

Er legte ihr eine Hand über die Lippen und sah sie eindringlich an.

»Ich werde die Bücher nicht lesen. Ich möchte von dir, mit deinen eigenen Worten hören, was du dir wünschst.«

Adrenalin schoss durch ihre Venen.

»Heißt das, du würdest es ausprobieren wollen?«

»Ich habe nichts dagegen, unser Liebesleben etwas aufzupeppen. Vorausgesetzt, du erzählst mir, was du willst, bin ich durchaus bereit, dir deine Fantasien zu erfüllen.«

Christin traten jetzt doch Tränen in die Augen. Konnte es wirklich so perfekt sein?

Mit klopfendem Herzen stand Christin unter der Dusche und rasierte ihren Intimbereich. Sie hatte noch eine halbe Stunde Zeit, bis ihr Herr bei ihr war.

Ein Schmunzeln breitete sich auf ihrem Gesicht aus. Dass Daniel so dominant sein würde, hatte sie nicht erwartet. Er ging in dieser Rolle völlig auf und dachte sich jedes Mal neue Schikanen aus, um sie über ihre Grenzen zu tragen. Er war ein wunderbarer Mann.

Sobald sie an das vergangene halbe Jahr dachte, konnte sie nicht fassen, was sie alles miteinander erlebt und geteilt hatten.

»Ich will nicht wissen, was in den Büchern steht«, hatte er immer wieder gesagt, wenn sie ihm eine Szene erklären wollte, die sie besonders faszinierte.

»Ich möchte wissen, was deine Wünsche und Fantasien sind. Erzähl mir, wie du dich siehst. Sag mir haarklein, was ich mit dir machen soll.«

Allein, dass er sie zu so offenen, intimen Gesprächen zwang, war Ausdruck seiner sadistischen Ader. Er wusste genau, wie schwer es ihr fiel, eigene Bedürfnisse in Worte zu fassen. Oft hatte sie sich in Grund und Boden geschämt, manchmal geweint, aber er hatte keinen Rückzug ihrerseits geduldet.

Nachdem sie ihm erzählt hatte, dass sie gefesselt werden und seine Hemmungslosigkeit spüren wollte, hatte er am Abend darauf weich gepolsterte Ledermanschetten mitgebracht, sie am Lattenrost des Bettes befestigt und Christin so hart gefickt, dass sie zwei Orgasmen in kurzer Zeit gehabt hatte.

Diese erste, kleine Erfahrung war für sie so überwältigend gewesen, dass sie in seinen Armen haltlos geschluchzt hatte. Daniel hatte sie sanft im Arm gehalten, gestreichelt und ihr Zärtlichkeiten ins Ohr geflüstert.

Christin trocknete sich ab, cremte ihren Körper ein und legte die Manschetten um ihre Hand- und Fußgelenke. Der Geruch des Leders stieg ihr in die Nase. Noch immer hatte sie das Grinsen im Gesicht, doch zunehmend mischte sich erwartungsvolle Spannung in ihre Gefühlswelt.

Zwanzig Minuten, bis Daniel kam.

Im Wohnbereich des kleinen Apartments standen diverse Möbel und ein großes Bett. Vor fünf Monaten hatte er sie zum ersten Mal hierhergebracht. Diese Wohnung war eine andere Welt, die er für sie beide geschaffen hatte. Den Büßerbock, das Andreaskreuz und den ungewöhnlichen Stuhl mit Fesselmöglichkeiten in der mannshohen Rückenlehne hatte er selbst gebaut. Dieser Stuhl hatte keine richtige Sitzfläche, nur zwei seitlich gespreizte Auflagen. Mit Ketten hatte er ihre Schenkel fixiert und sie mit einem Dildo in den Wahnsinn getrieben.

In seiner Werkstatt zuhause arbeitete Daniel bereits einem neuen Projekt. Er sagte ihr nicht, was er baute. Der gemeine Kerl, lächelte Christin in sich hinein.

Das neue Möbel würde an einem der nächsten Donnerstage in ihrer Lasterhöhle stehen und auf sie warten. Natürlich mit einem Tuch verhüllt und wehe ihr, sie schnüffelte. Ihm entging nie, wenn sie vorzeitig unter Stoff guckte. Wundervolle Bestrafungen waren die Folge ihres Ungehorsams. Sie freute sich schon. Diesmal würde sie das Tuch nicht einfach nur anheben und einen Blick darunterwerfen, sondern es herunterreißen, auf den Boden werfen und auf ihren Herren warten.

Beschwingt hüpfte sie auf das breite Bett, auf dem sich nur ein Laken befand, keine Kissen oder Decken. Sie hatte noch etwas zu erledigen, bevor er kam.

Wenn Daniel wüsste, wie sehr ich diesen kleinen Lustbringer mag, dachte sie vergnügt, als sie den Vibrator aus der Nachttischschublade holte.

Ihre Vorfreude hatte sie längst nass gemacht. Auch ein Zeichen dafür, wie ihr der Sex im letzten halben Jahr gefiel. Sie war immer feucht, sobald sie an ihn dachte. Früher hatte er sie erst lecken müssen, um überhaupt in sie eindringen zu können.

Ein wohliges Schnurren stieg in ihre Kehle, als sie sich mit dem schwarzen Stab berührte, dabei hatte sie ihn noch nicht einmal eingeschaltet. Das kühle Material stimulierte sie bereits und ließ ihre Schamlippen anschwellen. Gier griff nach ihr. Sie drehte an der Unterseite des Vibrators und stellte ihn auf die Mitte. Das vertraute Kribbeln kam augenblicklich.

»Heilige …«, stöhnte Christin.

Das würde heute verdammt fix gehen und kurz sein. Wenn sie so schnell kam, war der Orgasmus nur wie ein kleiner Schock in ihrer Klitoris. Er war zwar intensiv, doch viel zu rasch vorbei.

Sie keuchte laut, überließ sich ganz ihren Empfindungen und konzentrierte sich auf das Ziehen in ihrem Geschlecht.

»Ja, ja, oh …« Ein langgezogener Schrei hallte durch die Wohnung. Christin schloss ruckartig ihre Beine, klemmte den Vibrator ein und drückte ihn fest auf ihre Klitoris. Das Zucken ihrer Schamlippen war das schönste Gefühl von allen. Unglaublich, dass sie ihr halbes Leben auf diese Erfahrung hatte verzichten müssen.

Sie lag auf der Seite, spürte ihrem Höhepunkt nach und war selig und zufrieden.

Fünf Minuten nach sieben. Daniel kam zu spät. Vielleicht, wenn sie schnell genug war …?

Christin zitterte noch unter der Wucht ihres zweiten Orgasmus, als sie den Schlüssel im Türschloss hörte. Schnell räumte sie den Vibrator in die Schublade und kniete sich mit dem Rücken zur Tür aufs Bett. Ihr Herz raste. Gleich würde ihr Herr ihr Schmerz und Dominanz schenken. Sie freute sich wie wahnsinnig darauf.

Plötzlich spürte sie seine Hand auf ihrem Hintern.

»Halt still!«, sagte er befehlend.

Es kostete Christin alle Willenskraft, nicht zu keuchen, als seine Finger in ihre glitschige Mitte eindrangen.

»Hast du getan, was ich dir aufgetragen habe?«

»Ja, Herr!«

»Sage mir, was du getan hast.«

Sie hasste und liebte ihn dafür, dass er immer haarklein wissen wollte, was sie tat.

»Ich habe es mir mit dem Vibrator selbst gemacht, Herr.«

»Wie oft?«

Sie schluckte krampfhaft und räusperte sich. Was würde er denken, dass sie so maßlos geworden war?

»Wie oft, habe ich gefragt.«

»Zwei Mal, Herr.«

Hatte sie zu lange gezögert? Bekam sie einen weiteren Strafpunkt?

Wortlos legte er die ausgedruckte Exceltabelle vor sie auf die Matratze. *Strafbuch* stand in großen Lettern obendrüber. Darunter standen ihre beiden Namen und Eintragungen.

Dreimal war es ihr schwergefallen, über ihre Gefühle zu reden und zweimal hatte sie ihn beschimpft. Ob er wusste, dass sie es mit einem inneren Grinsen getan hatte, um die Verfehlungen in die Höhe zu treiben?

Daniel machte einen Strich neben die fünf Kreuze. Ihr Zögern hatte ihr einen weiteren Hieb eingebracht.

Dieses Spiel mit der Bestrafung ermöglichte es ihr, den Schmerz zu ertragen. Sie mochte es nicht, geschlagen zu werden. Absurderweise liebte sie jedoch die Male auf ihrer Haut. Kein Schmuck war schöner, als die Striemen der Lust. *Herrlich!*

Auf seiner Seite standen zwei Kreuze. Auch dahinter machte er einen Strich. Wie spät war es eigentlich? Wie lange hatte sein Meeting gedauert? Ach, was spielte denn das für eine Rolle? Diese drei Striche bedeuteten, dass sie noch drei weitere Orgasmen bekommen würde. Lüstern seufzte sie.

Daniel sprach nicht, streichelte nur ihren Hintern und sie spürte seinen Blick auf ihrer Haut. Unruhe erfasste sie. Ihr Körperbewusstsein hatte sich zwar verbessert, doch sie wäre gern schlanker für ihn gewesen. Immer wieder fragte sie sich, was er bei ihrem Anblick empfand.

Er umrundete das Bett und blieb vor ihr stehen.

»Sieh mir zu«, sagte er befehlend.

Verlangen jagte durch ihre Venen, als sie zusah, wie er Knopf für Knopf sein Hemd öffnete und es zu Boden fiel. Dann schnallte er den Gürtel auf, zog ihn aus den Schlaufen und legte ihn vor sie auf die Matratze. Dieses Leder würde in Kürze rote Striemen auf ihrem Hintern hinterlassen. Ihre Scham schwoll schmerzhaft krampfend an.

Ganz langsam zog er den Reißverschluss seiner Hose auf, ließ seine Hand hineingleiten und berührte sich. Mann, war dieser Anblick erregend. Sie leckte sich über die trockenen Lippen.

»Ahhhh!«, stöhnte er laut. »Ich will meinen Samen in deinen Mund spritzen.«

Musste er das aussprechen? Es war nicht zu übersehen, dass er erregt war, es ihr jedoch so schonungslos an den Kopf zu werfen war gemein. Sie spürte die Röte in ihren Wangen.

»Lutsch meinen Schwanz, lüsternes Weib.«

Ja, verdammt! Sie war lüstern, doch er war es nicht minder. Sein Glied war so hart, dass dicke Adern hervortraten. Gierig kroch sie auf allen Vieren zu ihm und schloss ihre Lippen um die samtene Krone.

Er stöhnte über ihr.

Dass er sich seiner Begierde so offen hingab, bewunderte sie an ihm. Diese Geräusche klangen einfach wunderbar. Immer schneller nahm sie ihn mit dem Mund, um ihm noch lautere Töne zu entlocken.

»Oh Gott, ja!«, keuchte er.

Sie hob etwas den Kopf, um ihn sehen zu können. Er sah wundervoll aus, in seiner Gier gefangen. Vor ein paar Monaten hatte sie sich geziert, seinen Penis in den Mund zu nehmen. Heute genoss sie seine Härte und den leisen Anflug des Machtgefühls. Immerhin gab sie ihm diese Lust, auch wenn er sie im Grunde benutzte, da er die Führung übernahm.

Tief drang er in sie ein, verharrte einen Augenblick in ihrem Rachen und zog sich keuchend zurück. Mit einem Aufschrei stieß er noch einmal zu, umfasste seinen Schwanz und spritzte seinen Samen in ihren Mund.

Christin schluckte das Sperma. Der Ekel vor der sämigen Flüssigkeit war schon lange Vergangenheit. Sie saugte an seiner Eichel, bis er leise knurrte. Das Grinsen konnte sie nur schwer unterdrücken.

»Das hast du gut gemacht. Ich bin stolz auf dich.«

Verschämt lächelte sie und senkte den Kopf. Er wusste genau, dass sie es hasste, wenn er so mit ihr sprach. Das war die Retourkutsche für ihr zu langes Saugen. *Selbst schuld*, schalt sie sich im Stillen.

»Leg dich auf den Bock, um deine Strafe zu empfangen.«

Seine Stimme klang sanft. Er war immer sanft, nachdem sie ihm gedient hatte. Dass es ihn ärgerte, seinen Tonfall nicht im Griff zu haben, sagte ihr sein bohrender Blick. Aufreizend stand sie auf, wackelte mit dem Hintern und ging zu dem ihr zugewiesenen Möbel.

Die weiche Polsterung machte den Strafbock angenehmer, als er aussah. In diesen Momenten bewunderte sie Daniels handwerkliches Geschick, doch der Gedanke blieb nicht lange haften. Sie versank in der leichten Furcht vor den Schlägen und der Freude auf die roten Striemen. Zu schade, dass sie morgen bereits verschwunden sein würden.

Daniel kniete sich neben sie und hakte die Karabiner der Ledermanschetten in die Ösen an den Beinen des Strafmöbels ein.

»Das sieht immer wieder geil aus«, flüsterte er. »Ich kann das Glitzern deiner Pussy sehen.«

Röte schoss in ihre Wangen. Beschämt ließ sie den Kopf hängen.

Als er auch noch lachte, hätte sie ihn am liebsten getreten. *Mistkerl!* Was konnte sie dafür, dass sie nach wie vor Schamgefühl besaß?

»Wenn du glaubst, meine Worte sind peinlich, dann freue ich mich schon auf deine nächste Aufgabe.«

Aufgabe? Was für eine Aufgabe? Unsicherheit ließ ihr Herz schneller klopfen. Was für eine Gemeinheit hatte er sich nun wieder ausgedacht?

Er gab ihr nicht viel Zeit, darüber grübeln zu können. Im Augenwinkel sah sie, wie er zum Bett ging und den Gürtel holte. Irritiert spürte sie, wie er ihn über ihren Nacken legte.

»Sollte er runterfallen, während ich dich vorbereite, wirst du sechs wundervolle Striemen mit heimnehmen.«

Ihr Herz begann, wie verrückt zu rasen. Würde er diesmal so hart zuschlagen, dass die Male länger als bis zum nächsten Tag zu sehen waren?

Sie fürchtete sich vor dem Schmerz, und doch … Sie wollte es. In einem Anflug von Übermut senkte sie den Kopf und schüttelte ihn, sodass der Gürtel zu Boden fiel. Wie gebannt starrte sie auf das Leder, den Schmerzbringer, der ihren Körper zeichnen sollte.

Der erste Schlag auf ihren Hintern sagte ihr, dass Daniel das breite Lederpaddel gewählt hatte, um sie aufzuwärmen.

Sie liebte das Paddel.

Großflächig bedeckte es ihren Po mit Hitze. Auch wenn die Hiebe an Intensität zunahmen, spürte sie bei diesem Schlagwerkzeug die Glut stärker als den Schmerz. Es war herrlich, wie das Feuer in ihren Leib eindrang und ihr Geschlecht feucht machte. Nein, sie war nicht nur feucht, sondern nass, gestand sie sich ein.

Verlangen nach seinem Glied erfüllte ihr Denken. Sie ballte die Hände zu Fäusten und versuchte das Keuchen zurückzuhalten. Es gelang ihr nicht.

Und als Daniel nach dem Gürtel griff, ersehnte sie eine härtere Behandlung herbei. Sie wollte mehr, viel mehr.

Das Leder traf ihren Hintern.

Ein Schrei brach sich Bahn und dröhnte in ihren Ohren.

Oh! Mein! Gott!

Es war die Hölle selbst, die auf ihrem Hinterteil brannte. Unerträglich biss der Gürtel in ihre Haut. Wenn dieser Schmerz -»Ahhhh!«- es nicht wert war, würde sie sich schwarzärgern. Noch vier. *Scheiße*!

Ein Fluch lag ihr auf den Lippen.

Ich will diese Male, ich will, ich will … Wie ein Mantra sagte sie diese Worte in ihrem Kopf auf, doch als der letzte Hieb ihren Po traf, schluchzte sie auf. Ihre Augen schwammen in Tränen. Das Ende der Tortur war eine Erlösung. Warum tat sie sich das bloß an?

Daniels Hand streichelte sanft ihren Hintern. Christin zischte ungehalten. Wage es nicht …

»Ahhhh«, brach es erleichtert aus ihr heraus. Kühl und feuchte spürte sie seine Zunge auf der geschundenen Haut. Was für eine Wohltat!

»Wie fühlt sich das an? Sag es mir!«

Er leckte erneut über die Striemen.

»Oh Gott«, keuchte Christin. Sie wollte nicht sprechen, nur genießen »Es ist kühl und überdeutlich zu spüren.«

»Macht es dich an?«

»Ja!« Es machte sie sogar ausgesprochen geil.

»Hatte ich nicht gesagt, du sollst in ganzen Sätzen antworten?«

Blödmann, schimpfte sie ihn. In ihrem Kopf wollte sich erholsame Leere ausbreiten. Wie sollte sie denn zusammenhängende Sätze von sich geben?

»Es macht mich geil«, flüsterte sie.

»Wie geil macht es dich?«

»Ich bin feucht und meine Schamlippen sind geschwollen.«

Daniel glitt mit der Hand zwischen ihre Beine.

»Scheiße! Du läufst aus, Kleines. Du bist nicht nur feucht, sondern klitschnass.«

Wenn du nicht gleich den Mund hältst, platzt mir der Kopf, schimpfte sie in sich hinein und biss sich auf die Unterlippe. Nie und nimmer würde sie sich die Blöße geben und ihm zeigen, dass sie sich schämte. Schlimm genug, dass ihr Gesicht wahrscheinlich purpurn leuchtete.

»Sobald ich dich ficke, will ich deutlich von dir hören, wie es dir gefällt.«

Geräuschvoll entwich ihr die Luft aus den Lungen. *Bitte verlang das nicht von mir*, flehte sie stumm.

Mit einem einzigen Stoß glitt er in sie hinein.

So sehr sie es auch zu verhindern suchte, es gelang ihr nicht, die Seufzer und leisen Schreie zurückzuhalten. Hart und schnell nahm er sie, trieb sie in Minutenschnelle an den Rand des Gipfels. Haltlos keuchend drängte sie ihm entgegen. Als die Welle des Orgasmus über ihr zusammenbrach, schrie sie und es war ihr egal. Nur das Zittern ihrer Scham hatte Bedeutung für sie.

Noch während sie sich in Ekstase wand, zog sich Daniel zurück. Enttäuschung wollte nach ihr greifen, da spürte sie, wie er ihre Schamlippen auseinanderzog und durch ihre zuckende Spalte leckte.

Seufzend holte Christin Luft und genoss das kleine Nachbeben in ihrem Inneren. Wohlige Zufriedenheit breitete sich um sie herum aus.

Daniel kniete neben ihr und löste behutsam die Manschetten um ihre Hand- und Fußgelenke. Sein harter Penis ragte zwischen seinen Schenkeln auf.

»Leg dich mit dem Rücken aufs Bett. Ich möchte, dass du etwas für mich tust.«

Sein boshaftes Grinsen verunsicherte sie. Kam jetzt die ominöse Aufgabe? Leicht widerwillig tat sie, was er verlangte.

»Spreiz deine Beine. Ich will alles sehen.«

Sie war versucht, die Augen zu schließen, als sie seinem Befehl Folge leistete. Unsicherheit, Beklemmung und Lüsternheit rangen in ihrer Brust miteinander.

Gebannt beobachtete sie, wie Daniel zu seiner Tasche ging, einen Karton und ein Verlängerungskabel herausnahm und zu ihr zurückkehrte.

Die Schachtel enthielt einen langen Stab, an dessen Ende ein weißer

Ball war.

Christin traten fast die Augen aus den Höhlen. Das Ding hatte sie im Internet gesehen. Magic hieß er und sollte angeblich der beste Vibrator sein, den es derzeit gab. Was für einen Höllentrip hatte er da geplant?

Der Summton war leise, wenig vielversprechend. *Typisch Werbeversprechen*, dachte sie. Daniel kniete sich zwischen ihre Beine und nahm den Ball in die Hand. Ein garstiges Grinsen breitete sich über sein Gesicht aus.

Als er mit dem Teil ihre Schenkelinnenseiten berührte, schnappte sie

nach Luft.

»Zieh deine Schamlippen auseinander.«

»Was?«, entfuhr es ihr.

Daniel umfasste seinen Schwanz und massierte sich.

»Es würde mich unglaublich aufgeilen.«

Christin schloss erschüttert die Augen, doch sie wollte den Magic spüren. Dennoch zitterten ihre Finger, als sie ihre äußeren Schamlippen anfasste und sich für ihn öffnete. Der Vibrator berührte ihr Geschlecht. Sie zuckte überrascht weg.

»Halt still!«

»Das ist zuviel. Oh Gott, Daniel.«

Trotz ihres Einwandes presste sie sich gegen den Ball und jauchzte. Kaum zu ertragen und doch höllisch erregend jagte die feine Frequenz in ihre Schamlippen, ihre Klitoris und ihren Eingang. Halleluja, war das geil! Sie schämte sich nicht einmal für diesen Gedanken. Zu schön war das Gefühl.

»Ich will …«, hörte sie Daniel am Rand ihrer Wahrnehmung. »dass du mit einer Hand deine Pussy spreizt und es dir mit dem Vibrator selbst machst. Ich werde zusehen.«

Entsetzt riss sie die Augen auf. Das wollte sie nicht. Sie war zu haltlos, zu lüstern, wenn sie es sich selber machte.

Von seiner Bitte paralysiert hielt sie noch immer ihre Schamlippen offen, als er Sekunden später einen Tropfen Gleitgel auf ihre Klitoris fallen ließ. Die Kühle konnte das Feuer und ihr Verlangen nicht lindern.

Schon wieder legte er seine Hand um sein Glied und massierte sich.

»Beginne, sonst bin ich vor dir fertig.«

Das wagst du nicht. Ich habe noch zwei Orgasmen offen, spie sie ihm stumm entgegen, doch sie wusste, dass der Trotz in ihren Augen stand.

Widerwillig nahm sie den Vibrator und berührte damit ihr Geschlecht.

Es fühlte sich wunderbar an.

Wenn es ihr Stolz zuließe, hätte sie sich bei ihm bedankt. Sein lüsterner Blick jagte noch mehr Hitze in ihren Schoß. Christin schloss die Lider und versank in sich selbst.

Sie brauchte eine Weile, bis sie die richtige Position fand, doch dann baute sich ihr Höhepunkt in rasender Geschwindigkeit auf. Durch ihren geöffneten Mund sog sie hektisch Luft in ihre Lungen. Immer wieder zuckte ihre Scham. Sie ahnte, es waren nur Vorboten dessen, was auf sie zukam. Glühend heiß krampfte ihr Geschlecht.

»Ja, ja, oh jaaaa …«, schrie sie.

Die Explosion in ihrem Unterleib war gewaltig. Überwältigt schloss sie die Beine, klemmte den Vibrator dazwischen ein und keuchte. Mit zitternden Fingern suchte sie den Knopf und schaltete das Ding aus. Erschöpft und wohlig seufzend kuschelte sie sich auf die Seite und spürte diesem Vulkanausbruch nach. Wow, war alles, was ihr dazu einfiel.

Mit einem Mal war Daniel bei ihr, ergriff ihre Schenkel, spreizte ihre Beine und stieß in sie hinein. Ihr zuckendes Geschlecht hieß ihn willkommen. Sie hätte es nicht für möglich gehalten, doch seine wilden Stöße stimulierten ihr Inneres erneut. Christin schrie, streckte ihre Arme über den Kopf und umfasste das Messinggestell des Bettes, um Halt zu finden, wo es nur noch freien Fall gab.

Ein vaginaler Orgasmus folgte dem klitoralen und zerriss sie fast.

Nur langsam beruhigten sich ihr Atem und ihr Herzschlag. Daniel lag in ihren Armen und seufzte immer wieder leise. Wohlige Schwere breitete sich wie eine Decke über sie. Christin genoss die Ruhe nach dem Sturm. Ein Sturm, schmunzelte sie in sich hinein. Das war ein Tornado, kein einfacher Sturm.

»Du rutschst aus mir heraus«, flüsterte sie, als sie Daniels Samen an ihrer Pospalte spürte.

»Das Gequassel danach muss ich dir noch abgewöhnen.«

Er hob den Kopf und grinste sie an.

»Aber du versaust gleich das Laken.«

»Es wird doch sowieso gewaschen.«

»Ich find es eklig, wenn dein Samen aus mir rausläuft.«

Der Mistkerl zog sich ein kurzes Stück zurück. Christin quiekte, schlang die Beine um seine Hüften und zog ihn tiefer in sich.

»Wehe!«

Mit langem Arm öffnete er die Schublade vom Nachtschränkchen auf und holte ein kleines Handtuch heraus.

»Was bekomme ich dafür?«

»Den Hintern voll, wenn du es mir nicht gleich gibst«, lachte sie.

»Du scheinst da was zu verwechseln. Küss mich!«

Jetzt, nach der ganzen Härte war sein Kuss zärtlich. Doch sie konnte ihn nicht richtig genießen. Das Glitschige an ihrem Po fühlte sich ekelhaft an. Sie knurrte leise und wackelte mit dem Becken.

»Quälgeist. Nächsten Donnerstag fessle ich dich mit gespreizten Beinen. Dann bist du bewegungsunfähig, und du bekommst einen Knebel«, fügte er hinzu. »Da kannst du schimpfen, was das Zeug hält.«

Er lachte lauthals, stand auf und ging ins Bad.

Christin streckte wohlig seufzend die Arme über den Kopf und räkelte sich. Dabei stießen ihre Finger gegen den Vibrator.

»Mmmmm! Komm zu mir, du kleines, geiles Teil«, schnurrte sie.

Genüsslich spreizte sie die Beine, drückte den Ball auf ihre Klitoris und schaltete ihn an. Sie war satt, wollte keinen Höhepunkt mehr, doch die pulsierenden Schwingungen fühlten sich gut an.

»Du bist triebhaft und maßlos.«

Erschrocken zuckte sie zusammen. Musste er sich so anschleichen?

»Mach weiter«, sagte er lächelnd und legte sich neben sie.

Es fiel ihr auch jetzt schwer, sich vor ihm zu befriedigen, doch dieses Ding hatte es ihr angetan. Sie spreizte ihre Schenkel und stimulierte sich. Es war schwierig, nach der ganzen Reizüberflutung noch einmal in die gewünschten Höhen zu kommen. Nur langsam baute sich das Kribbeln in ihr auf. Christin warf den Kopf in den Nacken und seufzte resigniert, als der Impuls wieder abflaute. Da spürte sie Danielas Lippen auf ihrer Brust. Diese Empfindung war intensiver als das Vibrieren in ihrem Schoß.

»Oh Gott, Daniel, lass das. Es lenkt mich ab.«

Ungeachtet ihres Einwands machte er weiter. Er zwirbelte einen ihrer Nippel mit den Fingern und an dem anderen saugte er fest. Sie bäumte sich auf, wand sich und war zwischen den drei Reizen hin und her gerissen. Es schien eine Ewigkeit zu dauern, bis sie den Orgasmus auf sich zurasen fühlte.

Da verstärkte sich plötzlich die Vibration auf ihrer Klitoris und katapultierte sie ins Chaos. Ihre Stimme brach, so laut schrie sie, als sich ihre Scham in einen Feuerball verwandelte.

Sie riss den Vibrator zurück, presste ihre Beine zusammen und keuchte. Ihr Geschlecht zuckte ununterbrochen, obwohl sie sich nicht mehr berührte.

Daniel streichelte ihre Wange und küsste ihren Hals, beruhigte sie mit diesen Zärtlichkeiten.

»Du bist wunderbar, Christin«, hörte sie ihn sagen, und noch etwas anderes im Hintergrund.

»Was plätschert da?«, fragte sie atemlos.

»Scheiße!«

Daniel sprang vom Bett und rannte ins Bad.

»Du verursachst mit deiner ausschweifenden Geilheit noch einen Wasserschaden.«

Christin stützte sich auf ihre Ellenbogen und grinste ihn an.

»Ich habe schließlich fünfzehn Jahre Orgasmen nachzuholen. Mir will scheinen, dass dir das nicht unangenehm ist?«

Sein schallendes Lachen ließ ihn wie einen Jungen aussehen.

»Daniel?«

»Hm!«

»Ich liebe dich!«

Jugendliebe

Annabelle saß in ihrem Lieblingscafé und ließ die Gedanken schweifen. Ein Latte Caramel stand unberührt neben ihrem Laptop. Er war bereits kalt, doch das störte sie nicht. Genüsslich nahm sie den süßen Geschmack auf ihrer Zunge wahr. Ihr Blick glitt über die Gäste im Café und blieb an dem jungen Pärchen rechts neben ihr hängen. Der Mann hielt die Hand seiner Begleiterin und sah sie verliebt an.

Annabelle seufzte innerlich und widmete sich ihrer Arbeit. Morgen würde sie die Ergebnisse ihrer Analyse präsentieren. Die Firma war in einem miserablen Zustand. Als sie Bruce Lorenz das erste Mal begegnete, hatte sie nicht damit gerechnet, ihm eine solche Nachricht überbringen zu müssen. Doch der äußere Schein war trügerisch. Das hatte sie mehr als einmal feststellen müssen. Mr. Lorenz' Statur und die autoritäre Erscheinung hatten über seine mangelnde Führungskraft hinweggetäuscht. Anfangs war sie sich neben ihm wie ein Zwerg vorgekommen. Mit ihrer Größe von ein Meter fünfundsechzig kam das allerdings häufiger vor.

Um Haupteslänge hatte er sie überragt, breitschultrig und zugegeben sehr attraktiv, in seinem maßgeschneiderten blauen Anzug.

„Bitte helfen Sie mir, Ms. MacLean. Sie sind meine letzte Rettung",

hatte er sie angefleht, und seine Ausstrahlung mit diesen Worten zunichte gemacht. Von einem Moment zum nächsten hatte sie nicht mehr den interessanten Geschäftsmann gesehen, der die Traditionsfirma seines Vaters übernommen hatte, sondern einen jungen, völlig überforderten Mann. Und jetzt musste sie ihm sagen, dass seine Firma kurz vor dem Bankrott stand.

Annabelle holte tief Luft, ließ ihre verspannten Schultern kreisen und beendete die letzte Seite der Präsentation. Ohne einen starken Investor würde Bruce Lorenz in einem halben Jahr keine Firma mehr leiten. Er tat ihr leid. In Gedanken spielte sie das Gespräch mit ihm durch.

Wie würde er reagieren? Wäre er am Boden zerstört oder erleichtert? Zwei Wochen hatte sie die Firma durchleuchtet und Schwachstellen aufgedeckt. In dieser Zeit hatten sie viel miteinander geredet. Er hing nicht wirklich an der Firma, hatte sie nur aus sentimentalen Gründen weitergeführt. Die mangelnde Leidenschaft für seine Arbeit hatte zu den miserablen Bilanzen geführt. Doch dass Leidenschaft in ihm steckte, war nicht zu übersehen.

Wenn er von seinen Fotografien sprach, leuchteten seine Augen geradezu. Annabelle schmunzelte. Wie ein Künstler sah er nicht aus. Er hatte nichts Feingliedriges, Verträumtes an sich. So stellte sie sich einen Künstler vor, nicht bullig wie einen kanadischen Holzfäller. Das Gespräch machte sich in ihrer Fantasie selbstständig. Er wäre nicht geknickt, sondern erfreut, und würde die Firma verkaufen, um sich seiner Kunst zu widmen. Zu seiner ersten Ausstellung würde er sie einladen. Das schelmische Lächeln, das ihn ungemein attraktiv machte, wäre die ganze Zeit auf seinem Gesicht.

Plötzlich sah Annabelle sich mit Bruce allein. Er stand ganz dicht vor ihr. Seine Hand glitt in ihren Nacken, er zog sie zu sich heran und sein Blick bohrte sich in ihren.

„Ich bin froh, dich getroffen zu haben, Annabelle", flüsterte er, und dann senkten sich seine Lippen auf ihre. Annabelle spürte die sanfte Berührung fast in der Realität. Doch er würde nicht sanft bleiben. Stürmischer und von Verlangen getrieben würde er sie verschlingen. Seine Hände würden über ihren Körper wandern und jeden Zentimeter ihrer Haut erkunden. In ihrem Tagtraum waren sie von einer Sekunde zur anderen nackt. Glühend heiß drängte sich sein Körper an ihren. Seine Erregung drückte gegen ihren Unterbauch und Annabelle konnte nur mühsam ein Seufzen unterdrücken. Wie lange war es her, dass sie so berührt worden war? Eindeutig zu lange, wenn ihre Fantasie ein solches Verlangen hervorrufen konnte. Die Haut auf ihrem Rücken kribbelte, als die imaginären Hände sie streichelten.

„Darf ich mich zu dir setzen?"

Für den Bruchteil einer Sekunde verspürte Annabelle einen Anflug von Verdruss. Sie hatte keine Lust auf Gesellschaft und wollte ihre Fantasie weiterspinnen. Doch diese Empfindung ging in ein wildes Herzklopfen über, als sie die Stimme erkannte. Es war ihr kaum möglich aufzusehen, so sehr schlug ihr Herz. Nur mühsam konnte sie einen erstaunten Aufschrei zurückhalten.

„Ryan?"

Seine blauen Augen strahlten, als er mit einer geschmeidigen Bewegung den Stuhl an ihrem Tisch zurückzog und sich setzte. „Ich dachte, ich traue meinen Augen nicht." Sein Lächeln war ansteckend und noch immer so betörend wie vor …

„Wie lange ist das her?", fragte Annabelle entgeistert.

Ryan lachte. „Über zehn Jahre. Mann, wie die Zeit vergeht." Er sah sie an und in seinen Augen blitzte etwas auf, das Annabelle nicht benennen konnte. „Toll siehst du aus."

Annabelle fühlte Röte in ihre Wangen steigen. Diesen Blick hätte sie sich vor zehn Jahren von ihm gewünscht. Doch damals hatte er nur Augen für Claries, genau wie alle anderen Jungs ihrer Klasse. Der alte Schmerz bohrte sich in ihren Magen. Mein Gott, wie hatte sie ihn angehimmelt! Ryan war ihre erste große Liebe, und er hatte nicht die leiseste Ahnung davon. Ihn jetzt zu sehen, sein Lächeln auf sich zu spüren, war fast zu viel für sie. Sein skeptischer Blick riss sie aus ihren Erinnerungen. Verlegen bemerkte sie, dass sie ihn mit offenem Mund anstarrte.

Anscheinend hatte sich in den letzten zehn Jahren nichts geändert. Noch immer war sie nicht in der Lage, ein Wort rauszubringen, wenn er so nah bei ihr war.

„Du siehst auch gut aus“, brachte sie stammelnd über die Lippen. Meine Güte! Was redete sie denn da? Natürlich sah er gut aus, genau wie früher. Das dunkelbraune Haar war etwas länger als damals, immer noch leicht gewellt und glänzend im Sonnenlicht. Ihre Fingerspitzen kribbelten. Schon als Teenager hätte sie gerne dieses Haar berührt.

Sein makelloses Gesicht wurde durch einen Dreitagebart noch mehr betont. Sein Blick war durchdringender als damals, was es ihr nicht leichter machte, ihn anzusehen. Die obersten zwei Knöpfe seines schwarzen Hemdes standen offen. Er sah nicht nur gut aus, sondern atemberaubend. Annabelles Herzschlag wollte sich nicht beruhigen, und sein dröhnendes Lachen verstärkte ihre Beklemmung.

„Sag bloß, du bist immer noch so schüchtern wie früher?“

Nein, das war sie nicht. Nach der Schulzeit war sie ein Jahr lang durch Europa und Australien gereist und hatte ihre Schüchternheit wie einen alten, abgewetzten Mantel abgelegt. Betont langsam schloss sie ihren Laptop und leerte ihr Glas.

„Nein, Ryan, Schüchternheit zählt nicht mehr zu meinem Repertoire.“

Sie schenkte ihm ein strahlendes Lächeln.

„Wie geht es dir? Ich dachte, du bist in Afrika?“

Überrascht hob er eine Augenbraue. „Ich bin für drei Wochen bei meiner Familie. Du scheinst genauestens über mich Bescheid zu wissen.“ In seiner Stimme lagen Überraschung und Belustigung.

Annabelle konnte ihren Herzschlag noch immer nicht beruhigen und war dem Kellner dankbar, als er an ihren Tisch kam und die Bestellung aufnahm. Hoffentlich unbemerkt trocknete sie ihre schweißnassen Hände an ihrem Rock. Sie versuchte, unverbindlich zu lächeln.

„Ich habe noch immer Kontakt zu Susan. Sie erzählte mir vor ein paar Jahren, dass du in der Entwicklungshilfe arbeitest. Du hast es geschafft. Das war immer dein Traum!"

Ryan lehnte sich entspannt zurück. „Ja, es war mein Traum." Eine leise Melancholie schwang in seiner Stimme mit und gab ihm etwas Verletzliches.

„Aber?", bohrte Annabelle nach.

„Es ist anstrengend. Nicht der Job, sondern das Elend und die Not, mit der man leben muss. Wenn du einmal in die hoffnungslosen Augen eines Kindes geschaut hast, vergisst du das nie." Ryan schwieg und Annabelles Herz zog sich zusammen. Von dem unbefangenen Jungen, der keine Gelegenheit ausließ, sich zu profilieren und anzugeben, war er heute meilenweit entfernt. Die Ernsthaftigkeit stand ihm gut und machte ihn noch attraktiver.

Der Kellner kam und stellte Annabelle den dritten Latte Caramel mit einem Lächeln vor die Nase. Ryan ließ Zucker in seinen Espresso rieseln und schien weit weg zu sein. Wie um eine ungeliebte Erinnerung abzuschütteln, räusperte er sich und lächelte Annabelle an. „Und was machst du so? Es sah aus, als würdest du arbeiten." Er deutete mit dem Kopf auf ihren Laptop.

„Nur eine kleine Präsentation. Ich mache Firmenanalysen."

Ryan lachte. „Du?"

Auch Annabelle konnte ein Schmunzeln nicht zurückhalten. „Warum bist du so skeptisch? Traust du mir das etwa nicht zu?"

„Ich traue dir so einiges zu." Für ein paar Sekunden hing dieser Satz zweideutig zwischen ihnen. „Aber ich schätze, dass man in diesem Beruf sehr akribisch sein muss."

„Das habe ich im Laufe der Zeit gelernt, und so einiges mehr", sagte Annabelle milde lächelnd und rührte den Schaum ihres Latte unter. Überrascht stellte sie fest, dass auch in ihren Worten Zweideutigkeit mitschwang. Mein Gott, flirtete sie etwa? Was dachte sie sich dabei? Er war es, Ryan, der Nachbarsjunge, der sie schon im Sandkasten gezwickt und mit Sand beworfen hatte, von dem sie seit Kindertagen träumte und der sie immer ignoriert oder geärgert hatte.

Ryans Blick wurde eindringlicher. Sie spürte ihn fast wie eine Berührung auf der Haut. „Wie geht es deiner Mutter und deiner Schwester?", lenkte Annabelle das Gespräch in unverfänglichere Bahnen.

„Denen geht es fantastisch. Deshalb bin ich hier. Joanna hat ihr erstes Kind bekommen. In zwei Tagen ist die Taufe. Ich kann zwar ihren Mann nicht ausstehen, aber sie scheint glücklich zu sein." Ryan hatte wieder dieses verschmitzte Lächeln aufgelegt. „Und du, hast du jemanden in deinem Leben?"

Annabelle schüttelte den Kopf. Nein, ihr Leben bestand aus Arbeit und Einsamkeit und Träumereien von unerreichbaren Männern. In den letzten zehn Jahren hatte sich tatsächlich nicht viel geändert.

„Ich habe vor zwei Jahren eine eigene Firma gegründet", sagte sie nicht ohne Stolz. „Wenn ich ehrlich bin, habe ich nicht viel Zeit für ein Privatleben."

Ryan trank seinen Espresso und sah sie über den Rand seiner Tasse hinweg an. Annabelle wurde bereits unruhig, bevor er zu sprechen begann. „Weißt du eigentlich, dass ich dich schon immer faszinierend fand?"

Annabelle verschluckte sich an ihrem Latte. Das war nun wirklich starker Tobak. Er hatte nicht eine Gelegenheit ausgelassen, sie zu piesacken und zu ärgern.

„Ja, klar", presste sie zwischen Husten und Luftholen hervor. „Das hast du mit deinen Unverschämtheiten deutlich zum Ausdruck gebracht. Ich erinnere dich nur an die Götterspeisebrüste, die du mir auf dem Schulausflug ins Bett gelegt hast."

Ryan grinste verschämt, und trotz der alten Wut und Narben in ihrem Herzen musste Annabelle plötzlich darüber lachen. „Die haben wunderbar nach Himbeere geschmeckt. Du hättest sie kosten sollen."

Völlig überraschend ergriff Ryan ihre Hand. „Du warst zu verklemmt, um diese Anspielung zu verstehen."

Sie spürte Röte ihren Hals hinabwandern. Es war zum Heulen, dass er es immer noch schaffte, sie zu verunsichern. Was bezweckte er mit diesen Andeutungen?

„Wir waren siebzehn. Wie hätte ich reagieren sollen? Mich lüstern darüber beugen und an den Brustwarzen saugen?" Annabelles freie Hand begann so sehr zu zittern, dass sie das Glas Latte abstellen musste. Mann oh Mann, wie hatte er es nur geschafft, sie zu so einer Äußerung zu verleiten? Das Funkeln in seinen Augen zeigte ihr, dass er diese Szene gerade im Kopf durchspielte. Der Griff seiner Hand wurde fester, als Annabelle versuchte, sie ihm zu entziehen.

„Eine verlockende Vorstellung, Bell." Wie er ihren Namen auf der Zunge rollte, ließ Gänsehaut auf ihren Armen entstehen. Kein anderer Mensch hatte sie je Bell genannt.

„Mir scheint, du bist wirklich nicht mehr so schüchtern, wie vor zehn Jahren. Im Ernst, ich mochte dich schon damals. Immerhin habe ich dich zum Abschlussball eingeladen."

Ja, das hatte er getan und sie verstand bis heute nicht, warum. Sie hatte so sehr Angst vor Erniedrigung gehabt, dass sie an jenem Abend mit 39° Fieber im Bett gelegen hatte. „Warum hast du das getan?“, fragte sie flüsternd. Seit Jahren beschäftigte sie diese Frage. Nicht nur einmal hatte sie überlegt, ob da hätte mehr sein können, wenn sie nicht so feige gewesen wäre.

„Offengestanden hatten wir einen Streich geplant.“ Annabelle sog scharf die Luft ein und funkelte ihn böse an. Hatte sie es doch gewusst.

„Aber als ich dich am letzten Schultag, in diesem schlichten schwarzen Hosenanzug und mit undurchdringlicher Miene, gesehen habe, bereute ich es bereits. An diesem Tag habe ich deine strenge Schönheit erkannt. Wir waren alle jung und dumm. Würdest du mir die Chance geben, das wieder gutzumachen?“

Annabelle konnte kaum noch klar denken. Die Wärme seiner Hand sickerte unaufhörlich in ihren Körper. Seine gesäuselten Worte verwirrten und berauschten sie. Er spielte mit ihr. Das hatte er immer getan. Und warum sollte er jetzt plötzlich aufrichtig sein? Er war nur drei Wochen hier. Ein kleines Abenteuer mit der verschüchterten Annabelle, und dann flog er zurück nach Afrika und ließ sie erneut mit gebrochenem Herzen zurück. Das durfte sie nicht riskieren. Sie kratzte den letzten Rest Selbstachtung zusammen und lächelte ihn unverbindlich an. „Glaubst du wirklich, ich lasse mich noch einmal von dir erniedrigen?“

„Erniedrigen? Nichts liegt mir ferner.“ Die Art und Weise, wie er das Wort *erniedrigen* betonte, verstärkte Annabelles Unbehagen. Zudem glitt seine Hand ihren Arm hinauf und ließ sie erschaudern. „Ich möchte gern die neue, starke Annabelle kennenlernen. Geh mit mir heute Abend essen.“

„Ich bin noch immer dieselbe“, versuchte Annabelle ihn halbherzig von seinem Vorhaben abzubringen. Mittlerweile hatte sie es aufgegeben, ihm ihren Arm entziehen zu wollen. Sein Griff war unbarmherzig, und sie genoss seine Berührung viel zu sehr.

Milde lächelnd schüttelte Ryan den Kopf und kam sehr dicht an sie heran. Zu dicht. Seine Lippen waren nur Zentimeter von ihren entfernt. „Sieh dich doch an, Bell. Du bist nicht mehr das Mauerblümchen von einst. Du bist stark, selbstbewusst und heiß. Dieses züchtige Kostüm unterstreicht deine sinnliche Ausstrahlung. Je mehr du sie zu verbergen suchst, desto intensiver stellst du sie zur Schau. Schon als ich das Café betrat und dich sah, jagte Verlangen durch meinen Leib. Ich will dich. Seit zehn Jahren will ich dich.“

Annabelle wurde schwindlig, so sehr schlug ihr Herz. Das konnte alles nur ein Traum sein, ein Alptraum, sinnlich zwar, aber Unheil verheißend. Sie würde sich wieder in ihn verlieben, sich vor Sehnsucht verzehren und wochenlang in den Schlaf weinen. Doch die Hitze seiner Hand lenkte ihre Gedanken und Empfindungen in eine lüsterne Richtung. Das Verlangen ihres Tagtraumes rieselte noch immer durch ihre Adern.

Wenn sie ihm doch nur vertrauen könnte. Wie oft hatte sie in den Armen eines Anderen gelegen und an Ryan gedacht? Seine blauen Augen funkelten begehrlich. Er war noch immer so dicht vor ihrem Gesicht, dass sie mit der Zungenspitze seine Lippen hätte berühren können. Sie wusste, sie würde einen hohen Preis bezahlen, doch das Verlangen nach ihm war stärker. Ihr Privatleben war alles andere als aufregend. Hier bot sich die Gelegenheit, das Sehnen von Jahren zu stillen. „Wir treffen uns um neun Uhr im *Merlot*", sagte Annabelle bestimmend. Für ihre nächsten Worte brachte sie ihren ganzen Mut und den letzten Rest Kraft auf, die unter seinem Blick unaufhörlich schwanden.

„Lass es mich nicht bereuen, dir diesen Wunsch erfüllt zu haben." Sie löste ihren Arm aus seiner Umklammerung, lächelte unverbindlich, nahm ihren Laptop und ihre Tasche und verließ das Café mit hoch erhobenem Kopf.

Ryan sah ihr lächelnd nach. Sein Herz raste. Was für eine Frau!

„Ich werde alles tun, um dich nicht zu enttäuschen, Bell. Zu lange nagen Schuldgefühle an mir, dich verletzt zu haben."

Annabelles Hände zitterten so sehr, dass sie zwei Versuche brauchte, um die Tür zu ihrer Wohnung aufzuschließen. Sie legte den Laptop ab, ließ ihre Tasche fallen und lehnte sich mit dem Rücken gegen die kühle Wand.

Nichts linderte das Feuer, das seit einer halben Stunde in ihr wütete. Ryan! Ein kläglicher Laut entrang sich ihrer Kehle. Sie hatte sich genauso bescheuert wie immer verhalten. Sobald er in ihrer Nähe war, spielten ihre Gefühle verrückt und ihr Verstand schaltete ab. Das durfte ihr heute Abend nicht passieren. Sie wollte die souveräne, attraktive Geschäftsfrau sein, die seit zwei Jahren ihre eigene Firma hatte und unzählige Firmen vor dem Aus gerettet hatte. Warum verunsicherte Ryan sie so? Er war der einzige Mann, bei dem sie sich so fühlte.

Ihre Hände waren eiskalt und schweißnass. Ihre Haut kribbelte, als würden Millionen Ameisen über sie laufen, das Herz raste, ihre Atmung ging keuchend und ihre Beine fühlten sich wie Gummi an. Wütend über die verräterischen Reaktionen ihres Körpers streifte sie die High Heels ab und warf ihren Blazer auf die Garderobe. Dabei blieb ihr Blick im Spiegel hängen.

Der graue Rock reichte ihr bis zu den Knien. Ihre weiße Hemdbluse lag eng an und betonte ihre weiblichen Formen. Sie hatte einen runden Hintern und üppige Brüste. Schon als Teenager hatte sie unter ihrem wogenden Busen gelitten. Dass Männer auf große Brüste standen, hatte das Gefühl, eine Dolly Buster zu sein, nie ausschalten können. Annabelle stellte sich seitlich und legte ihre Hände flach auf Rücken und Bauch. Gut, ihre Taille war schlank, was ihren Busen noch gewaltiger aussehen ließ. Sie holte tief Luft und sackte in sich zusammen. Jetzt sah sie wirklich wie ein kleiner, draller Zwerg aus. Resigniert ging sie am Spiegel vorbei ins Wohnzimmer. Ihr Anrufbeantworter blinkte. Irrwitzigerweise dachte sie sofort an Ryan, doch er kannte ihre Telefonnummer gar nicht. Tatsächlich gab es nicht viele Menschen, die ihre Privatnummer kannten. Zwei Freundinnen, ihre Eltern und ihr Bruder, mehr Menschen standen nicht zur Auswahl, und auf keinen von ihnen hatte sie jetzt Lust. Wie immer siegte ihre Neugier. Es war ihre Freundin Susan.

„Hi, Anna. Du glaubst nicht, wen ich heute gesehen habe? Ruf mich an, sobald du zu Hause bist."

„Ich habe ihn auch gesehen", flüsterte Annabelle vor sich hin. „Und ich habe heute Abend ein Date mit ihm." War es wirklich ein Date? Es fühlte sich jedenfalls nicht unverbindlich an. Nicht für sie. Und genau das war schon immer ihr Problem. Sie empfand zu viel für ihn. Das machte sie befangen, verlegen und sie interpretierte immer mehr in die Situation hinein, als da war. Warum hatte sie sich auf dieses Essen eingelassen? Sie konnte nur verlieren. Sein lüsterner Blick ging ihr nicht aus dem Kopf. Schon wieder holte sie tief Luft und versuchte, die verlockenden Bilder zu verdrängen. Doch ihre Fingerkuppen kribbelten bei dem Gedanken, endlich durch sein dichtes Haar streicheln zu können. Und dass es darauf hinauslaufen würde, hatte jede seiner Berührungen prophezeit.

Trotz aller Bedenken trug Annabelle ein schwarzes Etuikleid, das ihre Konturen verführerisch umschmeichelte. Ihre Figur wurde durch die 12cm High Heels gestreckt. Auch wenn sie sich selbst nicht so sah, wusste sie, dass Männer ihren Anblick sexy fanden. Ihr langes, braunes Haar fiel in dichten Wellen über ihre Schultern. Ihr Make-up war dezent. Sie betonte nur ihre dunkelbraunen Augen und die langen Wimpern. Dass ihre Augen eine besondere Ausstrahlung hatten, war ihr vor Jahren bewusst geworden. Damals hatte sie überrascht festgestellt, dass sie einen Mann mit einem Blick in die Knie zwingen konnte.

Sie wusste nicht genau, wie dieser Blick aussah. Sie wusste nur, wie sie sich fühlte, wenn sie diesen bestimmten Blick über den Körper eines Mannes gleiten ließ. Dann war sie voller Begehren und Lüsternheit. So auch jetzt. Im Laufe des frühen Abends hatte sie es aufgegeben, sich gegen ihr Verlangen nach Ryan zu wehren. Zu lange war es in ihr.

Annabelle straffte ihren Rücken und betrat das Restaurant. Leise Klaviermusik empfing sie. Das *Merlot* war ihr Lieblingsrestaurant, etwas dekadent und mit einer hervorragenden Küche. Mit ausgebreiteten Armen kam Charl auf sie zu und hauchte ihr Küsschen auf die Wangen.

„Annabelle, ich freue mich, dich zu sehen." Der Singsang seines französischen Akzentes rollte über ihre Wirbelsäule und hinterließ ein sehnsüchtiges Ziehen in ihrem Nacken. „Und dein Begleiter ist schon da. Du hast einen erlesenen Geschmack, Süße." Er beugte sich noch einmal zu ihr und flüsterte in ihr Ohr: „Ich beneide dich."

„Das musst du nicht", entgegnete Annabelle unverfänglich lächelnd. „Er ist ein Schulfreund. Wir haben uns heute Mittag zufällig getroffen. Es wird ein netter Abend mit vielen Erinnerungen."

Charl hielt sie auf Armeslänge von sich weg und beäugte sie lächelnd. „Ja, sicher. Du strahlst nicht im Geringsten Sex aus."

Annabelle lachte, auch wenn sich in ihr alles zusammenzog. Charl war homosexuell. Wenn er ihre Lüsternheit sah, wie würde Ryan dann reagieren? Ihr blieb nicht viel Zeit, darauf eine Antwort zu finden. Charl hatte sie mit sanftem Druck zu ihrem Tisch geleitet, der in einem kleinen Separee stand. Ryan stand auf und ergriff sofort ihre Hände, als würde Charl sie an ihn übergeben.

Die beiden Männer wechselten einen Blick, den Annabelle nicht zu deuten wusste. Die Unsicherheit war augenblicklich wieder da, als Ryan ihr den Stuhl zurückzog und sie Platz nahm. Er trug eine schwarze Stoffhose und ein lavendelfarbenes Hemd. An jedem anderen Mann hätte sie diese Farbe schrecklich gefunden, doch an ihm, mit seiner sonnengebräunten Haut und den dunklen Haaren, sah es fantastisch aus.

„Du siehst umwerfend aus", flüsterte er in ihren Nacken, bevor er auf die gegenüberliegende Seite des Tisches ging und sich setzte.

Mit Gänsehaut im Nacken winkte Annabelle ab. „Mach dich nicht über mich lustig. Ich weiß, dass ich klein und pummelig bin. Das musst du mir nicht immer wieder unter die Nase reiben."

Er ergriff über den Tisch hinweg ihre Hand. „Wollen wir die Vergangenheit nicht ruhen lassen? Ich weiß, dass ich dir das Leben schwer gemacht habe. Es tut mir leid.“ In seinen Augen stand aufrichtiges Bedauern. Annabelle versank in seinem durchdringenden Blick. Bildete sie sich das ein, oder wurden seine blauen Augen dunkler?

„Ich war jung und dumm und wusste nicht, was ich wirklich fühlte“, fügte er hinzu, als Annabelle nichts erwiderte.

„Was hast du gefühlt?“, flüsterte sie wie unter Zwang. Sie hatten noch nicht einmal ihre Bestellung aufgegeben, und schon war die sexuelle Spannung zwischen ihnen nicht zu übersehen. Subtiler wäre ihr lieber gewesen. Das ging alles viel zu schnell. Schnell? Fast hätte sie über ihre Gedanken gelacht. Über zehn Jahre einen Mann zu begehren und jetzt die Erfüllung in greifbarer Nähe zu haben, war nun wirklich nicht schnell.

Hitze stieg in ihr auf, als Ryan sich weiter über den Tisch beugte und sanft ihre Fingerspitzen küsste.

„Ich habe dich begehrt. Doch ich war zu feige, es mir einzugestehen.“ Dieser Satz berührte sie. Fast bedauerte sie, mit ihm in einem Restaurant zu sitzen. Viel lieber wäre sie jetzt mit ihm allein. Ihre Augen hingen an seinen Lippen, sie sehnte sich nach einem Kuss.

„Sieh mich nicht so an, Bell.“

„Ich mache doch gar nichts“, flüsterte sie atemlos. Es war eine glatte Lüge. Sie wusste genau, dass sie ihn mit ihrem Blick verschlang. Ryan schluckte krampfhaft. Ihr Blick glitt über seinen Hals und blieb auf dem kleinen Flecken Haut zwischen den offenen Knöpfen seines Hemdes hängen. Sie leckte sich die trockenen Lippen. Das geschah in keiner Weise zufällig. Noch nie war sie sich ihrer Wirkung bewusster gewesen, als in diesem Augenblick. Ganz deutlich konnte sie das heftige Schlagen seines Herzens an seinem Hals ablesen. Sie lächelte, löste sich von seiner Hand und lehnte sich gegen die Stuhllehne. Sie genoss ihre Macht und die Wirkung auf ihn. „Erzähl mir von Afrika.“

In Ryans Augen flackerte es. Er brauchte ein paar Augenblicke, bis er sich im Griff hatte. Der Kellner kam ihm zu Hilfe. Während sie ihre Bestellung aufgaben, beruhigte sich Ryan. Sein Lächeln war unverfänglich, fast verschlossen, als sie wieder allein waren.

Ryan hatte in den letzten zehn Jahren fast ganz Afrika bereist. In den schillerndsten Farben berichtete er von den Savannen Zimbabwes, dem Dschungel des Kongo und der einzigartigen Schönheit Botswanas und Südafrikas. Er hatte Gorillas in freier Wildbahn gesehen, die Gnuherden auf ihrer

Wanderung, Giraffen und Zebras, Elefanten und Löwen. Bei all seiner Begeisterung für den Kontinent entging Annabelle nicht, dass Ryan seine Arbeit mit keinem Wort erwähnte. Doch nach seinen Worten von heute Mittag wollte sie ihn nicht bedrängen. Bald schwelgten sie in Erinnerungen und lachten über die alten Geschichten. Die Stimmung war ausgelassen und unbefangen. Und doch schwebte über jedem Wort, jeder Geste Verlangen.

Seit dem Dessert hielt er ihre Hand. Ryan hatte es meisterhaft verstanden, die Mousse au Chocolat zu einem sinnlichen Erlebnis zu machen. Sie hatten sich gegenseitig gefüttert und die sexuelle Anspannung hatte mit jedem Löffel zugenommen. Annabelle war gerade dabei, den letzten Rest mit der Zunge vom Löffel zu lecken und Ryan dabei tief in die Augen zu schauen. Er hielt nur mühsam ihrem Blick stand. Immer wieder starrte er ihre spielende Zunge an. Sein Atem ging flach und sein Herzschlag war deutlich an seinem Hals zu sehen. Annabelle lächelte ihn ungezwungen an.

„Hast du auch nur die leiseste Ahnung, was du mit mir tust?", fragte Ryan leise.

„Ich weiß genau, was ich tue. Und ich weiß genau, was ich will."

„Was willst du, Bell?"

„Dich! Ich wollte immer nur dich." Ihre Wangen glühten und ihr Herz raste, doch sie war nie ehrlicher gewesen. Alles in ihr schrie nach ihm.

Sein Adamsapfel hüpfte, als er krampfhaft schluckte. Die Umklammerung seiner Hand wurde fester. Ryan hob Annabelles Fingerspitzen an seine Lippen und küsste jede einzelne. „Ich kann dir nicht viel mehr als die nächsten drei Wochen geben. Doch die würde ich gern mit dir verbringen. Lass mich wiedergutmachen, was ich in unserer Jugend verbockt habe."

„Wir wollten die Vergangenheit ruhen lassen. Ich möchte keine drei Wochen mit dir. Ich will diese Nacht." Annabelle war über ihre eigene Courage erstaunt. Drei Wochen waren zu gefährlich für sie, aber diese eine Nacht würde sie durchstehen, ohne ihr Herz ein zweites Mal zu verlieren. Sie würde Ryan genießen, wie sie noch keinen Mann genossen hatte, und dann ihr Leben ohne ihn weiterführen.

„Mein Hotel ist genau gegenüber", sagte Ryan erstickt.

„Wie praktisch."

„Du hast das Restaurant ausgesucht", gab Ryan zu bedenken.

Annabelle lachte. „Dann muss es wohl Schicksal sein", scherzte sie, doch ihr Herz raste so schnell, dass sie kaum noch sprechen konnte.

Ryan bezahlte die Rechnung und ergriff Annabelles Hand. In der Lobby des Hotels klackerten ihre Absätze ohrenbetäubend laut. Annabelle hatte das Gefühl, alle richteten ihre Blicke auf sie. Ryan holte den Schlüssel an der Rezeption, während sie etwas abseits auf ihn wartete. Der Rezeptionist musterte sie von oben bis unten. Plötzlich fühlte sich Annabelle schmutzig. Der Blick des älteren Mannes ruhte missbilligend auf ihr.

Auch Ryans Lächeln vertrieb ihr Unbehagen nicht gänzlich. Erst im Fahrstuhl, als sie den Blick des Portiers nicht mehr im Nacken spürte, entspannte sie sich. Ein scheues Lächeln glitt über ihre Lippen. Ryan stand dicht vor ihr und streichelte ihre Wange. Seine Berührung war unendlich sanft. Annabelle streckte sich zu ihm herauf und wollte endlich seine Lippen auf den ihren spüren, da ging die Fahrstuhltür auf. Wortlos nahm Ryan ihre Hand und führte sie zu seinem Zimmer.

Er nahm ihr den Blazer ab, zog sein Jackett aus und hängte beide in den Schrank. „Möchtest du etwas trinken?“

Annabelle schüttelte den Kopf. Wo war diese Befangenheit plötzlich hergekommen? Noch vor ein paar Minuten wären sie fast im Restaurant übereinander hergefallen, und jetzt wussten sie nicht, wie sie miteinander umgehen sollten. Annabelle hatte noch nie, nur der Lust wegen, mit einem Mann geschlafen. Immer war sie in einer festen Beziehung gewesen. Das mit Ryan hatte etwas Verruchtes an sich. Ein schlechtes Gewissen nagte an ihr. Und doch konnte sie ihren Blick nicht von seinem Körper lassen.

Durch den dünnen Stoff seines Hemdes zeichneten sich die trainierten Muskeln ab. Sie begehrte ihn schon so lange. Worauf wollte sie warten? Annabelle nahm ihren ganzen Mut zusammen und trat auf Ryan zu.

„Ich möchte nichts trinken. Küss mich lieber.“

Sie war es, die ihre Hand in seinen Nacken legte, ihn zu sich herab zog und ihn küsste. Ihre Lippen fühlten sich wie elektrisiert an. Feine, kribbelnde Wellen wanderten durch ihren Körper. Erst sanft und zögerlich, dann immer fordernder, erwiderte Ryan ihren Kuss. Seine Hand lag auf ihrem Rücken und presste sie an seinen Körper. Sie spürte seine Hitze und die Härte seiner Erregung. Gierig rieb sie sich an ihm, während ihre Münder einander verschlangen. Tanzend umkreisten sich ihre Zungen und erkundeten den anderen. Als sie sich voneinander lösten, waren sie beide atemlos.

„Ich …“

Annabelle legte Ryan den Zeigefinger auf die Lippen. „Sag nichts. Ich will nicht mehr reden.“

Ryan küsste ihren Finger und sah ihr dabei tief in die Augen. Er konnte noch immer nicht glauben, dass sie wirklich bei ihm war. Seit Jahren suchte sie ihn in seinen Träumen heim. Beim ersten Mal hatte er nach dem Aufwachen geschmunzelt und über sich selbst den Kopf geschüttelt. Doch seine Sehnsucht war größer geworden, seine Träume intensiver. Als er sie heute Mittag im Café gesehen hatte, hatte sein Herz gerast, als wäre er ein Teenager. Doch damals hatte er nicht so auf sie reagiert wie heute. Er war zum Mann geworden und sie eine atemberaubend schöne Frau. Nach ihrer Haut hungernd beugte er sich zu ihr und küsste ihren Hals. Sie seufzte leise. Es war das Schönste, was er je gehört hatte.

Seine Berührungen waren sanft und andächtig. Das Ratschen ihres Reißverschlusses zerriss die Stille und jagte einen Schauer über Annabelles Haut. Ryan streichelte über ihre Schultern und die Oberarme, während er den Stoff nach unten gleiten ließ. Nur mühsam konnte sie das Schmunzeln unterdrücken, als sich seine Augen weiteten. Sie trug halterlose Strümpfe und einen schwarzen Spitzenbody. Seine Augen hingen an ihrem Dekolleté. Zum ersten Mal in ihrem Leben schämte sie sich nicht für ihren üppigen Busen. Sie genoss seinen gierigen Blick, und ihr Herzschlag beschleunigte sich. Ryan half ihr aus dem Kleid und trat einen Schritt zurück. Einer Berührung gleich glitt sein Blick über ihren Körper. „Ich könnte dich stundenlang betrachten“, flüsterte er.

Doch Annabelle wollte nicht nur betrachtet werden. Sie wollte seine Haut und Wärme spüren. Ihre Finger zitterten leicht, als sie die Knöpfe seines Hemdes öffnete und es über seine Schultern streifte. Sein athletischer Körper war eine Offenbarung. So hatte sie sich ihn immer vorgestellt. Er war muskulös, aber nicht überdefiniert. Seine Haut war durch die Sonne Afrikas gebräunt.

Sie leckte sich die Lippen, als sie ihn ansah. Ihr Blick wanderte über seine nur leicht behaarte Brust, den Bauch hinab und blieb an seinem Hosenbund hängen. Sie wagte kaum, tiefer zu schauen, doch die Wölbung in seiner Hose war nicht zu übersehen.

Für einen Moment wusste Annabelle nicht, was sie als nächstes tun sollte. Sie fühlte sich wie bei ihrem ersten Mal, genauso aufgeregt und unerfahren und genauso überreizt. Als sie ihre Hand auf Ryans Brust legte, zuckte er unter ihrer Berührung zusammen. Für ein paar Sekunden schloss er die Augen und seufzte leise, als hätte er genauso lange auf diese Berührung gewartet wie sie. Es war ein magischer Augenblick, als er die Augen öffnete und sich ihre Blicke trafen. In diesem Moment fielen alle Bedenken von ihnen ab, nichts hatte mehr Bedeutung. Es war egal, dass ihre Leben in zwei verschiedenen Welten stattfanden, egal, dass sie nur diese eine Nacht hatten. Nur die Wärme ihrer Körper und das Beben, das durch sie hindurch rauschte, waren von Bedeutung.

Ryan hob Annabelle auf seine Arme, trug sie zum Bett und legte sie behutsam darauf ab. Ihr Blick hing an ihm, als er seine Hose öffnete und samt Slip über seine Beine zog. Das Flackern in ihren Augen entging ihm nicht. Mit einer geschmeidigen Bewegung legte er sich neben sie und streichelte die zarte Haut ihres Dekolletés. Sie schlang ihre Arme um seinen Hals und zog ihn zu sich herab. Ryan war fast davon überzeugt, dass er in seinem Leben noch nie eine Frau so innig geküsst hatte wie Bell in diesem Moment. Er legte all sein Sehnen in diesen Kuss. Das war sein letzter klarer Gedanke.

Annabelle verglühte unter seinen Lippen, die eine feuchte Spur über ihren Hals zogen und einen Weg zu ihren Brüsten fanden. Ihr Busen war noch immer von schwarzer Spitze verhüllt, doch die Hitze seines Mundes wurde dadurch nicht gedämpft. Nur mühsam konnte sie das Keuchen zurückhalten, als Ryan sacht in ihre aufgestellten Nippel biss. Während er ihre Brustwarzen liebkoste, zog er ihr die dünnen Träger von den Schultern und entblößte die samtene Haut.

Gierig drängte sie sich seinen Lippen entgegen. Sie lächelte und vergrub endlich ihre Hände in seinem Haar. Wie lange hatte sie sich das gewünscht? Es war weich und seidig, genauso, wie sie es sich erträumt hatte. Während sich ihre Finger durch sein Haar wühlten, saugte er an ihren Brustwarzen. Annabelle merkte nicht, wie sie seinen Mund immer fester auf ihr erhitztes Fleisch drückte.

Erst als ein leichtes Ziehen durch ihren Körper raste und sie keuchend den Kopf in den Nacken warf, ließ sie von ihm ab. Er streifte die Spitze weiter ihren Körper hinab, legte Zentimeter für Zentimeter ihrer Haut frei und bedeckte sie mit Küssen. Annabelle hatte längst ihre Arme über dem Kopf ausgestreckt und räkelte sich unter seinen Liebkosungen. Lüstern öffnete sie ihre Schenkel, als der Body zu Boden fiel. Ryans Finger glitten behutsam über ihre bestrumpften Beine nach oben und streichelten über den Rand der Spitze.

Das Seufzen kam so überraschend, dass Annabelle es nicht zurückhalten konnte. Seine Finger waren so nahe an ihrem Geschlecht, dass sie seine Wärme spüren konnte. Sie hielt die Luft an und sehnte den Moment der Berührung herbei. Doch er kam nicht. Vielmehr spürte sie seinen heißen Atem. Gänsehaut überzog ihren ganzen Leib. Ihre Lüsternheit übernahm ihr Denken. Gierig hob sie ihr Becken und bot sich ihm dar. Mit geschlossenen Augen versank sie in einem Meer der Empfindungen. Ein leiser Schrei entwich ihr, als sie Ryans Mund auf ihrem Venushügel spürte.

Ihr Duft raubte ihm die Sinne. Sie war so erregt, dass ihre Schamlippen bereits glitzerten. Ihm schlug das Herz höher, als er seine Zunge in ihren Saft tauchte. Sie war reinste Ambrosia. Voll und lieblich zugleich legte sich ihr Geschmack auf seine Zunge. Er wollte vorsichtig sein, sie nicht bedrängen, doch bald war es ihm unmöglich, sich zurückzuhalten. Gierig saugte er ihre Schamlippen in seinen Mund, labte sich an ihrer Feuchtigkeit und drängte immer wieder seine Zunge in ihre Spalte. Annabelle wand sich unter ihm. Ihr Seufzen und Keuchen setzte sich in seinem Nacken fest und lief kribbelnd über seine Wirbelsäule nach unten. Er hatte kaum ihre Perle berührt, da erzitterte ihr Geschlecht unter seiner Zunge.

Annabelle schrie auf. An Zurückhaltung war nicht mehr zu denken. Blitzen gleich raste Euphorie durch ihren Leib. Ryans Zunge jagte eine Welle nach der anderen in ihre Scham. Sie stand in Flammen. Keuchend bäumte sich ihr Körper auf und sank dann ergeben auf die Matratze zurück. Sie bekam kaum genug Luft, um sich zu beruhigen. Immer wieder krampfte ihr Geschlecht, bevor der Orgasmus in einer zufriedenen Ruhe endete. Da war Ryan bei ihr und küsste ihre bebenden Lippen.

Sie schmeckte ihre eigene Lust und berauschte sich erneut daran. Flatternd glitten ihre Hände über seinen Rücken, streichelten seinen muskulösen Hintern und den Ansatz seiner Schenkel. Zwischen ihren Leibern eingeklemmt presste Ryan seine Erektion an ihren Unterbauch. Sie spürte ihn überdeutlich. Jede Zelle ihres Körpers war sensibilisiert. Sie wollte ihn schmecken, seine erhitzte Haut lecken und sich an ihm berauschen. Annabelle glitt ein Stück hinab und küsste seine Brust.

Sachte, aber bestimmend, drängte sie ihn auf die andere Seite des Bettes und beugte sich über ihn. Sein Brustkorb hob und senkte sich hektisch. Als bestünde er aus Eiskrem, leckte sie über seine Haut und bahnte sich zielstrebig einen Weg zum Objekt ihrer Begierde. Heiß und verlockend lag seine Erektion auf seinem Bauch. Ein glitzernder Lusttropfen benetzte seine Eichel. Ryans Seufzen klang wundervoll, als Annabelle den Tropfen von der Spitze leckte. Ganz sanft und feucht schloss sie ihre Lippen um sein erregtes Fleisch. Sie nahm ihn tief auf, übte jedoch nicht viel Druck aus. Seine Lustlaute sagten ihr deutlich, wie sehr sie ihn mit ihrer Zärtlichkeit quälte.

Ihre Zunge glitt über die Länge seines Schaftes und umkreiste seine Hoden. Als sie zu ihm hinaufsah, trafen sich ihre Blicke. Mit einem frivolen Lächeln nahm sie seinen Schwanz in ihrem Mund auf. Ryan schloss seufzend die Augen.

„Oh Gott, Bell.“ Ergeben sank er in die Kissen und keuchte. Minutenlang verwöhnte sie ihn auf diese Art, immer zu wenig, um ihn kommen zu lassen. Ihr eigenes Geschlecht krampfte sehnsüchtig, ob ihres Zögerns. Sie wollte ihn ganz, doch es machte ihr unendlich viel Spaß, ihn mit seinem eigenen Verlangen zu quälen. Sein Flehen und Stöhnen erfüllte sie mit einem unvergleichlichen Machtgefühl. Sie hatte sich noch nie so begehrt gefühlt.

Katzengleich glitt sie an seinem Körper hinauf und spreizte ihre Schenkel über ihm. Als wären sie füreinander gemacht, glitt er in sie hinein. Sie seufzten beide erleichtert. Eine Welle des Glücks schwappte über Annabelle hinweg. Nie zuvor hatte sie sich so erfüllt und eins gefühlt. Sie kuschelte sich an Ryans Brust und saugte seine Körperwärme auf. Dabei ließ sie ihr Becken kreisen.

Er hatte seine Arme um sie geschlungen und seufzte in ihr Haar. Annabelles Zurückhaltung währte nicht lange. Bald saß sie aufrecht und ritt ihn in einem wilden Rhythmus. Ihre Hände glitten über ihre Brüste, hinauf zu ihrem Hals und vergruben sich in ihrem Haar. Ryans Hände lagen an ihrer Hüfte und hielten sie. Während all dieser Zeit hielten sich ihre Blicke fest. Annabelles Atem kam nur noch stoßweise. Sie stand so dicht vor dem Abgrund, dass sie die gähnende Leere bereits fühlte.

Fasziniert beobachtete Ryan ihre Ekstase. Sie hielt seinem Blick nicht mehr stand. Hart und tief versenkte er sich in ihr, als sie den Kopf in den Nacken warf und aufschrie. Die Wellen ihres Orgasmus pulsierten über seinen Schwanz und brachten ihn an den Rand seiner Selbstbeherrschung. Zuckend und bebend schob sie ihr Becken vor und zurück, stützte sich mit ihren Armen auf seinen Oberschenkeln ab und dehnte ihren Höhepunkt ins Unermessliche aus.

Er konnte sich nicht an ihr satt sehen und vergaß für einen Augenblick seine eigene Erregung. Als sie erschöpft auf seine Brust sank, empfing er sie in seinen Armen. Sanft küsste sie seinen Hals und saugte an der empfindlichen Haut. Noch immer hatte sie nicht genug, und das kam seinem eigenen Begehren sehr entgegen. Etwas vorsichtiger stieß er in sie und entlockte ihr ein klägliches Stöhnen.

„Gott, Ryan, ich verglühe." Dennoch kam sie seinen Stößen entgegen. Ihr Duft hüllte ihn ein, ihre Hitze wärmte sein Herz. Er konnte und wollte sich nicht mehr zurückhalten. Er hielt sie fest an sich gedrückt, als er sich aufrichtete. Annabelle schlang ihre Beine um seine Hüften und klammerte sich Halt suchend an seinen Schultern fest. Er nahm sie langsam und zärtlich. Jede Sekunde genießend trieb er sie einem weiteren Gipfel entgegen. Als sie die Luft anhielt und die Augen überwältigt aufriss, ließ er sich gehen. Eng umschlungen stürzten sie gemeinsam in die Tiefen ihrer Lust.

Annabelle musste eingeschlafen sein. Als sie die Augen öffnete, lag die Morgenröte über der Stadt. Ryan lag neben ihr, einen Arm um ihre Taille gelegt, und atmete ruhig und gleichmäßig. Sie sah ihn lange an und prägte sich jede Nuance seines Gesichtes ein. Da war die kleine Narbe auf der Stirn, die er sich bei einer Rauferei auf dem Schulhof zugezogen hatte. Er war für sie der Rebell, der Ungestüme, der immer sagte, was er dachte und sich nie verbiegen ließ. Sie hatte ihn für seine Kühnheit bewundert. An diesem Tag hatte sie gespürt, dass sich ihre kindliche Schwärmerei in etwas Größeres verwandelte. Sie war damals vierzehn und unsterblich verliebt gewesen. Jetzt lag er neben ihr und sie konnte es nicht fassen.

Gerne hätte sie die Narbe gestreichelt, doch sie wollte ihn nicht aufwecken. Sie sollte gar nicht mehr hier sein. Sie musste in ihr Leben zurück, aber sie konnte sich von seinem Anblick nicht loseisen. Seine Pupillen bewegten sich unruhig unter seinen geschlossenen Lidern. Er träumte, und Annabelle fragte sich, ob er von letzter Nacht träumte. Sie hatten in Leidenschaft und Ekstase gebadet. Eine bleierne, wohlige Schwere lag noch immer über ihrem Körper. So wunderbar konnte sich die Erfüllung eines Traumes anfühlen, und so schmerzhaft.

Ganz leise schlich sie ins Bad und zog sich an. Bevor sie ging, stand sie noch eine Weile am Bett und betrachtete ihn. Die vergangene Nacht war die berauschendste ihres Lebens gewesen. Wie hatte sie auch nur einen Moment glauben können, die Kraft zu haben, sich nicht ein zweites Mal in ihn zu verlieben. Der Preis für diese Nacht der Ekstase war hoch. Sie ließ ihr Herz bei ihm. In ihren Augen schimmerten Tränen, als sie ihre Finger küsste und ihm die Berührung zuwarf.

Bevor er die Augen öffnete, wusste Ryan, dass er allein war. Er hatte gehofft, sein Sehnen nach ihr durch diese Nacht zu stillen, doch es war größer denn je. Noch keine Frau hatte ihn so tief berührt. Es war nicht nur der atemberaubende Sex mit ihr. Es war die tiefe Verbundenheit zwischen ihnen, die ihm das Herz einerseits wärmte und andererseits zerriss. Mit einem tiefen Seufzen verschränkte er die Arme hinter dem Kopf und starrte zur Decke. Seine Gedanken schweiften in die Ferne, nach Afrika, ins Flüchtlingslager und zu Selana. Er sah ihre fast schwarzen, traurigen Augen vor sich und ihm schnürte sich die Kehle zu.

Sie konnte und wollte er nicht aufgeben. Die Adoption lief bereits. In weniger als sechs Wochen würde sie seine Tochter sein. Sie war der wahre Grund für seine Reise nach Hause. Dass sein Leben eine derartige Wende nehmen würde, hatte er nicht ahnen können. Er hatte nie einen Gedanken daran verschwendet, Afrika eines Tages wieder zu verlassen. Doch auch Selana würde es gut tun, das Elend und die Not zu verlassen und ein normales Leben zu führen. Er vermisste sie schmerzlich, sehnte sich nach ihren kleinen, dünnen Ärmchen, die sich um seinen Hals legten.

Ein neuer Traum nahm in seinem Inneren Gestalt an. Er sah sich und Selana gemeinsam mit Bell.

In diesem Moment wusste er, dass er um sie kämpfen musste, um ihre Liebe und eine gemeinsame Zukunft...

Die Autorin

Kat Marcuse lebt seit zwanzig Jahren in der Nähe von Braunschweig. Seitdem sie vor zwei Jahren ihre Leidenschaft für das Schreiben entdeckte, kommt sie kaum noch dazu, ihren Hobbys Gartenarbeit, Sport und Lesen nachzukommen.

Von ihr erschienen bisher zwei erotische SM-Romane im Plaisir d'Amour-Verlag (»Isabellas Unterwerfung« und »Eloises Hingabe«).

Mit den erotischen SM-Geschichten im erotischen Sekretariat schrieb sie sich kleine, prickelnde Stories von der Seele.

Weitere SM-Geschichten im Erotischen Sekretariat:

Böse Nachtgeschichten – von Catherine Spanks

Dominante Banker spielen im Büro mit ihrer Macht, eine Sklavin wird einem exklusiven SM-Club zum Geschenk gemacht und an ihre Grenzen geführt, ein falscher Weihnachtsmann sorgt im dänischen Ferienhaus für einen unvergesslichen Abend und Madame Cassandra bildet eine unerfahrene Jung-Domina aus.

Catherine Spanks' Geschichten sind voller Fantasie und hinterlassen Spuren auf und unter der Haut. Hier dominieren einfühlsame Herren und starke Frauen statt roher Gewalt. Eine sinnliche Pralinenschachtel voller zartherber Überraschungen.

Taschenbuch, broschiert, 12,90 Euro
Ebook 6,99 Euro

Benutz mich! – erotische SM-Geschichten von Catherine Spanks

Anonyme Fantasien - fremde Herren und Dominas benutzen ihre ergebenen Opfer nach allen Regeln der Kunst. Eine einsame Insel entpuppt sich als Paradies, ein frivoles Spielchen in der U-Bahn wird zur Tour de force, und die geplante Übernachtung in einem SM-Appartement gerät für Mona zum (Alb?)-Traum.

Fantasievolle SM-Geschichten voller Überraschungen von Catherine Spanks.

Erscheint als Taschenbuch und als ebook im Dezember 2012